JN188792

公女が死んだ、その後のこと

Characters
オフィーリア
周囲からあらゆる仕事を
押し付けられ、自分の時間を
奪われている公女。
立太子予定の
第二王子の婚約者。
カリトン
周囲からその存在を
無視されている第一王子。
オフィーリアへの
静かな情熱を胸に秘めている。

アノエートス
オフィーリアの父。
妻亡き後、自分が公爵家を
継いだと思い込む。
テルマ
オフィーリアの
異母妹。自分を
公女だと信じている。
マリッサ
第二王子の寵愛を受け、
その婚約者の座を狙う
奔放な令嬢。
アナスタシア
???
ボアネルジェス
王太子となることが
ほぼ確実と
なっている第二王子。
驕った性格で傲慢。

目次

この物語はフィクションであり、実在の人物や団体などとは一切関係ありません。
また、自殺を推奨する意図はございません。

公女が死んだ、その後のこと

【公女が死ぬまで】

1．オフィーリアと王宮の人々

オフィーリアは忙しかった。

常に、いつでも、昼夜を問わず忙しかった。

オフィーリア・ル・ギュナイコス・カストリアはこの国、イリシャ連邦王国の構成国のひとつマケダニア王国の、筆頭公爵家たるカストリア公爵家の公女である。兄弟姉妹はおらず、そのため彼女が次期公爵ということになる。

オフィーリアはまた、自身の通うマケダニア王国の誇る〝大学〟であるミエザ学習院の、学生会長代理を務めている。働かない会長に代わり、ミエザ学習院の学生会業務をほぼひとりで指揮監督し牽引する立場だ。

そして彼女は、第二王子ボアネルジェスの婚約者でもあった。ボアネルジェスは第二王子ではあるが正嫡で、卒院すれば正式に立太子の話が持ち上がるものと周知されている。つまり、順当に行けばオフィーリアが次期王妃である。

幼い頃から筆頭公爵家の公女として厳しい令嬢教育を、ある程度成長すると次期公爵としての後継教育を施され、第二王子と婚約してからは王子妃教育も始まった。さらにミエザ学習院に入院してからは学生会業務までもが追加された。

そんなわけで、オフィーリアは毎日寝る暇もないほど忙しい。

なにしろ彼女はひとりしかいないのだ。どれほど優秀であろうとも、その手に抱えられるものには限界がある。彼女はただの人間で、神様ではないのだ。

神ならぬ身で時間を捻出するために、必然的に社交が犠牲になった。具体的には友人のひとりも作れなかったのだ。だからオフィーリアは息抜きに友人の令嬢と茶会を催すことも、そこで愚痴をこぼして心を軽くすることもできなかった。

また彼女は、自分を磨くための余暇の時間も持てなかった。華やかなドレスや宝飾品で身を飾ったり、それで心を弾ませたりすることもなく、いつだって動きやすい簡素な服装と汗をかいても容貌が乱れない程度の最低限の化粧とで、見た目は地味そのものである。本来ならば艶やかに輝くはずの黒髪も、簡単に櫛を通して邪魔にならぬよう後頭部でまとめるだけでは輝くはずがない。

しかも幼い頃から多忙のあまり、食事や睡眠の時間さえ削らねばならなかったせいで身体の健全な成長が阻害され、顔こそ美しいものの、身長も体型も同世代の令嬢に比べて大きく見劣りしている。婚約者の第二王子にあげつらわれるほどに。

加えて今年に入ってから、彼女は第二王子の公務を肩代わりせねばならなくなっていた。彼女と同じく今年成人を迎えた、当の第二王子に押し付けられたのである。

オフィーリアも第二王子ボアネルジェスも成人したとはいえまだ学生であり、慣例として卒院するまでは未成年に準じる扱いである。だがボアネルジェスは少しでも父王や周りにアピールしたかったのか、「成人したのだから公務を振り分けてほしい」と自ら求めた。

そうして振り分けられた公務を、彼は最初のうちこそ側近たちの手を借りつつ自分でやっていたものの、一ヶ月も経つ頃にはそのほとんどをオフィーリアにやらせるようになったのだ。


そんな状態になってから、もう半年近く経つ。

そして今日もまた、彼女の忙しさの元凶がやってくる。

「オフィー！」

先触れもなく、ノックさえせずに、扉を乱暴に開け放ってオフィーリアの執務室に押し入ったのは、第二王子ボアネルジェス・レ・アンドロス・ヘーラクレイオスその人だ。

「いかがなさいましたか、殿下」

「いかが、ではない！　そなた、なぜこの件を片付けておらぬのだ！」

そう言われても、オフィーリアにはなんのことか分からない。昨日までに片付けておかねばならなかった案件は、寝る間どころか公爵家の王都公邸（タウンハウス）に帰る時間さえ惜しんで、あらかた処理を済ませたはず。

「どの件、でございましょう」

「とぼけるでない！　これだ！」

大音声に怒鳴りつつ書類の束を執務机に叩きつけるボアネルジェスは、マケダニア人らしく長身で逞しい体躯の偉丈夫だ。身にまとう礼服は、鍛え上げた筋肉に内から圧されて膨らんでいて、オフィーリアと同じ十五歳とは思えない。

亜麻色の柔らかな髪は短く整えられ、眉は太く、顎は角張り無骨で、いわゆる貴公子の優美なイメージとは程遠い。だがその鍛え抜かれた精悍な姿貌と、常に自信に満ち溢れる漆黒の双眸は、まさしく雷の息子の名に相応しい。

その雄々しく堂々とした姿はある種のカリスマ性さえ感じられ、彼は妙齢の令嬢たちに人気がある。その隣に立つのが地味で小柄なオフィーリアだから、彼女を追い落として自分が婚約者の座に納まろうと企む者もいるほどだ。

——婚約者の座など、代われるものなら代わってほしい。

オフィーリアは切実にそう願う。

だがマケダニアの王家であるヘーラクレイオス家が、何よりボアネルジェス本人が、彼女を手放そうとしないのだからどうにもならない。

それはそれとして、オフィーリアは目の前に投げ出された書類を手に取り、流し見て確認した。

北の国境付近に出没する魔獣討伐のために派遣される、重装戦士団の出征閲兵式に関する計画書——初見の案件だ。しかも決裁期日はとうに過ぎ、閲兵式本番が本日昼からになっている。

こんなもの、今頃持ってこられてもどうしろというのか。関係部署への根回しも予算作成もできていないし、今日の今日では中止の連絡さえ間に合わない。

「恐れながらこの件、わたくしのもとまで届いておりません。ですので、どうにも――」

「そこを！　なんとかするのが我の補佐たるそなたの役目だろうが！」

　補佐ではない。断じて違う。

　オフィーリアは第二王子の婚約者でしかなく、妃でさえないのだ。

「それにこの書類は、ずっと前から我の執務机に積んであったとヨルゴスも申しておる！　知らなかったとは言わさんぞ！」

　確かに、ボアネルジェスの執務室にどっかり据えてある重厚な黒檀の執務机の上、未処理案件の箱の中にこの書類が入っていたこと自体はオフィーリアも知っている。知っているというか、見た憶えがあるだけだが。

「前々から申し上げておりますけれど、わたくしは殿下の執務室に勝手に立ち入ることができません。中のものに許可なく手を触れることも」

「我が許可しただろう！」

「殿下が同伴なさる時以外で執務室に入室するには、殿下のご許可ではなく、陛下のご裁可を賜った上で宮廷警邏局の騎士の同行が必要になります。以前からそうお伝えしておりますが」

　立太子の可能性が高く、事実上の王太子執務まで振り分けられつつある第二王子の執務室に、オフィーリアが単独で出入りすることは基本的に許されていない。王太子執務では宮廷外秘や国秘の案件さえ取り扱うのだから当然だ。

単独で入室させて、盗難騒ぎにでもなったら誰が責任を取るというのか。調度や宝飾品が紛失する程度ならまだしも、政務に関わる重要書類や部外秘情報が流出したら重大問題である。

そのため、入り口は常に宮廷警邏局の騎士たちが王命で固めているし、第二王子の許可など意味がないのだ。

彼に従って入室したことは何度もあるが、その時でさえ室内のいかなるものにもオフィーリアは自ら触れなかった。あらぬ疑念を生まぬよう、彼から手渡されるか、許可を得たもの以外には触れないようにしている。オフィーリアが王太子妃であるなら話は変わってくるかもしれないが、まだ第二王子の婚約者でしかなく第二王子妃ですらないのだ。

この書類をオフィーリアが処理するためには、いつものようにボアネルジェスに持ってきてもらわなければならなかった。だが、この書類が自分の執務机にあることに、この男は当日になるまで気付かなかったのだろう。

だからこんな、まだ廷臣たちも出仕していない早朝に慌ててオフィーリアのもとまでやってきたのだこの男は。おそらく、今ならまだなんとか誤魔化して上手く処理できるとでも考えたに違いない。

いや、昨日まで気付かなかったものを、今朝になって急に気付くわけがない。それはつまり、彼にそれを教えた者がいることを示唆している。

オフィーリアはボアネルジェスの背後に視線を動かした。そこにいる第二王子側近のヨルゴスが、わずかに目線だけ下げて謝罪の意を伝えてきた。

教えるなら教えるで、もう少し早くしてほしかった。――いや、おそらく彼はこの件を何度も伝えていたはずだ。きっといつものようにボアネルジェスが聞き流していたのだろう。そして今朝になって慌てたのに違いない。

「……畏まりました。なんとか対応いたしますのでご安心を」

これまでに何度もあったことなので、今さら言っても仕方がない

オフィーリアはため息を押し殺しつつ、どうにかしろと騒ぐボアネルジェスに頭を下げた。それを見て彼が安堵したのが、空気感で伝わってくる。

「そ、そうか！　分かれば良いのだ！　では、いつものように計らえ」

ボアネルジェスは鷹揚にそう告げると、来た時と同じく大股で、ヨルゴスを引き連れて去っていく。さながら小さな嵐のようだ。

おそらく、というか確実に、彼は気付いていない。こんな夜の明けたばかりの早朝に、オフィーリアがきちんと身なりを整えて自分の執務室にいた理由にも、そこに補佐の文官たちが揃っていることにも。

「カストリア公女……」

第二王子と側近の姿が完全に扉の向こうに消えてから、おずおずと文官のひとりが声を上げた。その顔が見て分かるほどに疲れ切っている。

「申し訳ないけれど、もうひと仕事お願いできるかしら」

「それはもちろん、私どもは与えられた仕事をこなすだけですが……しかし、公女は」

「わたくしだってそうよ。今さら言うことではないわ」

「ですが……」

今からこの案件に手を付けるとなると、オフィーリアはまた今日も公爵家の王都公邸に戻れない可能性が高い。今日こそは帰宅してミエザ学習院に登院するまでに少しでも眠ったり、身だしなみを整えたりできたはずなのに。

「いいのよ。仕方ないわ」

困ったように微笑む彼女の憔悴しきったその顔を見て、文官はそれ以上何も言えなかった。

◇◇◇◇◇◇

「カストリア公女、今朝になってそのようなことを仰せられましても困りますぞ」

「本当に申し訳ありません。わたくしが至らぬばかりにご迷惑をおかけすることとなってしまいまして」

申し訳なさそうに謝罪する小柄なオフィーリアに、はるか頭上から冷ややかな目を向けるのは、王国の宰相を務めるヴェロイア侯爵だ。現在のバシレイオス王の先代の時代から仕えている、廷臣たちのなかでも長老格の人物である。長年培った政治手腕と調整能力を買われて、宰相の地位を任されてもう十年になる。

誰からも一目置かれる切れ者というわけでもなく、他を圧するカリスマ性があるわけでもない。

長身であること以外にさして目立たぬ、敵の少ないだけの穏健派としか見られていなかったヴェロイア侯爵が、長く宰相の地位を占めるとは誰も予想しなかったことだろう。

だが、その抜群の調整能力と巧みに失点を回避する手腕はまさに老獪というべきであり、宮中の誰よりも長身痩躯で老いてなお全く曲がることのないその背とも相まって、今では陰で密かに〝怪物〟などと徒名されている。

そんな彼とて神ならぬ人の身であり、できないことも当然ある。出仕して宰相執務室に顔を出すなり面会を求められ、昼から予定されていた重装戦士団の閲兵式を延期したいと言われても、できるわけがなかった。

「もう各部署とも準備を万端に整えて、後は本日の閲兵式に臨むだけだったというのに。まだ予算も組めておらぬとは、一体どういうことでございますかな」

各種公務の予算は、各部署から提出された概算要求を元に、財務局があらかじめ確保しておくものである。公務の終了後に正確に計算された最終決算報告が提出されると、その確保予算から速やかに支出されるのだ。

その予算が確保されていないとなれば、決算報告が上がってきてもすぐには支出できない。そうなると、部署ごとに内部留保している資金が目減りし、その後の様々な公務の遂行に支障が出かねないし、ひとつの案件が終わらなければいつまでも担当文官の手を取られることになる。

「それは……その」

ボアネルジェスが提出された計画書の存在に気付いておらず、財務部への通達ができなかった、などとオフィーリアの口から言えるわけがない。だから結局、彼女はいつもの言い訳を使うしかなかった。

「わたくしが見落としていたのです。お詫びのしようもございません」

深く頭を下げられて、宰相は天を仰ぐ。

まだ学生の身とはいえ、筆頭公爵家の次期公爵にして第二王子の婚約者、ゆくゆくは王妃となる予定の彼女は本来なら宰相などよりずっと地位の高い存在なのだ。その彼女にそこまでされては、それ以上責められるはずがない。

しかも、長身で腰が曲がらないせいで普段から人を見下していると陰口を叩かれている自分に対して、成人したばかりで同世代の子女の中でもひときわ小柄なオフィーリアが頭を下げているのだ。第三者から見ればどうしたって、老宰相が幼気な公女を虐めているようにしか見えないだろう。

「本日の閲兵式は中止と致すほかありますまい」

宰相は諦めるしかなかった。その代わり、聞こえよがしにため息をつく。その程度の意趣返しは容認せよとでも言わんばかりに。

「本当に、申し訳ありません」

「ですが、このようなことが何度も続くのは、やつがれとしてもご容赦願いたいものですな」

「…………はい。返す言葉もございません」

オフィーリアは縮こまるしかない。

ボアネルジェスはこれまでにも度々、書類の確認を怠って現場に迷惑をかけている。ほとんどはオフィーリアか、側近であるヨルゴスのどちらかが事前にそれとなく彼に気付かせ、決定的な事態になるのを防いでいたが、それでも今回のようにどうにもならなくなることが何度もあったのだ。

さすがに当日の朝まで発覚が遅れた事例はこれまでなかったが、今の調子では今後もないとは限らない。というか、ボアネルジェスが調子に乗って引き受ける公務を増やせば増やすほど、こうしたトラブルは増えるに違いなかった。

だからこそオフィーリアは、『今後は二度とないようにする』という約束の一言が言えない。言ってもし二度目をやらかしたら。それを想像するだけで心胆が冷える。

「二度と起こさぬよう努力する、その一言さえないのですかな」

まだ下げたままの頭上に宰相の冷めきった声が降り、オフィーリアは思わず息を呑んだ。言われて当然の言葉だが、実際に失望の声音を浴びせられるのはやはり辛いものがある。

「聞くところによると、公女が自ら望まれて第二王子殿下のご公務の補佐を買って出ておられるとか。――ですが、これではのう」

そう。オフィーリアがボアネルジェスの公務に関連して宮廷内を常に駆けずり回っているのは、廷臣たちの誰もが知っていること。そしてそれが、次期王妃として積極的に公務に関わりたいオフィーリアが志願して手伝っているのだということも、廷臣たち皆が承知しているのだ。

ただし、オフィーリア自身がそう公言したことはこれまで一度もない。彼女ではなく、ボアネルジェスが吹聴しているのだ。

『いくら婚約関係にあるとはいえ、ご公務を手伝わせるのはいかがなものか』と宰相が呈した苦言に咄嗟に言い訳して以来、彼はずっとそう言い続けていて、オフィーリアはそれを一度も否定しなかった。否定すれば第二王子が虚偽を述べたことになり、彼の評価が落ちるからである。

つまり、自ら望んで関わっているはずの第二王子の公務で、表向きはオフィーリアの失態が繰り返されているわけで、宰相に限らず宮廷内での彼女の評価は下がるばかりだ。

「各部署への連絡と謝罪も、当然やって頂けるのでしょうな」

「——は、はい。それはもちろん」

「結構。では次こそ、しっかりお頼み申しますぞ」

オフィーリアには他にも処理しなければならない第二王子の公務が山とある。だが宰相の言葉を断れるわけもなく、彼女は関係各所への連絡と調整を引き受けるしかなかった。

ちなみに宰相は宰相で、中止するしかなくなった閲兵式の無駄になった予算の精算など、予定になかった仕事に取りかからねばならない。オフィーリアに全てを負わせた上で嫌味を言って終わりではないのだ。

なお閲兵式の延期は不可である。魔獣被害に苦しむ辺境に「日程を組み直すので派遣が遅れる」などと言えるわけがない。重装戦士団は今日のうちに、閲兵式を中止して出発しなければならない。

——これからも彼女が第二王子の公務を手伝うのであれば、これ以上ミスを重ねられてはたまらぬ。今後は全て準備を整えて決裁の署名を賜るだけの状態にしておかねばなるまい。

もはやオフィーリアを信用していない宰相はそう心に決めて、執務室を退出してゆく彼女の後ろ姿を見送った。

関係各部署への謝罪と再調整に追われたオフィーリアが、なんとか一応の目処をつけられたのは、すでに陽神、つまり太陽が西に傾き始めた時間帯だった。

調整は当然のように難航を極めた。特に第二王子の閲兵を賜る予定だった重装戦士団の落胆は相当なもので、戦士団長以下幹部たちの巨躯と強面に迫られて、オフィーリアは精神的にも物理的にも恐怖を味わわされた。昼過ぎに始める予定だったものを、昼前になって中止を言い渡された事務方にも今後の予定を詰められて、彼女はさらに事後処理に駆けずり回る羽目になった。

その挙げ句に、楽しみにしていた閲兵式が中止されたと知ったボアネルジェスにまたもや怒鳴り込まれて、散々な目にも遭った。

で、気付けばもうこんな時間帯である。

結局、今日はミエザ学院への登院もままならず、それどころか朝食も昼食も取れなかった。

専属の王宮侍女たちを従えて廊下を歩くオフィーリアは、さすがに疲れ切っていた。もし許されるなら今すぐにでも座り込んでしまいたい。

だが早く執務室に戻って、本来なら今日中に片付けなければならなかった公務に取り掛からねばならない。休んでいる暇などないのだ。

「……公女様」

付き従っている侍女のひとりが、遠慮がちに声をかけてくる。

「ごめんなさい、何か見苦しいところでもあったかしら？」

「一度お休みをお取りくださいませ。お食事も召し上がられませんと」

無意識にふらついていたのかと思って詫びようとすると、さすがに見かねたのか、気遣われた。

「ありがとう。でも――」

「お食事を召し上がっていただきませんと、公女様に付けられている予算が無駄になりますので。食材も、王宮調理人たちの仕事も無償ではないのです」

侍女が気遣っていたのは自分ではなく、厨房の予算だった。

それはそうでしょうね、と彼女は内心で苦笑するしかない。

王宮の侍女たちは当然、王妃の意向を受けている。そして王妃はボアネルジェスの実母でもあるので、オフィーリアが息子の足を引っ張るのを許さないだろう。侍女たちに「公女が気まぐれで食事を取らず、食材を無駄にした」などと報告されてはたまらない。

「………分かったわ、では晩餐室に参ります。先触れをお願いできるかしら」

進言を容れて食事を取ることにし、侍女たちを厨房と小晩餐室、それと自分の執務室に遣わした。

食事の時間の分だけ今日の仕事が後ろ倒しになってしまうが、やむを得ない。

今夜も帰れなくなりそうね、とオフィーリアはそっとため息をついた。

筆頭公爵家の次期公爵にして第二王子の婚約者であるオフィーリアの食事が、軽食を摘むような短時間で終えられるはずがない。格式に則り決められたマナーがあり、配膳や給仕の配置があり、それらの準備まで含めて『食事』なのだ。それはこのような時間帯から手配を始めるものではなく、昼食の直後から準備にとりかかるべき、厨房関係者の仕事なのだ。

結局、オフィーリアが食事を始められたのは、空が夜闇の帳にすっかり覆われてからだった。

食前酒から始まって前菜、スープと来てメインディッシュの魚料理、ソルベで口直しした後にメインディッシュの肉料理。その後でサラダ、デザートまで食べ終えた頃には、食事を始めてからだけでも軽く特大一――一時間ほど経っている。

砂振り子と呼ばれる計時の魔道具がある。大きさで五種類に分けられるそのもっとも大きな「特大」の、封入されている色砂が落ちきる時間、つまり「特大砂振り子一回分」を俗に「特大一」と呼ぶのだ。

独りきりの食事だったため食後酒は断り、控えていた専属の王宮調理長に礼を伝えて、オフィーリアは席を立った。

「公女様」

晩餐室を出たところで、王宮侍女に声をかけられた。オフィーリアの専属ではない侍女である。

何事かと顔を向けると、彼女は頭も下げずに告げた。

「王妃殿下が公女様をお招きでございます。すぐにサロンまで参るように、とのことです」

「直ちにお伺いします、とお伝えして頂戴」

望まざる呼び出しにため息を押し殺しつつ、オフィーリアはそう答えるしかなかった。

「ご免なさいね、急に呼び立ててしまって」

サロンにやってきたオフィーリアを出迎えた王妃は、申し訳なさそうにそう告げた。

「もったいなきお言葉。お心遣い、痛み入ります」

王妃、エカテリーニ・ル・ギュナイコス・ヘーラクレイオス・マケダニアはすでに席に着いていた。完璧な所作の淑女礼で彼女に挨拶をしつつ、オフィーリアは考える。

夜間に呼び出される場合、一般的なのは晩餐の誘いだろう。だが食事を終えたタイミングだったことから、その線はない。であれば、わざわざ話をするために呼び出したということになるが、その内容が見当もつかない。

第二王子との仲は良好だと日頃から王にも王妃にも報告させているし、実際に大きな問題は起こしていないから、責められることはないだろう。第二王子公務に関する叱責ならあり得るが、それに関して呼び出されるなら国王からになるはずだ。

許可を得て礼を解き対面の席に腰を下ろしつつ、オフィーリアは王妃の顔色を窺った。

年齢の割に若々しいその美貌に普段どおりの柔らかな微笑みを浮かべた王妃を見て、少なくとも叱責される雰囲気ではないことに軽く安堵する。

「貴女があの子の公務を手伝ってくれているのでしょう？　その礼とねぎらいをしたい、と以前から考えていたの。貴女のために、美味しいお菓子も用意させたのよ」

正直、そんなことでわざわざこんな時間に呼びつけないでほしい。本来なら、とうに王宮を辞して公爵家の公邸に帰っているはずの時間帯なのだ。

「貴女がまだ王宮にいると聞いたものですからね、ならば少しの時間だけでも、と思ったの」

それならむしろ、なぜこんな時間まで王宮にいるのかと叱責してもらいたいくらいだ。そうすれば第二王子公務が終わらないからと正直に言いやすくなるだろうに。

オフィーリアは王妃の表情をそっと窺うが、その点に関して彼女が違和感を持っている様子は微塵も見られなかった。

まあ分かっていたことだ。

連邦内の隣国である、テッサリア王国のアキレシオス公爵家から嫁いできてマケダニア王国の正妃として君臨するこの女性は、王太子として将来の即位を不安視されていた夫バシレイオスを完璧に補佐して、今日まで涼しい顔で乗り切ってきた女傑なのだから。

むしろ彼女にしてみれば、第二王子の公務補佐程度で王宮内での評価を落としつつあるオフィーリアなど、将来の王妃として不適格に見えていてもおかしくない。

「貴女があの子の公務のほとんどを肩代わりしているのは知っているの。それで公邸に帰れない日もあるんですってね？」

そうはっきりと言われ、オフィーリアは思わず頭を上げて王妃の顔を正面から見つめてしまった。公的な場であれば、不敬を問われかねない大失態である。だが王妃は全く気にする風もなく、眉を下げて困ったように微笑うばかり。私的に呼び出されたサロンで本当に良かった。

「それには本当に感謝しているのよ。あの子にもよく言い聞かせておくから、今後も支えてあげてくれないかしら」

「は、はい、もちろんでございます」

「そう、良かったわ。これであの子も安心ね」

眉を下げていた王妃の表情が、ふわりと花開くような微笑みに変わる。

その後、喜ぶ王妃に舶来物の菓子や紅茶をすすめられ、思いがけず食後のデザートを満喫してしまったオフィーリアである。ガリオン王国の最新流行のお菓子も、アルヴァイオン大公国直輸入の東方産の茶葉で淹れた紅茶も、とても美味しかった。

◇◇◇◇◇◇

「……カストリア公女」

王妃のサロンを辞して、今度こそ自分の執務室に戻って公務にかからねばと急ぎ足になっていたオフィーリアに、またしても声がかかった。

見ると廊下の向こうに、第一王子のカリトンが立っている。

この時間ならとっくに第一王子宮に戻っていて出くわすはずのない人物の姿に、オフィーリアはわずかに動揺した。だがそんな内心を露わにすることなく、すぐさま淑女礼で挨拶する。

「ご機嫌麗しゅう、第一王子殿下。拝謁を賜りまして幸甚に存じます」

「ご機嫌麗しくはないけどね。公女も息災なようで何より」

まあそうでしょうね、とオフィーリアは内心で応える。

彼の居場所がこの王宮の何処にもないことくらい、オフィーリアもよく知っていることだ。そして、自分と顔を合わせるなと彼が強く命じられていることも。

「わたくしに会っていたと知られるのはよろしくありませんわ。早急に第一王子宮にお戻りになるべきかと存じます」

「うん。王宮書庫に長居してしまってね、これから戻るところだよ。公女は？」

「わたくしは、王妃殿下にお声がけを賜りまして」

「……ああ、なるほど」

彼は、それだけしか言わなかった。

オフィーリアはそっと彼の姿を眺める。

少し距離があるおかげで、全身がよく見える。

第一王子カリトンは、第二王子ボアネルジェスと違ってほっそりした優男だ。柔らかな淡い桃色の髪と穏やかな空色の瞳に、柔和な人柄がよく出ている。ボアネルジェスとオフィーリアより二歳歳上の、今年十七歳になる青年だ。

彼は第一王子、つまりバシレイオス王の長子に当たる。だが王位継承権は低く、弟であるボアネルジェスはもちろん、王弟一家よりも、なんなら過去に王家と血縁関係を結んだことのあるカストリア公爵家やアポロニア侯爵家の子女たちよりも下の順位しか与えられていない。単純な継承順位

だけで言えば、曾祖母に当時の王妹を持つオフィーリアよりも下位である。

というのも、彼は長子でありながら、バシレイオス王の庶子として扱われているからだ。

彼の生母アーテーは、公的にはバシレイオス王の側妃ということになっている。だが実際には側妃としては扱われず、側妃の公務も一切果たさず、王城の外れにある北の離宮に閉じこもって出てこない。

否、正確には閉じ込められて出てこられないのだ。


王太子時代のバシレイオスには、幼い頃から政略で定められた婚約者がいた。それがテッサリア王国のアキレシオス公女エカテリーニである。彼女はマケダニア王国の次期王妃となるべく、マケダニア王宮に部屋を与えられ、彼女にとっては異郷の地で王妃教育に励(はげ)んだ。

一方、子供時代のバシレイオスは分別の足らない王子だった。エカテリーニがどんな思いでマケダニア王宮にいるのか慮(おもんぱか)ることもせず、『国に帰れ』、『たまになら遊びに来てもいいぞ』、などと言っていたという。そして、言葉の上では従う素振りを見せつつも一向に従おうとしないエカテリーニを、長じるにつれ疎(うと)むようになっていった。

そんなバシレイオスがミエザ学習院で見初(みそ)めたのが、オリニ子爵家令嬢であったアーテーである。オリニ子爵の庶子だとも知らずに地方の田舎町で平民として育った彼女は、ミエザ学習院入院後も貴族令嬢らしからぬ奔放(ほんぽう)な娘だった。それが物珍しかったのか、バシレイオスの目に留まり、いつしかふたりは院内で行動を共にするようになった。そうしてバシレイオスは、あろうことかアーテーを正妃として迎えたいと画策し、卒院記念パーティーでエカテリーニに婚約破棄を突き付けたのだ。

当然、テッサリア王国を巻き込んだ騒動に発展してイリシャ連邦の本国であるアカエイア王国まで介入する事態となり、一時はバシレイオスの廃嫡さえ取り沙汰された。

だが他ならぬエカテリーニが婚約継続の意思を示したことで、最終的に王太子を誑かした愚かな娘の処刑をもって幕引きとされることになった。

そんなタイミングで、アーテーの妊娠が発覚したのである。

彼女の罪は命をもって償わねばならぬほど重いものだ。だが、王太子バシレイオスの胤を身籠っているとなればそうもいかない。

イリシャ連邦王国には、古来より連綿と家系を繋いできた特別な一族が十二氏族存在する。連邦を構成する五ヶ国のうち、イリュリア王国を除く四ヶ国の王家はいずれもそれに該当していた。もちろん、マケダニアのヘーラクレイオス王家もそのひとつである。

バシレイオスはそんな特別な家門の次期継承者であり、その血を受け継ぐ新たな命がアーテーの身に宿っていたのだ。それゆえ、母体はともかく胎の子は産ませるべきだと、マケダニア王家とアカエイア王家の見解が一致した。

それで結局、表向きには側妃候補の地位が与えられ、王宮の北の離宮に住まうことを許されて、そこで彼女は男児を産んだ。

生まれた子は確かにヘーラクレイオス王家の血を継ぐと魔術を用いた鑑定で証明され、その功により彼女は死一等を減ぜられて、バシレイオスとエカテリーニが婚姻を果たした翌年にひっそりと側妃に召し上げられた。その時生まれた子が、今オフィーリアの目の前に立っている第一王子カリトンなのだ。

そんな出自を持つものだから、彼はオフィーリア以上に王宮に身の置きどころも味方もない。彼自身は何も悪くなどないが、彼の味方をしようものなら王妃に睨（にら）まれると分かりきっているのだから当然のことである。

バシレイオスは自分の命運を首の皮一枚繋げてくれたエカテリーニに頭が上がらなくなり、彼女の望むままに婚姻して妃に迎えた。それでも彼は婚姻後もしばらく離宮に通っていたが、アーテーが王妃にする約束を果たせと主張して退（ひ）かなかったらしく、やがて寄り付かなくなった。

その後、エカテリーニにも王子ボアネルジェスが生まれた。

王となったバシレイオスは心を入れ替えて王妃エカテリーニを慈（いつく）しみ、真摯（しんし）に王の責務を果たすようになったことで、マケダニア王宮には平穏が訪れている。カリトンが身を慎（つつし）み、余計な主張をせず、王妃に逆らわぬ態度を見せている限りは、この平穏は保たれるだろう。

王宮の使用人たちも廷臣たちも、頑（かたく）なにバシレイオスを求めて騒ぐだけの母も、そんな母もろとも自分を切り捨てたも同然の実の父親である国王ですらカリトンの味方ではない。

だから彼は命じられるまでもなく、王妃の息子ボアネルジェスの婚約者であるオフィーリアに近付いてはならないのだ。それを王宮の誰かに見られでもして、彼女を手に入れようとしているなどと王や王妃に判断されれば、彼には破滅が待っている。

オフィーリアもその点よく弁えていて、彼と直接会うことを常日頃から避けている。それでもたまにこうして、ばったり出くわしてしまうことまで避けるのは難しいのだが。

軽く会釈して立ち去るカリトンの姿を頭を下げて見送り、オフィーリアはそっと息をつく。

今日は大変な一日で、この後もまだ公務が残っていて終わりなど見えない。それでも思いがけず彼に会えたことで、実は少しだけ気分が高揚している。

十一歳でボアネルジェスの婚約者となり、王子妃教育を受けるようになったオフィーリアにとって、王宮で会える同年代はボアネルジェスとカリトンだけだった。そして乱暴で自分のことを微塵も気にかけない婚約者より、常に物静かで読書を好むカリトンのほうが、実のところ好ましかった。

会ってはならないとされるふたりだが、書庫で、庭園の隅のベンチで、あるいは廊下でと、少ないながらも顔を合わせ、わずかながら言葉も交わしてきた。そうした数少ない接点からオフィーリアが知ったことといえば、彼とは趣味が合い、好む場所が似ていて、そしてどちらも味方が少ないということ。

（どうか、カリトンさまの御身がこれからも平穏でありますように）

廊下の向こうに消えていった彼の背を思い返しながら、オフィーリアはそう願わずにはいられない。せめて彼にだけは、自由と幸せを掴んでもらいたかった。

そのためにもボアネルジェスの妻として王妃となり、彼の運命を左右できるだけの権限を身につけなければと、決意を新たにするオフィーリアである。

2. オフィーリアとカストリア家

「何日も帰らずに、一体何処を遊び歩いておったのだ、この放蕩娘が」

王都にあるカストリア公爵家公邸の玄関ホールで、数日ぶりに帰宅を果たしたオフィーリアに投げつけられた言葉がこれである。

「お父様……」

投げつけたのは、父だ。

アノエートス・レ・アンドロス・カストリア。オフィーリアの亡母アレサの婿である。

「本当に貴様は、次期カストリア公爵としての自覚があるのか。何日も帰らずに遊び歩いて、そんなことで栄えあるカストリア公爵家を、私の跡を継げると思っているのか」

「わたくしは遊び歩いてなどおりません。この数日は殿下の指示でご公務の補佐をしておりましたので、ずっと王宮におりました。そのことは伝令でわが家にも――」

「嘘ばかり申し立てるな！」

「……嘘、と申されましても」

オフィーリアは父の後ろに控える家令と執事に目を向ける。ふたりとも沈痛な表情で頭を下げるだけだ。

つまり、父はまた彼らの言葉に耳を貸さなかったのだろう。

「だいたい、殿下のご公務書類に貴様の名など一度も載ったことがないそうではないか！」

それは事実、そのとおり。

オフィーリアの仕事は全て第二王子ボアネルジェスの名義でなされていて、彼女が自分の名を出したことなど一度もない。第二王子の公務は全てボアネルジェス自身が処理していることになっていて、オフィーリアが担当するのは書類の清書のほか、連絡と調整だけ。彼の評価を下げるわけにはいかないため、そういうことにするしかないのだ。

ボアネルジェス自身は公務の大半をオフィーリアに丸投げした上で、自分のやりたい軍務や社交だけをこなしている。必然的に彼が自分の執務室へ顔を出すことも少なく、今朝の閲兵式に関する書類のようなトラブルがまま起こる。

そうした突発的なトラブルに毎回のように振り回されるから、オフィーリアは公邸に戻れずに王宮に与えられた自室で仮眠する日が多かった。今日だって各方面への謝罪と予定変更とその調整に追われ、晩食の後は王妃に呼び出され、その後に予定していた公務を半分ほど片付けて、夜も更けわたった深夜になってようやくこうして帰ってきたのである。

それでも、帰ってこられただけマシなのだ。せめて今日くらいは公邸にお戻り下さいと、執務室を追い出してくれた文官たちには感謝しかない。

「まったく、貴様のような貴族の風上にも置けんような奴が、なぜ未だに第二王子殿下の婚約者でいられるのか不思議でならんわ。潔く身を引こうとは思わんのか」

腕を組み、傲然と胸を張って居丈高に叱責する父親に、オフィーリアはため息しか出ない。

だがもちろん実際に取った行動は、令嬢の嗜みとして扇を広げて口許を隠しただけである。

「なんだ、その態度は」

「わたくしと第二王子殿下との婚約は王家が取り決めたもの。わたくしが辞退することは叶いませぬ」

「陛下も貴様の放蕩ぶりを知ったらお怒りになるだろう。そうなれば貴様は終わりだ」

「いいえ、そうはなりませんわ」

オフィーリアに公務を手伝わせているのはボアネルジェス本人なのだ。そして、与えられた公務を全てこなしている割には執務室に籠ることもなく、日々自由に振る舞いすぎる彼の様子は陛下とて承知されているだろう。オフィーリアはそう考えている。

現時点で彼が陛下に譴責されていないのは、自分の婚約者を上手く使って問題のない状態を維持できているからにすぎない。おそらくは、ただそれだけのことだ。

「余裕ぶっていられるのも今のうちだ。私が直接奏上致せば、陛下もお分かりになるだろう」

「おやめください、お父様」

そんなことをしても、カストリア公爵家の名に傷がつくだけだ。本当にオフィーリアが遊び歩いていた場合でも、それがアノエートスの荒唐無稽な妄想でしかなかった場合でも、どちらにしてもカストリア公爵家が嘲笑されることになる。

筆頭公爵家の醜聞など、政敵であるサロニカ公爵の一派を利することにしかならないというのに、この父はそんなことにも気付かないのか。

「だいたい、貴様のような奴が栄えあるカストリア公爵家を継ぐなど、わがマケダニアの恥にしかならん。そのことも陛下に奏上して、廃嫡の手続きを進めるからそのつもりでおれ」

「それは不可能ですわ、お父様」

特定の家系では直系血族が存在する限り、傍系や血縁のどの人物も家名を継ぐことは叶わない。一般の貴族家は他家から取った養子に家名を継がせられる一方で、特定の家系では入婿や養子には家名を継承する権利がなく、正統な後継者が襲爵するまでの代理しか任せられない。これはイリシャの連邦法典で定められていることだ。

そしてカストリア家はその特定の家系であり、オフィーリアがその直系なのだ。

「カストリア公爵たるこの私がそう決めたのだ！　不可能なことがあるものか！」

つまりアノエートスはこの時点ですでに、連邦法典違反を犯している。追捕局に突き出されないのはひとえにオフィーリアの温情でしかない。

「何度も申し上げておりますが、お父様がなんと仰られてもわたくしが次期公爵です。そしてお父様は〝カストリア公爵〟ではありません」

カストリア公爵だったのはオフィーリアの亡母アレサである。アノエートスは家門の配下の伯爵家から迎えた入婿でしかない。

そしてオフィーリアは慣例により、十八歳になればカストリア公爵位を継承する。現在の彼女はまだ十五歳で成人したばかりであり、建前上はこれから後継教育を始めて、三年かけて履修する予定になっている。まあ後継教育そのものはオフィーリアが十二歳の時に亡くなった母が、彼女が十歳の頃から計画を組んで少しずつ施（ほどこ）していたため、実のところもう終わりが見えているが。

　今にして思えば、母にはある種の予感があったのだろう。自分の命が長くないこと、夫が信用ならないこと、そして年若いオフィーリアの立場が脅（おびや）かされかねないことなど、もろもろと。

「まだ言うか、貴様！」

　アノエートスは右腕を振り上げ、振り下ろした。

　頬を張られた小柄なオフィーリアが倒れ込み、即座に駆け寄った侍女たちに助け起こされる。

「……お父様」

　次期カストリア公爵にして、唯一の直系であるオフィーリアに手を上げればどうなるか、この愚かな父はそんなことにも気付かない。だって彼は、幸運にも疎（うと）ましい妻が亡くなったことで、筆頭公爵家が自分のものになったと思い込んでいるのだから。

　だがそんな愚者でも、オフィーリアにとっては血の繋がった実の父である。できることなら穏便に済ませたい。だから基本的には父に従いつつも、曲げられぬことは曲げられぬと繰り返し伝えてきたはずなのに。

　オフィーリアを助け起こした侍女たちや、周囲に侍（はべ）る家令や執事たちの怒りのこもった視線が突き刺さり、さすがに手を上げたのはやりすぎたと思ったのだろう。アノエートスは咳払いして、居心地悪そうに身を揺らす。

「……ふん、まあいい。そうやって楯突（たてつ）けるのも今のうちだ。全てを失ってから泣いて詫（わ）びても許さんから覚悟しておけ。――オフィーリアに食事を供することは許さぬ。自室に軟禁しておけ」

アノエートスは尊大に執事にそう命じて踵を返し、玄関ホールから去っていく。その後に従うのは唯一家令のみで、ほかは誰も追従しようとしない。その家令にしたって、公爵代理を野放しにできないから従っているだけだ。

「さあお嬢様、まずはお部屋にお戻りください」

「お嬢様、すぐにお食事をお部屋にお持ちいたします」

「湯浴みの準備も進めておりますから、お食事の後にでも」

「その前にお顔のお手当てをいたしませんと」

侍女たちが次々と寄ってきて、口々にオフィーリアを労ってくれる。使用人たちはみな母が存命の頃から公爵家に仕えている者ばかりで、父をはじめとしたオフィーリアを疎む者たちから守ってくれているのだ。

彼ら彼女らが解雇され、邸を追い出されることはない。母の死後に父が不当に追い出した使用人のひとりが公的機関に訴え出た結果、代理公爵に人事権なしと司法院が認めて復職を許可したからである。それ以降、父はもちろん義母も使用人を入れ替えられずにいる。もちろん新規に雇うことも不可能だ。

「ありがとう。でもその前に執務室へ行くわ」

心配する侍女たちにオフィーリアがそう言うと、彼女たちから声なき悲鳴が上がった。

「いけません、お嬢様。まずはゆっくりお休みになってくださいませ」

「領政執務でしたら明日にでも――」

「明日の朝になればミエザ学習院に登院して、昼からはまた王宮へ上がらなくてはならないわ。今夜しか時間がないのよ」

「で、ですが……！」

「……もう、分かったわ。では先に食事を頂こうかしら」

「――っ！　はい、すぐに準備いたします！」

「簡単に食べられるものにしてね。あまり食欲がわかないの」

力なく微笑むオフィーリアに侍女たちはみな悲痛な表情を浮かべたが、力なく微笑むオフィーリアに、誰ももう何も言えなかった。


オフィーリアは自室で軽食を摘み紅茶を一杯飲んだ後、着替えも湯浴みもせずに当主の執務室へ向かった。そこで待っていた家令から留守中の報告を受け取り、書類をよく読んで確認し、領主もしくはその代理の署名が必要なもののみを父の名義で署名してゆく。

ここでも彼女は自分の名を一切用いなかった。自分の名で署名すれば、父が代理の仕事すら果たしていないことが明るみになってしまうからである。

オフィーリアはなんとなしに、窓の向こうの暗闇に目を向けた。

父は今頃自室に戻って、義母ヴァシリキと褥を共にしているのだろう。公爵家の血を持たぬ父が連れ込んで公爵夫人だと称している、本来ならば許されざる愛人と。

父は愛人を作っていただけでなく、娘まで産ませていた。そう、公爵家の娘はオフィーリアだけだが、オフィーリアの父には娘がふたりいるのだ。母アレサの死後早々に、父は彼女たちをこの邸(やしき)に招き入れた。そしてオフィーリアの反対を押し切って住まわせている。

その異母妹は、玄関先に出てこなかった。深夜ということもあり、すでに自室で眠っているのだろう。あの子は人一倍美容に気を使っているから、睡眠不足は大敵だものね。オフィーリアはそう結論づけて、それ以上は考えなかった。

オフィーリアが執務室で必要な領主決裁をまとめて、自室に戻って簡単に湯浴みを済ませて就寝した、その翌朝。――と言っても、オフィーリアが眠っていたのは時間にしてわずかな間だけ。具体的には特大一、つまり一時間程度だ。

数日ぶりに公邸へ帰ってこられたオフィーリアが私室のベッドを使えたのは、たったそれだけの時間だった。

そうして熟睡する間もなく起床し、オフィーリアに合わせて動いてくれる侍女たちが用意した簡単な朝食を自室で食べる。そうして身なりを整えて、随従の侍女とともに登院しようと玄関ホールまで下りたところで、背後から声をかけられた。

「あらお義姉(ねえ)様、帰っていらしたの」

階段の上から声をかけてきたのは、ひとつ歳下の異母妹テルマだ。

美容に人一倍気を使う彼女は、健康と美容が密接に関係していることをよく分かっていて、早寝早起きだし好き嫌いせずになんでもよく食べる。そのおかげか年齢相応に成長しており、肌も髪も美しく、公爵家の娘と名乗るに相応(ふさわ)しい容姿をしている。

それはともかく、できれば会いたくなかった相手に見つかってしまったオフィーリアである。

「何日も帰らなかったと思えば朝帰りですか。いいご身分ですわね、お義姉(ねえ)様」

「わたくしは今帰ったわけではないわ、テルマ。昨夜戻って、これから登院するところよ」

「まあ。今さらミエザ学習院に席があるとでも？」

テルマは両親の言葉を鵜呑(うの)みにしていて、常にこうしてオフィーリアに突っかかってくる。ただ今のは、入院を許可されなかった悔しさと妬(ねた)みから来るものだろう。


マケダニア王国の誇るミエザ学習院は、王侯貴族の子女しか入院を認められない。その受験を、テルマは許されなかった。つまり彼女は貴族子女ではないと判断されたことになる。

もっとも、一年遅れで彼女も入院を許可され現在は一回生である。

一度は却下された彼女がなぜ入院できたのかと言えば、彼女の母であるヴァシリキの出自が没落した子爵家であったからだ。

義母ヴァシリキの実家は領地経営に失敗して多額の負債を抱え、爵位と領地を返上し平民に落ちていた。だからオフィーリアも最初はヴァシリキを平民だと思っていたのだが、それにしては教養や礼儀作法の片鱗が見えるのが気にかかり、人を使って調べさせたのだ。

そうして元貴族という事実を突き止めた上で貴族の子女、直系二親等までミエザ学習院に入院できるようオフィーリアが法案を整備し、併せて入院要綱も改正させたのである。

爵位を返上したのはヴァシリキの父、そこから二親等なのでテルマまでなら受験資格が与えられる。つまりこれは、テルマを受験させるための措置だった。

なぜわざわざそんな便宜を図ってやったのかと言えば、受験を認められなかったテルマとその母ヴァシリキが、オフィーリアに対して公然と嫌がらせをしてきたからだ。

呼ばれてもいない夜会や茶会に乗り込んで、オフィーリアがテルマに数々の冷酷な仕打ちを行っているなどと吹聴されてはたまったものではない。カストリア家やオフィーリア自身の名誉も毀損されるし、何より乗り込まれた夜会や茶会の主催者にも招待客にも迷惑この上ない。それを止めさせるために、オフィーリアはわざわざテルマの望みを叶えてやる方向で動いたのだ。

ちなみに法整備とミエザ学習院の要綱改正に関しては、婚約者の名前が大いに役立った。オフィーリアが自身でまとめた書類を第二王子の名義で議会に提出しただけで、勝手に忖度した立法府の議員貴族たちが成立させてくれた。

それでボアネルジェスは「没落貴族にも寛大な英明の君」などと評価が上がっているのだが、当の本人は全く気付いていない。署名だけはしてもらったが、他の書類に紛れさせていたので、彼はろくに確認もせず署名したのだろう。

マケダニア王国が属するイリシャ連邦を含むこの西方世界において、教育は非常に重視されている。多くの国では平民でも公的補助を得て、ほぼ無償に近い負担で初等教育から中等教育まで受けられる。

教育を受けることは義務ではないものの、よほどの貧困層や孤児でもなければ、六歳から三年間かけて初等教育を、九歳から三年間かけて中等教育を、公的な教育機関で履修できる。

貴族子女、特に伯爵家以上の家門であれば教育機関に通うのではなく、中等教育修了までは家庭教師を招聘（しょうへい）して自邸で学ばせるのが一般的だ。

ラティアースと呼ばれるこの世界は、森羅万象の全てが魔力（マナ）を構成元素として成り立っている。人類はもちろん動植物も自然現象も、神々でさえも例外ではない。だから人間（アースリング）も、貴族や平民の別なく誰しもが魔力をその身に持っていて、学べば誰でも魔術を覚えられる。

逆に、学ばなければ魔力のコントロールができずに魔力暴発などの事故を起こしかねない。そういった事故を未然に防ぎ、また倫理観を身に着けさせて犯罪を起こさせないために、教育を施（ほどこ）すのだ。

そして中等教育まで履修を終えた者たちが、より高いレベルの教育を受けることを希望して目指すのが高等教育機関、つまり〝大学〟である。そこでは一年間の受験勉強期間を置いて十三歳から三年間、より高度な魔術や各種の専門分野を学ぶことになる。

マケダニア王国立ミエザ学習院はそんな大学のひとつで、貴族子女たちのための高等教育機関である。ちなみに平民向けの大学は別に存在していて、テルマはそちらになら入学できたのだが、それでは彼女のプライドが許さなかったようである。

平民とは違い、王侯貴族子女は大なり小なり領地を持ち為政者の側に回らねばならない。そのため大学への入学と卒業が事実上、必須である。カストリア家の血を持たないテルマは大学へ通う必要はないが、自分を公爵令嬢だと思っている彼女は当然のように受験勉強に取り組み、受験さえ許されなかったことに憤慨して悔し涙を流していた。それが一転して認められたことで奮起し、見事に合格を勝ち取った。

十一歳まで平民として育ってきたはずのテルマにも向上心や克己心がしっかりと備わっていた。それについてはオフィーリアも素直に感心している。無意識に彼女を平民だと侮っていた自分を恥じたくらいだ。

そしてそんなテルマは、入院要綱改正に一役買ったボアネルジェスのことを強く敬慕している。彼の婚約者がほかならぬオフィーリアだということで、向けられる敵意がなんら変わらなかったことだけが、オフィーリアの誤算だった。

『頑なにわたくしを公女だと認めないお義姉様には、お優しくてお強くて素晴らしいボアネルジェス殿下の隣に立つ資格などありませんわ！　なぜ辞退しないの⁉』

顔を合わせる度に、テルマからそう言われるのは正直うんざりする。

オフィーリアだって別に望んでなどいないし、辞退できるものなら辞退したい。そもそもこの婚約は、王家が無理にねじ込んできたものだ。本来なら次期カストリア公爵たる自分が次期王妃に選ばれるなど、あり得なかったのに。

だが辞退してしまうと王妃にはなれないし、なれなければ不遇の第一王子カリトンの運命も変えてやれない。だからこそ、ボアネルジェスに疎まれようともテルマに嫉妬されようとも彼の婚約者を降りるつもりはない。

というか、なぜテルマが第二王子の名を親しげに呼んでいるのか気になって仕方ないオフィーリアである。まあそれを一度問い質した時に大袈裟に泣かれて父に罵倒されてからは、敢えて素知らぬフリをしているが。

「ミエザ学習院に入学して間もないわたくしですら知っているのよ。お義姉様が院内でなんと呼ばれているのか」

どうやらテルマは、目障りな異母姉を攻撃する新たな口実を得たようだ。

だが正直、オフィーリアにとってはどうでもいいことだ。

ボアネルジェスと同じ学び舎で過ごすためにとわざわざ選んだミエザ学習院だったのに、蓋を開けてみれば登下院も昼食も昼休みも第二王子に近づけず、それどころか学生会長の彼に命じられて本来あり得ない学生会長代理などやらされる始末。淑女科での授業内容は後継教育と王子妃教育以上のものではなかったし、正直通う意味などなかった。

つまりオフィーリアが最終学年の今年まで律儀に通っているのは、ほぼ卒院資格取得と学生会長代理の業務のためでしかない。

年が明ければ、およそ一ヶ月ほどで卒院である。そうすれば本格的にボアネルジェスとの婚姻の準備が動き出すし、婚姻すれば彼は立太子され、オフィーリアも王太子妃となる。

そこまで我慢すれば少なくとも学生会の業務からは解放されるし、正式に王宮に移ることで父や異母妹とも顔を合わせずに済むようになる。

なおこの世界では、誕生日とは別に年明けとともに一律で加齢するのが慣例なので、その頃にはオフィーリアもボアネルジェスも十六歳になっている。

現実から目を背けて将来に想いを馳せ始めたオフィーリアの耳朶を、テルマの声が殴り付けた。

「――『真実の愛を妨げる我侭公女』」

「…………なんですって？」

一瞬、言われたことが理解できずに、思わずオフィーリアは聞き返した。

「何度でも言ってやりますわ。お義姉様は『真実の愛を妨げる我侭公女』だと、同窓の皆様から大層嫌われてるんですってね？　院内では下級生たちですら知っていることよ」

ニヤニヤと嗤うテルマの顔をまじまじと見返しても、何を言われているのか分からない。

真実の愛？　我侭公女？

「まあ、とぼけるつもりなのね。夜な夜な遊び歩いてボアネルジェス殿下にさんざん迷惑をかけている上に院内でも付きまとって、相当嫌われてるって聞いたわ！」

夜遊びなどしていないし、テルマは父の言葉を鵜呑みにしているだけだ。そしてミエザ学習院でボアネルジェスに付きまとった憶えもない。まあ学生会業務で会長の決裁が必要なものだけは、毎回頼み込んでサインしてもらっているが。そしてその度に「だからそなたがよきに計らえと何度言ったら分かるのだ！」と叱責されてはいるが。

――ああ、なるほど。人目のある場所で叱責されることもあるから、傍目には付きまとっているように見えるのかもしれない。

だが、学生会長決裁の代筆は無理なので仕方ないのだ。公務書類であれば文官たちが察して上手く呑み込んでくれるが、まだ学生の身で、学生会役員ですらないオフィーリアに学生会業務を丸投げしていたなどと知られれば、ボアネルジェスの今後の評判に関わるのだから。

そう、実は学生会長代理などという役職は学生会にはない。入院直後、選挙時期でもないのに学生会長に立候補して無投票選任されたボアネルジェスが、勝手に設定した役職にすぎない。彼はオフィーリアを、教職員にも黙認させた上で、自らの婚約者だというだけの理由で選任したのだ。業務を押し付けるために。

それでオフィーリアは仕方なくこの二年半もの間、彼の業務を肩代わりするしかなかった。けれどもそんな事実を公的に残すわけにはいかないため、学生会長の署名だけはボアネルジェス自身にやってもらわなくてはならなかったのだ。

いや、それよりも気になるのはその前段である。

「真実の愛、とは？」

「まあ！　それさえとぼけるんですの？　院内では知らぬ者もないというのに！」

と言われても、院内にも院外にも友人のいないオフィーリアには注進してくれるような取り巻きもおらず、情報源がないから知りようがない。同学年の高位貴族子女には第二王子の婚約者の地位を妬まれ、下級生の子女には羨望から遠巻きにされている。

公爵家配下の家門の子女たちには、いつでもどうとでも態度を変えられるように自分にはなるべく近付くなと、オフィーリアは普段からそれとなく人を介して忠告していた。

だから彼女は自分に関する噂でさえ、知る機会がなかった。

卒院すれば王太子妃となるのは既定路線だし、多少の噂程度は障害にもならない。王太子妃ともなれば社交もせねばならないから、それからゆっくり誤解を解けばいいとオフィーリアは考えていた。というか、そうなってからでなければ対応する時間が取れない。物理的に不可能である。

「……その様子だと、本当に何も知らないみたいですわね。まあいいですわ、その時になって恥を晒すのはお義姉様ですもの。今から楽しみだわあ！」

訝しげに眉をひそめた後、急に愉しそうに口を開け声を上げて笑い始めたテルマに、オフィーリアも眉根を寄せる。

貴族令嬢を名乗りたいのなら、もう少し令嬢教育を真面目に受けたらいいのに。先ほどから言葉遣いも中途半端だし、口を開けて笑うなど。受験を頑張って合格したのは立派だけれど、やっぱりこの子は市井の育ちでしかないのねと、オフィーリアは内心でため息をついた。

(正式に公爵位を継いだら、この子には父と義母と一緒に領都の別邸に引っ込んでもらいましょう。これ以上自由にさせてはカストリア公爵家の名を貶めるだけだし、生活の保証だけ確約して、それで呑んでもらうしかないわね)

オフィーリアはそう考えて、テルマの高笑いには返事をせず、控えていた執事に「それでは、行ってくるわね」と告げて玄関ホールを出た。

すぐ正面の馬車停まりにはすでに専属の馭者が公爵家の馬車を用意していて、彼女はそれに乗り込んだ。

ちなみにテルマにも専属の馬車と馭者（ぎょしゃ）を与えてある。登院するのに彼女と同乗するなど、オフィーリアの心身が耐えられそうにないからだ。

馭者（ぎょしゃ）だけでなく侍女数名と執事補をひとり、テルマとその母にそれぞれ付けている。そうしないと人事権のない父が煩（うるさ）いというのもあるし、テルマを不当に虐（しいた）げているという噂を真実にするわけにいかなかったからでもある。

背後でテルマが何やら金切り声を発していたけれど、オフィーリアはもう反応しなかった。

3．婚約破棄

マケダニア王国の誇るミエザ学習院は、王都サロニカの郊外に広大な敷地を持つ。建屋は中央棟を囲んで三方に教室棟、残る一方に大講堂、それに中央棟と各教室棟を繋ぐ回廊とで成り立っている。そのほか敷地内には、騎士科の使う教練広場や魔術科の所有する魔術演習場などがある。

教室棟は三階建て、中央棟は四階建てで、遠目からは五つの建物が寄り添っているように見える。

中央棟には教職員室のほか事務室、院長室、学生会室、医務室、カフェテリア（ティオポリオ）と食堂、ダンスの講義や夜会にも対応した多目的ホールや応接室などがある。

教室棟はそれぞれ棟ごとに各学年の専用で、各棟とも一階は一般教室（タクスィ）、二階は上等教室、三階は優等教室と成績で分けられ、それぞれに所属する学生たちの教室と各種専用室が備わっている。

オフィーリアは三回生、最終学年で優等教室の学生だ。彼女は入試を首席で突破して優等学生となり、それ以降どの学年でも優等から落ちたことがない。

そしてそれは、婚約者であるボアネルジェスも同じであったのだが——

「殿下は本日もまたお休みになられてますの？」

「いや、どうだろう。登院しておられるとは思うのだが」

「……殿下は確か、一回生でも二回生でも皆勤であられた……よな？」

級友たちのヒソヒソとした話し声が聞こえる。正確には、オフィーリアが強化の魔術で聴力を上げて聞き取っているのだが。

（……よろしくありませんわね）

オフィーリアは内心でため息をつくほかはない。

表向きには彼女と首席争いをしているはずのボアネルジェスは、実のところ、気が向いた時にしか授業に出席しようとしないのだ。

それを指摘する度に彼は「なに、成績など前後期の試験の結果で決まるのだから、試験さえ対処しておれば良い！」などと言って笑い飛ばす。授業にも出ないのに試験の結果だけが優れている彼を、他の学生たちがどう思うのか考えたことがあるのだろうか。

そう。ボアネルジェスが自らの成績を改竄しているのではないかという噂が今、密かに流れている。それが事実であれば大問題だし、事実でなくともそんな風評を立てられるだけで経歴に傷がつきかねない。

だが実際には、ボアネルジェスは成績改竄のような不正はしていない。

彼はただ、試験の度に自身に代わって完璧に試験対策をしたオフィーリアの解答を、魔術を用いてそのままなぞっているだけである。ただし、たまに自分で分かると思ったところを勝手に書き足すせいで、彼の成績はオフィーリアと同等になることはあっても上回ることはない。

そして授業には気が向かなければ出てこない彼だが、実はミエザ学習院には毎日登院している。行かずに王宮にいれば父王に報告されるというのも理由のひとつだが、それとは別の理由もある。

そのことも、オフィーリアは知っていた。

風貌も体格も雄々しい彼は、彼に憧れる数多の女子学生たちを院内で常に侍らせているのだ。それは他の学生たちの噂を耳にするまでもなく、オフィーリア自身が何度も目撃している事実だ。

(今頃、何処でどなたと何をやっておいでなのかしら、殿下は)

内心でため息をつきつつ、オフィーリアは窓の外を見る。

教師が入室してきて、授業の開始を告げた。


ボアネルジェスはその頃、ミエザ学習院の中央棟と大講堂の間にある中庭の、ガゼボのひとつに陣取っていた。

「相変わらず騒々しい女だったな」

もう授業が始まるからと慌ただしく教室に戻っていった少女の去った方向を見やりつつ、彼は不快感を隠そうともしない。

相変わらず、異母姉の風評を貶めることにばかり熱心な娘だ。確かに見目はまあまあ良いが、血筋が良くない。本人はカストリア公爵の娘だと言うが、カストリア公爵位が現在空位であることはボアネルジェスも当然知っていることだ。それが三年後に、疎ましい婚約者のものになるということも。

去った少女、とはつまりテルマのことだ。

彼女は登院するなりボアネルジェスのもとにやってきて、今朝もひとしきり異母姉の陰口を叩いて行った。立太子が有力視される第二王子に向かって、その婚約者を悪しざまに罵ればどうなるか。そんなことにも気付かないあたりが粗忽というほかはない。

そもそも名を呼ぶ許可を出した憶えもないというのに会えば必ず名を呼ぼうとするあたり、まともな教育も受けていない証左だ。いい加減鬱陶しくなり窘めた後は控えているので、不興を恐れる程度の分別はあるようだが。

「もう少し血筋が良ければ、相手をしてやってもいいのだがな」

だが、そんな粗忽で貴族子女としてはなっていないテルマの瞳は、いつだってボアネルジェスへの恋慕を隠そうともしていなかった。だから、彼も表向き彼女を邪険には扱わない。

恋慕されること自体は悪い気がしないし、彼女の見目も悪くはない。自分が即位した暁には後宮へ加えてやっても良いか、くらいには考えている。

「まあ。堂々と浮気の宣言ですか、ジェスさま？」

そんなボアネルジェスの背後から、若い女の声がした。

「後ろから近付くなど、王族への暗殺を企んだと言われても言い逃れができんぞ、マリッサ」

「うふふ。お優しいジェスさまは笑って許してくださるって、わたし知ってますもの」

振り返りもせずに口先だけで咎めるボアネルジェスに答えながら、ガゼボを回り込んで入り口から入ってきたのは、蜂蜜色の柔らかな髪をふわりと風になびかせたひとりの美少女だった。ボアネルジェスの一学年下の二回生で、一般教室に属する男爵家の庶子マリッサは、ここ最近、ボアネルジェスが特に気に入って侍らせている女子学生である。

マリッサは当然のように、ボアネルジェスの左隣に腰を下ろす。

彼女は十歳の頃まで、男爵家の血を引いているとは知らずに市井で暮らしていたという。そのせいか、貴族特有の内心を隠し通す社交の技術をほとんど身につけていない。いつでもよく笑いよく食べよく動き、愛らしい仕草と容姿で愛嬌を振りまく少女だ。

「我だから許してやっておるのだぞ。本来ならば手打ちにされても文句は言えんのだからな」

「はぁい。気を付けまぁす」

気のなさそうな返事をしつつ、マリッサはボアネルジェスの逞しい肩にしなだれかかる。それだけでそれ以上咎めなくなったあたり、彼は彼女に甘い。

「ねえ、ジェスさまぁ」

「なんだ」

「わたし、ちょっと欲しいものがあってぇ」

授業の始まる時間だというのに、それに出ないボアネルジェスにしなだれかかり、何を言い出すかと思えばおねだりだ。またか、と思いながらボアネルジェスは彼女が語るに任せた。

彼女は具体的に思い浮かべているものがあるようで、取り留めもなくだらだらと話し続ける。途中で聞いていられなくなり、ボアネルジェスは通信鏡を取り出して政務局へ繋いだ。

「うむ、そうだ。そのように計らえば当面の問題は先送りできると思うが。――おお、そうか。ではよきに計らえ」

通信鏡とは、通信の魔術を利用した遠隔通話の魔道具だ。ボアネルジェスは手鏡サイズのものを日頃から持ち歩いており、授業中のはずの時間でも宮廷の各部署にこうして連絡を入れ、頻繁に指示を飛ばしている。

学生の身である以上、授業を疎(おろそ)かにしていいはずがないのだが、彼がこうして授業中にもかかわらず積極的に公務に取り組むことで、官僚や文官たちからは『政務に熱心な王子』だと評判が上がっているのだから始末に負えない。

「待たせたな。――で、なんの話だったか?」

通信鏡の接続ボタンを押して術式通話を終了した後、ボアネルジェスはおもむろに隣に座るマリッサに顔を向けた。

「もう、嫌ですわ、王太子殿下。またわたしに全部言わせるつもりですか?」

「ははは、そう怒るでない。それに我(われ)はまだ王太子ではないぞ。――〝青海の真珠〟のネックレス(コリエ)

が欲しいのか。ならば御用商に見立てさせ、最高級のものをそなたに贈って遣わそう」

「本当ですか？　約束ですよ」

「我がそなたに嘘なぞついたことがあったか？」

「ふふっ、ちょっと言ってみただけです。最近読んだ小説にあった台詞をわたしも一度言ってみたいと思っていたんです！」

「ははは、なんだ、そういうことか。相変わらず愛いのう、そなたは」

ボアネルジェスとて、男爵家の庶子ごときに本気で入れあげているわけではない。だが、権謀術数渦巻く貴族社会にあっては得難い自然体な雰囲気のマリッサと一緒にいると、気が休まるのは事実だった。

それに彼女は、自分のすることをなんでも大袈裟に褒めて持ち上げてくれる。だから彼女と過ごす時間はとにかく心地よかったし、即位すれば側妃のひとりとして召し上げても良いかと考える程度には、離れがたくなっていた。

「それにしても、殿下はお可哀想です」

「どうした？　そなたは我の何が可哀想だというのだ？」

「だって、立太子なさるために愛のない婚姻を強いられてるんでしょう？」

強いられている、というほどでもない。

オフィーリアは社交界のどの貴婦人にも見劣りしない美貌と知性を持っているし、有能で従順で常にボアネルジェスの不利にならぬよう立ち回ってくれるため、不満はそう多くない。

もっとも、体型が貧相なのだけはどうにも頂けなかったが。天は人に二物を与えぬというが、知性なぞ半分に削ってでも構わないから、もう少し魅力的な体型を備えられぬものか。あの痩身を抱かねばならぬと考えるだけでも萎えるというものだ。

それに比べてマリッサは、商会を持ち財政に余裕のある男爵家で四年も養育されていて、体型も容姿も、肌艶も髪艶もなかなかのものだ。さすがに未婚の男女のしきたりとして婚前交渉に及ぶ気などないが、この肢体をいつか抱いてみたいと思わずにはいられない。特に胸が素晴らしい。

「まあ、否定はせぬが、オフィーリア以上に我に相応しき令嬢などおらんのでな」

「わたしじゃ……ダメですか？」

間髪を容れずにそう返されて、一瞬、ボアネルジェスは返答に詰まった。

確かに、彼女には隣にいてほしいと思ってはいるが。

「オフィーリア様が殿下に相応しいというのは、公女様だから……でしょう？」

そう言われた瞬間、中途半端に知恵の回るボアネルジェスは気付いてしまった。

オフィーリアは筆頭公爵家であるカストリア公爵家の公女だ。カストリア家には他に子女がおらず、入婿の愛人が産んだ庶子とも言えぬ娘がいるものの、爵位の継承権があるのはオフィーリアのみである。

だが、他にも公爵家自体はあるのだ。特にカストリア家と対抗する派閥を率いるサロニカ公爵は日頃から、『わが家に娘がおれば、是非とも殿下の婚約者候補に名乗りを上げさせたところなのですが』と残念がっている。

オフィーリアはカストリア公爵家を継がねばならない立場だ。そしてカストリア家はすでにヘーラクレイオス王家と幾度も縁を繋いでいて、今さら血縁を求めているわけでもない。仮に彼女がボアネルジェスの婚約者を外れたところでさしたる問題もないだろう。むしろ現状のほうが、王家がカストリア家を取り込もうとしているのではないかと懸念されているほどである。

一方で、サロニカ公爵は王家との縁を欲している。そうしてマケダニア王国内での地位を高め、最終的にカストリア公爵家を追い落として筆頭公爵家となるのが彼の悲願なのだ。

マリッサをそのサロニカ公爵の養女とし、その上で妃に迎えてはどうだろうか？　養女とはいえ王家との縁も繋がるし、ボアネルジェスが王位を継いだ後にマリッサとの間に生まれた姫でもサロニカ家の後継者に嫁がせれば、血縁も万全となる。いやマリッサの子でなくとも、他の側妃に産ませた姫でも文句はないだろう。

「……殿下？」

急に考え込んだボアネルジェスに、マリッサが怪訝そうに声をかける。

「そう、だな。そのとおりだ。そなた、なかなか頭も切れるではないか！」

「えっ、そ、そうですかぁ？」

急に褒められて相好を崩す彼女の手を、ボアネルジェスは慣れた手つきですくい上げる。

「そう、そなたの言うとおり、他にも公女がおれば良いのだ！　任せておけ、そなたを我の隣にずっと侍れるようにしてやろう」

「えっ、ほ、本当ですか!?」

「我がそなたに嘘をついたことなどないと、先程も言ったであろう！」

「う、嬉しい……！　マリッサをずっと、殿下だけのものに――お嫁さんにしてください！」

「愛い奴め。よい、全て任せておけ！」

「はい！」

目に涙を浮かべて感激するマリッサが愛おしくなり、思わずボアネルジェスは彼女の華奢な身体を抱きしめた。細い腰を抱き寄せ両腕でその身を閉じ込めると、彼女も抱きしめ返してくる。

ふにゅりと胸板に押し付けられた柔らかい感触がなんなのかに気が付いて、その感覚を一度だけで終わらせてなるものかと、ボアネルジェスは強く心に誓った。

――いや胸だけでなく、腰つきもなかなか良いな。

それからおよそ一ヶ月後。
稔季のはじめの、社交シーズンの始まりを告げる王宮主催の大夜会。その会場となる王宮の〝栄光の間〟には、国内主要貴族の大半が揃っていた。当主たちだけでなく夫人も、子女たちもだ。
暑季のはじめに開かれる社交シーズンを締めくくる大夜会の後、要職に就く一部を除く貴族たちの多くは長期休暇に入る。自領に戻ったり旅行に出かけたりと、様々に余暇を過ごした貴族たちはこの稔季の大夜会から、再び華やかな社交を繰り広げつつ暖かな王都で寒季を越すのだ。

建前として大夜会は国内の全貴族が招かれて、実際にそのほとんどが参加する。もちろん、オフィーリアもカストリア公爵の名代として参加しなくてはならない。特に今年は成人してお披露目も済ませたため、今シーズンから正式に次期カストリア女公爵として参加することになっている。

まあそれでなくとも、彼女は第二王子ボアネルジェスの婚約者であるから参加が必須だ。

ちなみに、カストリア代理公爵ことアノエートスは大夜会には毎年招かれない。本来なら招待されて然るべきなのだが、先代の女公爵アレサが亡くなった翌年に、招待されていない愛人のヴァシリキを公爵夫人、娘のテルマを公女と主張して制止も聞かずに会場入りしようとし、それ以後は出入り禁止措置が取られている。

（殿下は、やはりいらっしゃらなかったわね）

それはそれとして、オフィーリアは今日も内心でため息をつくしかない。婚約者であるはずのボアネルジェスの迎えがなかったのだ。迎えどころか、今回はドレスや宝飾品のプレゼントも、着用するドレスの指定も、招待状に添えられるべき自筆のメッセージすらなかった。

さすがに一言物申したくなり、公務の合間を縫ってボアネルジェスに問い質してみたのだが――

「ああ、うむ、もうそんな時期か。忘れておった」

微塵も悪びれずにそう言われて、オフィーリアは絶句した。それだけでなく、「まあ忘れたついでだ、たまにはそなたの感性で自由に着飾ってみるが良い。楽しみにしておるぞ」などと言われてしまっては、開いた口が塞がらぬというものだ。

一体何処に、婚約者のドレスを自由にさせる貴公子がいるというのか。そもそも自由にと言われても、婚約者の色をまとう以外にないというのに。もしもそれ以外の色のドレスで参加すれば、たちまち不仲の噂が席巻するに決まっているのに。

それにしても、エスコートすら多忙を理由に断られるとは思わなかった。会場警備の責任者を拝命したからなどと言っていたが、第二王子といえば主賓のひとりであり、そんな者が会場警備責任者になど任命されるわけがない。

さすがに文句の一つも言いたかったが、これまでもボアネルジェスは苦し紛れの言い逃れやその場しのぎの嘘を重ねて、オフィーリアが折れるまで頑として譲らなかった。だから今回も無理だと彼女は諦めた。逆らった不敬罪で罰を与えるなどと言われてはたまらない。

「次期カストリア女公爵、ボアネルジェス第二王子殿下のご婚約者様、オフィーリア・ル・ギュナイコス・カストリア公女のご入場でございます！」

入場コールが高らかに告げられる。オフィーリアは表情を取り繕って背筋を伸ばし、開かれた大扉から会場内へ、努めて優雅に一歩を踏み出す。

内心でどれほど滅入っていようとも、日々の激務でいかに困憊していようとも、婚約者のエスコートがないことに消沈していても、これは公務で、この場は公の場である。人目のある場においては次期女公爵、そして第二王子の婚約者として振る舞わなければならない。

そう自分に言い聞かせつつ、彼女は単身で会場入りを果たした。

だが、そうして始まった大夜会で、オフィーリアは壁の花と化していた。

さすがにこんなことは初めての経験であり、正直どうしていいか分からない。

第二王子ボアネルジェスは、オフィーリアのすぐ後にコールされ、王族用入り口である中央階段を堂々と降りてきた。

その彼を見て会場からどよめきが起こったのは、彼がひとりの令嬢をエスコートしていたからである。もちろんそれはオフィーリアではなく、男爵家の庶子マリッサだ。

マリッサは明るい亜麻色のドレスに身を包み、頭に薄絹の黒い総レースのヴェールをまとって胸元に大ぶりの黒真珠を光らせていた。ヴェールやドレスの襟元を飾るレースは東方産の最高級絹糸、裾や腰回りを彩る刺繍は見事な銀刺繍。そのドレスコードは王太子妃に準じている。

そんなドレスコードはこの場の誰も、そうオフィーリアでさえ許されないというのに。

一方でオフィーリアのまとうドレスは黒を基調に胸元に向かって白くなるグラデーション、肩に柔らかな亜麻色の総レース仕立てのショールを羽織っていた。黒いドレスは見た目が重くなりすぎないように、まだ暑い季節の夜会でも着られるように、レースを幾重にも重ねてたっぷりとドレープを取り、主張しすぎない程度に緩く膨らませたクリノリンも仕込んである。

ボアネルジェスの瞳の色が漆黒で、髪色が亜麻色だからこそのチョイスだが、組み合わせにしても完成度にしてもかけた予算にしても、明らかにマリッサのほうが上だった。

実のところオフィーリアには、新しくドレスを仕立てる暇などなかったのである。

選んだドレスは以前にボアネルジェスから贈られたものの手直し品だし、亜麻色のショールも元から持っていたもの。その他のアクセサリー類も手持ちのものを、組み合わせと飾り付けで侍女たちに工夫してもらっただけである。

殺人的に多忙な日々のなかで準備できるものといえば、それが精一杯だったのだ。


どよめく貴族たちは入場した三者を見て、当然のごとく察した。

それはそうだろう。これではどう見ても婚約者の交代が発表されるとしか思えない。

そんな周囲の視線にいたたまれなくなり、オフィーリアは壁の花と化した。見かねた配下家門の侯爵夫人が、中央階段を見上げてどうすることもできずに立ち尽くしていたオフィーリアの手を取って、壁際へ誘導してくれたのだ。

普段から不用意に近付かないよう申し付けてあるというのに、誰よりも素早く動いて傷を最小限にしようとしてくれた夫人に、オフィーリアは目を伏せて感謝の意を伝えることしかできなかった。

その後、オフィーリアが壁際から離れたのは、主催者でもある国王夫妻への挨拶のために、玉座がある階の下に進み出た時だけである。努めて冷静を装い、次期カストリア女公爵として国王と王国の繁栄を願って言祝ぎ、しとやかに淑女礼を決めてみせた。

国王バシレイオスは鷹揚に頷いてはいたものの、顔色がすぐれない様子だった。苦悩が玉顔に出ている気がして、オフィーリアは一抹の不安を覚えた。

そんな彼女には誰も近寄らず、話しかけない。

本来ならあり得ないことだが、今はそれが逆に有り難かった。真っ先にやってきて挨拶すべき——いや、最初から隣にいるべき婚約者は、徹頭徹尾彼女を無視して視界に入れることさえなかった。

◇　◇　◇　◇　◇

夜会は粛々と進む。このまま何事もなく終わるのではないかと思えるほどに。

だが参加の貴族たちの挨拶の取り交わしもほぼ終わり、そろそろダンスタイムに移ろうかといったタイミングで、ついに動きがあった。

「この場に集う諸卿に聞いてもらいたいことがある！」

雷を思わせる大音声で、ボアネルジェスが何やら言い始めたのだ。

「カストリア公女オフィーリア！　余の前に疾く参じよ！」

そう言われれば、出ていく以外にない。

やむなくオフィーリアは再び壁を離れ、婚約者の前、会場の中央に進み出た。

「お呼びでございましょうか、第二王子殿下」

「呼ばれた理由は解っておるな？」

おそらく婚約を破棄したいのだろう。だがオフィーリアから言い出せることではない。

「畏れながら、愚昧の身には分かりかねます」

「自らの所業を棚に上げて、よくもぬけぬけとそのようなことを！　——そなたとの婚約は、今この場にて破棄してくれる！」

敢えてそう言うしかないオフィーリアを忌々しそうに睨み付けてから、ボアネルジェスは予想どおり、婚約破棄に言及した。

第二王子ボアネルジェスのその宣言に、貴族たちの反応は大別して三者に分かれた。

ひとつは訝しみ、非難とも疑念ともつかない感情を向ける者。もちろん貴族の嗜みとして感情をそのまま見せることなどしないが、目線を動かしたり扇で口元を隠したりなど、感情表現の手段はいくらでもある。これにはカストリア家の配下家門の大半と、何も事情を分かっていない中立派やその他の家門の一部も含まれ、これがもっとも多数派である。

次に驚き、動揺する者。中立派などの家門の過半はこれに含まれ、特に下位貴族の者たちは一様に驚いている。中には、見せ物を眺める感覚で傍観者に徹して楽しもうとする者もいた。

そして最後は、第二王子に同調してニヤニヤとオフィーリアを嘲り侮蔑する者たち。中心はカストリア公爵家と対立するサロニカ公爵で、それに追従する家門の当主たちが含まれる。彼らはこの後に起こることまで知っていそうだが、サロニカ派でも伯爵以下の家門の者は純粋に驚いているだけのようなので、おそらく一部にしか知らされていないのだろう。

「……わたくしたちの婚約は、ヘーラクレイオス王家並びにイリシャ本国たるアカエイア王国アーギス王家の承認のもとで結ばれたもので――」

「そんなことは分かっておる！」

なんとか翻意させようとしたオフィーリアの言葉は、ボアネルジェスの大声によってかき消される。

「だが、罪人との婚約など破棄して当然だろう！」

そして続けて放たれた言葉に、彼女は咄嗟に反応ができなかった。

（罪人？　わたくしが？　一体何を仰っておられるの？）

「とぼけても無駄だ！　カストリア公爵家には脱税の疑惑がかかっておる！　それをそなたが主導した疑いが濃厚だというではないか！」

全くの事実無根であった。

言いたくはないが、あの父とその愛人ならばまだしも考えられなくもない。だがカストリア公爵家の財政は潤沢で、わざわざ脱税などしなくとも充分に奢侈な生活が送れているし、むしろオフィーリアが指示して、そんな気も起こさせないよう彼らを自由に遊ばせてやっているほどなのだ。

もしも財政に懸念があるのなら、家令から報告と相談が必ずあるはずである。これまでにも彼らは幾度か父の散財について相談を受けているから、その家令がオフィーリアと公爵家を裏切ってそのような罪を犯すとも思えない。

「そんな、何かの間違いで――」

「余の言を虚偽だと申すか！」

頭ごなしに怒鳴りつけられ、オフィーリアは黙り込むしかない。ボアネルジェスが彼女の言葉を聞かないのはいつものことだ。

だから彼女は、代わりに階上を振り仰いだ。

「畏(おそ)れながら陛下に申し上げます。殿下のご懸念(けねん)は真正(まこと)でございますか？」

「…………告発があったこと自体は、事実である」

マケダニアの現国王、バシレイオス・レ・アンドロス・ヘーラクレイオス・マケダニア王は、苦渋に満ちた表情で、それだけ発言した。その表情を見て、ボアネルジェスが確定のように語る容疑はまだ疑惑でしかないのだとオフィーリアは悟る。だが、疑われたというだけでも重大な醜聞(スカンダロン)だ。カストリア公爵家のような、歴史も権威も権勢もある家門にとっては特に。

「殿下、再調査を！　さすれば必ずや、わが身の潔白を——」

「そなたに言われずとも罪が明らかになるまで調べてやるとも！　だがそなたを野放しにしておっては証拠を隠滅するに違いない！」

ニヤリと嗤(わら)ってボアネルジェスが右手を肩口まで上げ、それを合図に会場警護の騎士たちがオフィーリアに殺到する。すでに招待客の貴族たちには遠巻きにされ、会場の従僕や給仕たちも逃げ散って会場中央にひとりきりだったオフィーリアは、あっという間に騎士たちに取り囲まれた。

その騎士のひとりに肩を押さえつけられ、右腕を掴まれ背中にねじり上げられて、オフィーリアは驚愕(きょうがく)した。

「なっ、何をするのです！」

容疑をかけられたとはいえまだ疑惑、しかも自分は筆頭貴族にしてイリシャ連邦内でも重要な地位を持つ、カストリア公爵家の次期女公爵なのだ。拘束するにしても敬意と礼節をもってその身に触れずに先導し、貴人牢に案内するのが騎士の仕事のはずなのに。

「暴れる罪人を取り押さえたまでだ」

だが、騎士はそう言ってニタリと嗤っただけだった。それがサロニカ派の侯爵家の次男であることに気付いて、オフィーリアは思わずサロニカ公爵を見た。

サロニカ公爵は嗤っていた。この騎士と、それからボアネルジェスと同じ顔をして。

つまり、彼らは共謀しているということ。そうと気付いて、ねじられた腕の痛みに顔を歪めつつボアネルジェスを振り返り、またもオフィーリアは見てしまった。

ボアネルジェスの隣に立つマリッサもまた、同じ嗤いを浮かべていたのだ。

「殿下、殿下！　そもそもなぜペラ男爵家の庶子など侍らせておられるのですか！　わたくしという婚約者がありながら！」

思わず叫びながらも、オフィーリアは正しく理解していた。

つまるところ、ボアネルジェスとマリッサに嵌められたのだ。そしてサロニカ公爵がそれに一枚噛み、カストリア公爵家を追い落とすために謀略を仕組んだのだろう。

おそらくバシレイオス陛下は疑惑を信じてはいないはず。だがマケダニア国内でカストリア公爵家に次ぐ権勢を持つサロニカ公爵の告発を、調査もせずに斥けられなかったのだ。

分からないのは、二点。

ボアネルジェスがなぜマリッサを伴っているのかということと、マリッサとサロニカ公爵との繋がりだ。彼女の実家であるペラ男爵家は、どちらかといえば中立の独立家門であったはずだ。

「それもそなたの罪状ゆえだ」

オフィーリアの必死の問いかけに、ボアネルジェスは冷めきった声を返す。

「そなたは日頃から、ミエザ学習院内で彼女に手酷い虐待を加えているそうではないか！」

「……なっ⁉」

「それも厳しく詮議させるゆえ、覚悟致せ！」

「お待ち下さい！　わたくしの、──わたくしの何処にそんな暇があったと仰るのです！」

「そなたが直接手を下さずとも、人を使ったのであろうが！」

つまりそれは、偽証する証人の用意があるということ。

「業腹だが、わが婚約者の仕出かした罪だ。我が償うのが筋であろう？」

ボアネルジェスは相変わらず、ニヤニヤとした嗤みを崩さない。

「よって！　余はここにいるペラ男爵家のマリッサ嬢をサロニカ公爵家の養女としたのち、余の伴侶として迎えることとする！」

「そんな！　お気は確かですか殿下⁉」

「愚弄するでないわ痴れ者め！　マリッサ嬢は新たに婚約者とすることにした！」

そう、全ては仕組まれていたこと。日々の公務と領政、それに学生会業務とに忙殺されていたオフィーリアのあずかり知らぬところで、全て終わってしまっていたのである。

「そんな……それでは……」

「ははは、残念だったな！　これで我は、そなたのような体型の貧相な女で我慢する必要もなくなったというわけだ！」

ボアネルジェスが痩せて小柄な自分の体型を嫌っているのは知っていた。胸の大きな女性を好むことも。だが、だからといって、このように衆人環視の中でわざわざ体型をあげつらって貶める必要などないはずだ。

悔しさのあまり、オフィーリアの琥珀色の目に涙が浮かぶ。

「うふふ、そういうことですので。残念でしたわねぇ、オフィーリアさまぁ？」

もはや愉悦を隠そうともせず勝ち誇ったマリッサが、ボアネルジェスの太い腕にわざとらしく抱き付いた。これみよがしに、豊満な胸を彼の腕に押し付けている。

サロニカ公爵はさすがに口を慎んでいるものの、次期王の外戚となれる喜びを隠しきれていなかった。

「――だからね？」

マリッサが、ボアネルジェスの傍を離れてオフィーリアに歩み寄る。

「せいぜい牢の中で悔しがればいいのよ。いい気味ね！」

そうして彼女は、腕をねじられ肩を押さえられて前屈みになっているオフィーリアの耳元に顔を寄せ、オフィーリアにだけ聞こえるようにはっきりとそう囁いたのだった。

「くっ……！」

「――っはは！　いい顔！」

嘲笑うマリッサはこらえ切れない愉悦に歪めた表情を瞬時に取り繕うと、ボアネルジェスのもとへ軽やかな足取りで戻っていく。

「さあ騎士どもよ！　その罪人を牢に引っ立てよ！」

まだ年若く、正式に爵位を継承できないばかりに力及ばず、悪辣（あくらつ）な陰謀（いんぼう）にむざむざカストリア公爵家の盛名を傷つけられてしまった。その屈辱（くつじょく）に、オフィーリアの心は張り裂けんばかりだ。

だがもうこうなっては、陛下の再調査と公正な判断に全てを委（ゆだ）ねるほかはない。おそらくはイリシャ本国、アカエイアのアーギス王家も事態を知れば動き出すだろう。名誉を挽回するチャンスはきっとある。

その思いだけを唯一心の支えにしながら、オフィーリアは虚（むな）しく連行されていくしかなかった。

4．そうして彼女は生命を断った

〝栄光の間〟から連れ出され、右腕を後ろ手に掴まれたまま騎士に取り囲まれて、オフィーリアは無理やり歩かされた。乱暴に押されて足がもつれるが、その度に極（き）められた腕を、掴まれたドレスを手荒く引っ張られ強引に体勢を戻される。

オフィーリアの地位と立場を考えれば到底あり得ない扱いだ。これまで受けたことのない屈辱（くつじょく）に、彼女の心も矜持（きょうじ）も引き裂かれんばかりだった。

「待て」

王宮の使用人たちにも遠巻きに見られながらオフィーリアを引っ立ててゆく騎士たちに、声がかかったのはその時である。

声をかけてきたのは、サロニカ公爵の嫡男だった。

内務局の政務次官補として出仕しているから、王宮にいても不思議はない人物だ。しかし警邏局の所属ではないので、騎士たちに対する命令権はないはず。それなのに騎士たちはその声を受けて立ち止まる。

必然、腕を取られた状態のオフィーリアも立ち止まるしかない。

「いいザマではないか、次期女公爵」

サロニカ公爵嫡男はニヤニヤと嗤いながら、オフィーリアの目の前までやってきた。

「なんの用だ、という顔をしているな」

そんな顔をした覚えはないが、さっさと立ち去れとは思っている。腕を極められた痛みのあまり淑女の微笑さえ保てなくなっているオフィーリアは、表情や視線に出てしまっているのだろう。

そんな顔を晒すことさえ無様に感じて、屈辱で彼女はわずかに俯き顔を背けた。

だが、髪を掴まれて強引に顔を起こされる。

「顔、背けてんじゃねえよ、罪人の分際で」

サロニカ公爵嫡男は勝ち誇っていた。父親や第二王子や男爵家庶子と同じ顔で。

「なあ、魅力的な提案をしてやろうか」

その顔で、彼は言い放ったのだ。

「お前、俺の愛妾になれ。そうすれば命だけは助けてやる」

オフィーリアにとって、侮辱（ぶじょく）以外の何物でもない暴言を。

「――ハッ」

削りに削られて残りわずかになってしまった矜持（きょうじ）を、それでも精一杯全身に漲（みなぎ）らせ、オフィーリアは背筋を伸ばして嘲り（あざけ）を顔に浮かべた。

「ヘレーネス十二王家に連（つら）なるカストリア家の後継たるこのわたくしが、新興のサロニカ家ごときの軍門に降るとでも？　寝言は寝ている時に言うものですよ。それともわたくしが知らないだけで、もとより魯鈍（ろどん）であったのですか？」

　これまでいつだって大人しく、荒い言葉など吐いたこともなかったオフィーリア。対抗派閥のサロニカ公爵やその嫡男とは親しく話す機会がほとんどなかったが、それでも数少ない対話では相手を尊重し、ことさらに煽（あお）ることなど一度もなかったオフィーリア。

　その彼女から初めて直接的に、しかも痛烈極まりない罵声（ばせい）を浴びせられて、サロニカ公爵嫡男は鼻白（はなじろ）んだ。

　新興と嘲（あざけ）られたサロニカ公爵家だが、これでも数百年の歴史を持ち、マケダニア王国の王都サロニカを含むサロニカ地方を領有する大貴族である。新興などと謗（そし）られるいわれはない。

　カッと頭に血が上り、サロニカ公爵嫡男は思わず彼女の頬を拳で殴りつけていた。

　言葉も発せず体勢を崩すオフィーリア。腕を掴んだままの騎士が肩を掴んで乱暴に体勢を戻させようとしたが、彼女は頽（くずお）れ膝をついた。

「何をやっている！　立て罪人！」

「――っああっ！」

だがすぐに荒々しく腕を引っ張られ、無理やり立たされる。背に回されて極(き)められた右腕を強引に捻(ね)じり上(あ)げられて、彼女は苦痛の悲鳴を上げた。

腕を取られ、ドレスを掴まれ、髪を乱され、頬を殴られて、満身創痍(まんしんそうい)と言ってもよいオフィーリアの姿には、もはや誇り高き公女としての面影(おもかげ)すら残っていない。

「全く、罪人の分際でサロニカ卿に楯突(たてつ)くとは。よほど死にたいようだ」

「まあ待てセルジオス」

少しだけ冷静さを取り戻して表情を取(と)り繕(つくろ)ったサロニカ公爵嫡男は、騎士の名を呼んで制すると、ふらつくオフィーリアの左腕を掴み、その薬指に嵌(は)められている指輪を強引に抜き取った。

「なっ、何をするのです！」

「このように高価な指輪など、罪人が持っていても仕方のないものだ。俺がもらってやろう」

「なっ……！」

それは婚約の証(あかし)としてボアネルジェスから、つまりは王家から贈られた指輪だ。正確には婚約時に贈られたものではなく、毎年オフィーリアの成長に合わせて調整されたものを贈られていて、今抜き取られたのは今年のはじめに賜(たまわ)った一番新しいものである。

婚約を破棄された今となっては確かに嵌(は)めておけるものではなかったが、それならそれで王家に返還すべきであり、この男に奪われるいわれはない。

「それは王家にお還(かえ)し奉(たてまつ)るべきものです！　返しなさい！」

「王家だって罪人の嵌めたものなど要らんだろう」

必死の抗議にもかかわらず、彼は指輪を自らの服のポケットに入れてしまった。

「そのネックレスも不要だろう。寄越せ」

そればかりか彼は、オフィーリアの胸元に見えている細い銀の鎖を見て、不躾にもその胸元に手を伸ばし、強引に引きちぎって奪い取った。

それはネックレスではなく、精緻な細工の施された、古い小さなロケットペンダントだった。

「ま、待って！　待ちなさい！」

オフィーリアの琥珀色の瞳が首に受けた痛みに歪み、すぐに驚愕に揺れる。

「なんだ、随分慌てるじゃないか」

「それは、それだけはなりません！　すぐに返しなさい！」

「命令できると思っているのか、罪人が」

「それはわがカストリア家に伝わる〝継承の証〟！　カストリアの名を持たぬ者が触れてよいものではありません！」

そう言われたサロニカ公爵嫡男が裏返すと、確かに裏蓋にカストリア公爵家の家紋の刻印がある。

「ふん。爵位継承の証なら、どのみちお前のものではなくなるな。だから俺が預かってやろう」

「なっ……!?」

オフィーリアは驚愕のあまりに絶句した。

この男は、このメンダギオンに込められている意味も知らないのか。

怒りと屈辱(くつじょく)に震える唇を、ひとつ深呼吸して無理やり落ち着かせる。そうしてオフィーリアは、努めて冷静に声を出した。

「……ヘレーネス十二王家の〝継承の証(あかし)〟を、相応(ふさわ)しき名を持たぬ者が所持する。それは名を奪い、十二王家を乗っ取るに等しい行為です。十二王家全てから叛意(はんい)ありと見做(みな)され、一族全て根絶やしにされますよ。――それでも構わないと、その覚悟があるのなら、どうぞ持ってお行きなさい」

「……なっ⁉」

――ヘレーネス十二王家。

それは数千年の古(いにしえ)からこの地に文明を築いてきたイリシャ人(ヘレーネス)の、最初の統一国家である古代グラエキア王国を興(おこ)した、古代マケダニア王国の王家であったアルゲアス王家の末裔(まつえい)である。その多くは神話に語られる英雄たちを始祖とし、現代のイリシャ連邦王国まで脈々と血筋を繋いで、揺るぎない権威と権勢を誇っている。

イリシャ連邦の構成五ヶ国のうち、後から加わったイリュリア王国を除く四つの国、即(すなわ)ちアカエイア王国のアーギス王家、テッサリア王国のラピテース王家、マケダニア王国のヘーラクレイオス王家、トゥラケリア王国のアイネウス王家は、いずれもヘレーネス十二王家である。

他にもマケダニアのカストリア公爵家やアポロニア侯爵家、テッサリアのアキレシオス公爵家、アカエイアのエウリュポン公爵家など、他の貴族家の畏敬と尊崇を集める特別な家門ばかりが十二王家に名を連(つら)ねている。そして各家は各構成国での爵位とは別に、イリシャ連邦の最高爵位である「王爵」を保持している。

そのことは、イリシャの民であれば子供でも知っていることだ。

ヘレーネス十二王家の乗っ取りをサロニカ公爵家が企んだなどと言われれば、このイリシャの地に安住の地などなくなる。自分はもちろん父母も弟妹も、それどころかサロニカ公爵家の血を一滴でも引いている者全てが根絶やしにされるだろう。

サロニカ公爵嫡男は今奪った小さなメンダギオンに視線を落とす。カストリア公爵家の、いやカストリア王爵家の家紋が目に入った。

「………ま、まあ、今ここで奪わずとも、どのみち王家に取り上げられるだろうがな！　そ、それまではせ、せ、せいぜい大事に持っているがいい！」

青ざめた顔で、サロニカ公爵嫡男はメンダギオンをオフィーリアの足元に放り出した。オフィーリアは屈んでそれを拾い、大事に握り込んで胸元に押し当て安堵のため息をつく。

周囲の騎士たちは、いつの間にかオフィーリアの腕やドレスを放していた。今更だが、自分たちがどんな存在に暴行を働いていたのか理解したのだろう。

鎖を引きちぎられたので、メンダギオンを首にかけ直すことはできない。やむを得ず、オフィーリアはそれをずっと左手に握りしめ続けることとなった。

揺るぎなき権威に怯み立ち直れないサロニカ公爵嫡男は、その後も何やら言い訳がましく口走っていたが、オフィーリアが「もういいでしょう。さっさと牢へ案内しなさい」と言って歩き出したことで、慌てて逃げ去った。

だがオフィーリアが連行された先は、貴族を軟禁するための尖塔の貴人牢ではなく、地下の罪人牢だった。

「わたくしを囚(とら)えるならば貴人牢のはずでしょう⁉　なぜこのような場所に連れてくるのですか！　貴方がたは一体何を考えているのです！」

眦(まなじり)を吊り上げて詰問(きつもん)するオフィーリアから、居並ぶ騎士たちは誰もが目を逸(そ)らす。

「……第二王子殿下のご命令です」

ややあってオフィーリアの腕を掴んでいた騎士が、ポツリと呟(つぶや)いた。その騎士――サロニカ派の侯爵家次男である騎士セルジオスの顔には、今やはっきりと迷いがある。

それを見て取り、オフィーリアは諭(さと)すように言った。

「今からでも貴人牢へ案内(あない)するなら、何もなかったことにして差し上げます」

だが彼は動かない。

その代わりに――

「ですから第二王子殿下のご命令なのです。こうせよと」

そう言って、オフィーリアの肩を牢の中へ向かって乱暴に突き飛ばした。

「あっ！」

倒れ込み、湿っぽい石床に身体を打ち付けた痛みに耐えつつ振り返ったオフィーリアが見たのは、騎士たちの脇に控えていた牢番が鉄格子の扉に鍵をかけるその瞬間だ。

ガチャリという無機質な、そして残酷に響くその音で、オフィーリアと無罪は切り離された。

「ま、待ちなさい！」

慌てて立ち上がり、駆け寄って冷たい鉄格子を掴むものの、当然ながらビクともしない。顔も出せない鉄格子の隙間から、振り返りもせず歩み去る騎士たちの背に必死に目を向けて、オフィーリアは懸命な、そして悲痛な叫びを上げた。

「出しなさい！　わたくしはまだ嫌疑だけのはず！　このような仕打ちを受けるいわれは――」

だがその叫びさえも、地下牢から地上へ続く階段の扉を閉ざす鍵の音に遮（さえぎ）られた。

そうしてオフィーリアは、暗闇と静寂の中、独り囚（とら）われてしまったのだ。

それからどれほどの時が経ったのか、オフィーリアには分からない。無情な鍵の音を最後に何も聞こえてこないし、目は暗闇に慣れたものの古ぼけた簡易寝台がわずかに見えるだけ。
視線を上げると高い石壁の天井付近に小さな格子窓があるが、とてもではないが人が出られる大きさではない。仮に鉄格子を全て外したとしても腕を出すのがやっとのように見えるから、要するにこれは通気孔なのだろう。
その格子窓の向こうに星の瞬（またた）きが見えて、夜会の途中で拘束されたことを彼女は改めて思い出した。

時とともに次第に冷静さを取り戻し、周囲を改めて観察してみたものの、現状を確認すればするほど絶望しかない。

あの騎士、セルジオスは「第二王子の命令」だと確かに言った。

ボアネルジェスが本当に貴人牢ではなく罪人牢へ入れろと命じたのなら、それは彼にオフィーリアを生かして出すつもりがないことを意味している。

それはそうだろう。改めて捜査して万が一、嫌疑が晴れようものなら、無罪の公女に無体を強いたとして、今度はボアネルジェス自身が連邦の本国であるアカエイア王国から糾弾されるのだから。

だから嫌疑が真正でも捏造でも、罪人牢に入れられた時点で有罪が確定なのだ。

証拠を残さないために、ボアネルジェスは裁判も執り行わず直ちにオフィーリアの処刑を実行するだろう。そうして始末してしまえば、後はどうとでもなると思っているに違いない。


悔しかった。

悲しかった。

辛かった。


ボアネルジェスとは、どちらが望んだ婚約でもなかった。

十二王家同士の政略による婚約なのだから当然だ。だが、生涯をともに過ごすのだから、たとえ愛はなくともせめて信頼し合い、助け合える仲でいたかった。

だからこそ、あれほど彼に尽くしてきたのに。彼が望むままに従順に、その命令には全て従い、数々の理不尽に不平も漏らさず耐えてきた結果がこれかと思うと、やりきれなかった。

父に対してもそうだ。

結婚しても爵位も当主権も母にあり、その重要性が理解できない父は、自分を軽んずる母を嫌っていた。それでいてカストリア家の持つ権勢の魅力には抗えず、それが不満な父はオフィーリアに辛く当たった。

なにしろ母は、父の前でもオフィーリアを次期当主として、父よりも尊重していたのだから。そのせいで母の死後、母がやっていた当主の執務を全て押し付けられたのだ。「どうせお前がやることになる」と、憎悪を込めた目で睨まれたことを憶えている。

それにもオフィーリアは文句を言わなかった。言いつけどおりにちゃんとやれば、いつか父にも褒めてもらえるかもしれない。そう考えたから。

褒めてほしい、そして愛してほしかった。

それだけが、母を亡くした十二歳の少女の小さな小さな願いだったのに。

そんなささやかな願いさえ、叶わなかった。

父は母の死後すぐに子連れの愛人を邸に入れ、愛人とその子ばかりを偏愛し、オフィーリアには話しかけることさえ稀になり、食卓を共にすることもなくなった。そんな状態が三年も続けば、さすがに望みも儚く消えるというもの。

きっと父はオフィーリアを牢から救い出すどころか、罪を償わせるためそのまま処刑してくれとでも言うに違いない。

とうとう、ついにオフィーリアは涙をこぼした。

誰もいない真っ暗な、そこにいるだけで魔力を吸い取られるかのような酷薄な石造りの地下牢の中で、彼女は独り、鉄格子に縋ったまま座り込み声を押し殺して泣いた。


ひとしきり泣いて涙が涸れると、不思議と思考が明瞭になる。疲れ切り、残ったわずかな矜持さえ砕かれもう何もないオフィーリアは、ずっと握りしめていた左手を持ち上げ、開く。

そこにあるのは継承の証であるメンダギオンだ。

裏返して家紋を見つめ、亡き母アレサの遺言を思い出す。

『わが家名か、貴女の身のどちらかが、あるいはどちらともが汚されようとした時には、迷わずこのメンダギオンを開けなさい』

やつれて痩せ細った姿、掠れる声で、それでも病床の母ははっきりとそう言った。何よりもまず名誉を守れ、と。

そしてメンダギオンの開け方を教えてくれた。

母アレサは優しくも厳しい人だった。そして何よりもカストリア家の名を守ることを第一としていた。

その母が、家名を守るために迷わず開けろと言い遺したメンダギオン。その遺言があったからこそ、これだけはなんとしても奪われるわけにはいかなかったのだ。

震える両手でその小さなメンダギオンを捧げ持ち、母から教わったとおりに、内心で幾度も諳んじ暗記した詠唱の文言を、初めて口に出して紡ぐ。

幸か不幸か、罪人牢に入れられる者が必ずつけさせられる魔力封じの首枷は、オフィーリアには嵌められていなかった。

詠唱と彼女の魔力に反応して、淡い光に包まれたメンダギオンの裏側、家紋の刻印された蓋がゆっくりと開く。中に入っていたのは、白い小さな錠剤がひとつだけ。

それを見たオフィーリアの目が大きく見開かれ、全身の震えが止まらなくなった。

これを飲めばどうなるか、聞かされておらずとも分かる。亡母アレサは、いやヘレーネス十二王家は、その直系継承者に対して自らの生命をなげうってでも家名を守れと、名誉を守れと、そう強いているのだ。

オフィーリアはこの時点まで、自死など考えてもいなかった。まだ十五歳なのだ。好きこのんで死にたいわけがない。

だけどもう、彼女に残された選択肢はそれしかなかった。

それでも母はまだ、娘に対して愛も情もあったほうだとオフィーリアは改めて思い返す。だって母はあの時、家名を守るだけでなく、オフィーリアの身が汚される危機にもこれを使って良いと、許可してくれたのだから。

いずれにせよ、もう猶予はない。翌朝になればおそらく刑場へ引き出される。あるいは今にもこの牢に押し入られて、秘密裏に処理されてもおかしくはないのだ。

錠剤を落とさないよう掌に出して握り込み、古ぼけた簡易寝台に座る。そのままゆっくりと、覚悟を決めて横たわった。

「お母様……」

自分の口から漏れた掠れ声は、あの時の母の声にそっくりだ。

「言いつけを、守ります」

誰に聞かせるでもない、震えた小さな呟き。それは三年前に〝至福者の島〟に渡ってしまった母への宣言であり、神話の英雄カストールの名を継ぐ裔としての矜持だ。

「家名を絶やすこと、お赦しくださいまし」

最後にそう呟いて、オフィーリアは震える手で錠剤を口に含み、そのまま呑み下した。

すぐに意識が微睡んで、何も考えられなくなった。

だが薄れゆく意識の中で、彼女の脳裏をふと過ったものがある。

（カリトン殿下は、悲しみ悼んでくださるかしら）

それは穏やかに、そして弱々しく微笑むばかりの第一王子の顔だった。

（どうか殿下にだけは、幸あらんことを――）

それが、彼女の最期の願いだった。

——夜明け前。王命を受けて捜索していた役人と騎士たちによって、罪人牢の中で冷たく変わり果てた公女の姿が発見され、すぐに王宮は騒然となった。

【幕間1】　何も知らない愚者たちは

ボアネルジェスは王宮の東側にある第二王子宮の、自らの寝室のベッドの上にいた。

自室の気安さか、彼は一糸まとわぬ姿で、逞しく鍛え上げた肉体を惜しげもなく晒している。

「――ふふ。今夜もとっても素敵でしたわ、ジェスさまぁ」

その彼の逞しい胸板に、蜂蜜が蕩けるような甘え声を出しつつしなだれかかるのは、ほかでもないマリッサだ。若い裸身を薄い肌掛け布一枚で隠しただけの彼女は、もうすでに幾度も彼と夜を共にしていた。

「そなたは何度抱いても柔らかいのう」

こちらも蕩けた笑みを返すボアネルジェスは、左腕で腕枕してやりながら、右手で彼女の豊満な胸を肌掛け越しに揉みしだく。

「やんっ、もう、ジェスさまったらぁ」

「今さら恥ずかしがるものでもあるまい」

ボアネルジェスは大柄で大人びて見えるが、これでもまだオフィーリアと同じ十五歳だ。思春期真っ只中で、異性の身体に一番興味を引かれる年頃で、専門の教育係の閨教育も受けてはいたが、マリッサの若い身体は彼にとって格別だった。

要するに、未婚の男女のしきたりなど何処へやら。世間一般の大多数の男性の例に漏れず、ボアネルジェスも毎夜マリッサを相手に盛っていたのである。

とはいえ彼は実のところ、オフィーリアを捨てるつもりなど毛頭なかった。

仕事ができて有能で従順、顔も美しく、しかもヘレーネス十二王家の直系の次期女公爵。どの点をとってもマリッサなどとは比べものにならず、オフィーリア以上の伴侶を探すのは難しい。体型が貧相で女としての魅力が薄いことだけが、彼女の唯一の欠点なのだ。

そう。オフィーリアに女としての魅力がもっと備わっていれば、何も問題などなかったのだ。だが胸も尻も身長でさえ、同年代どころか歳下のマリッサにすら見劣りするようでは、自分の妃としては相応しくない。

もう数年経てばオフィーリアももっと女らしくなるのかもしれないが、大事なのは今だ。数年先まで待ってなどおれようか。

だからボアネルジェスは、我慢しきれずマリッサに手を出した。マリッサのほうでも寵愛を受けられることを喜び、恥じらいつつもその身を捧げてくれたのだ。

公的な妃はオフィーリア以外にはあり得ない。マリッサはせいぜい愛妾にしかならず、側妃とするのも無理がある。だが法的な伴侶以外に愛妾を囲うのは、社会的に黙認される風潮こそあるものの褒められたことではないし、おそらくオフィーリアも認めないだろう。

だからこそ、嫌疑を呈しての婚約破棄なのだ。疑いをかけて三日ほど貴人牢に押し込めて不安に晒してやり、その上でマリッサとのことを認めるならば婚約破棄を撤回して無罪放免してやると持ちかければ、従順な彼女はきっと頷くことだろう。

カストリア家の血筋は絶やせないから、そのうち嫌でもオフィーリアに子を産ませねばならない。だがそれは年を重ねて、容姿が改善してからだ。それまではマリッサで楽しめば良い。

とはいえさすがに、マリッサが男爵家の庶子のままでは愛妾としても恰好がつかぬ。だからボアネルジェスは彼女をサロニカ公爵の養子とすべく打診したのだ。サロニカ公爵は最初こそ驚いていたが、王妃の父の座を目の前にぶら下げてやるとあっさりと同意した。

サロニカ公爵も馬鹿な男だ。容姿、特に肢体だけが取り柄のマリッサと、その他全てを持つオフィーリアと、どちらがより王妃に相応しいかなど考えるまでもないというのに。

「ねぇ……ジェスさまぁ」

物欲しそうな声を漏らして、マリッサが胸板に指を這わせてきたことで、ボアネルジェスは思考を中断する。

「なんだ、また欲しくなったのか」

「だあってぇ」

「……ふふ、仕方のないやつめ」

たちまち瞳に熱を浮かばせて、ボアネルジェスは再びマリッサに覆い被さった。

(うふふふふ。今頃オフィーリア様は地下牢で泣いている頃ね)
ボアネルジェスの逞しい身体に抱きすくめられつつ、マリッサは内心でほくそ笑む。
(この素敵な男も至尊の地位も、富も権勢も、全部ぜーんぶ、アタシのモノよ!)
望むものを全て手に入れた悦びに、彼女は嬌声を上げる。

マリッサは最初からボアネルジェスの持つ地位と権力、それに財産が目当てだった。彼自身は確かに雄々しく素敵だと思ったが、それはついでだ。

同年代の男などマリッサにかかればチョロいものである。噂に聞くところによると彼のミエザ学習院での成績は公表されている順位よりだいぶ下だという話だし、オツムが弱いのならなおさらだ。

だから彼女は、近くにボアネルジェスがいることを確認した上で、院内で騒ぎを起こしたのである。具体的には、中庭にある噴水に誤って落ちたふりをして飛び込んだのだ。

騒ぎを聞きつけて周囲の学生たちが集まってくる中、案の定ボアネルジェスもやってきた。他の学生たちが様子を見に行っているのに、学生会長の自分が行かないのは恰好がつかないとでも考えたのだろう。彼がくれば、ほかの学生たちは遠慮して一歩引く。必然、ボアネルジェスがマリッサを助け出して経緯を聞くことになった。

この時に冤罪など捏造する必要はない。「うっかりしていて足を滑らせました。わたし、そそっかしくてよくあるんです」とでも言っておけば、ボアネルジェスはその後も何かにつけて気にかけてくれるようになった。そうして二度三度と偶然を装って絡みを作ってやるうちに、彼はますますマリッサに注目するようになった。

後はもう、マリッサの思惑どおりである。

たとえば思わせぶりな会話を振ってみたり。

『いつも助けてくださる殿下のことをわたしは……あっ、いえ、なんでもありません』

『なんだ、そなたには珍しくはっきりせぬではないか』

『だって、だって……殿下には素敵なご婚約者さまがいらっしゃるのだし』

『……ああ、アレのことか。アレは我に従順だから気にせずとも良い』

いじめを捏造したこともある。

『マリッサ、その頬の跡はいかがした』

『これは、その……なんでもありません』

『何を恐れておる？　心配するな、我はそなたの味方だ。言いたいことがあるなら申してみよ』

『ありがとう、ございます。わたし、実は……オフィーリア様に……』

『なんだと!?　オフィーリアの奴め、許せん！』

もちろん、愛を囁くことも忘れなかった。

『ボアネルジェスさま……わたし、本当は初めてお会いした時から貴方さまのことが……』

『可愛いことを言ってくれる。そんな口は我が塞いでやろう』

『あっ……』

楽勝すぎて、思い出す度に笑いが止まらない。

マリッサの母は娼婦であった。彼女は母が在籍していた娼館で、小間使いとして働いていたのである。そのまま成長してマリッサ自身も娼婦になるはずだったのに、母を身請けに来た男爵が母が亡くなったと知り、代わりに彼女を引き取ったのだ。

男爵の思惑は明快だった。『誰でもいいから、金銭的に裕福な家の子息を虜にしてわが商会への援助を約束させろ』と彼はマリッサに命じた。聞けばまだ顕著な影響こそ出ていないものの、経営が傾きかけているのだとか。

だから彼女は狙いを定めたのだ。この国一番の金持ちに。

(ふふ。明日の朝になったら、オフィーリア様の様子でも見てこよっかなぁ?)

ボアネルジェスの寵愛を一身に受けながら、マリッサはそんなことを考える。

地位も権力もあるお姫様が暗く薄汚い罪人牢に入れられて、さぞかし憔悴し絶望していることだろう。それを想像すると嗤いが止まらない。

実はオフィーリアを貴人牢に入れようとしたボアネルジェスの指示を、「殿下は本当は……」などと言って騎士たちを唆し、罪人牢に入れるよう変えたのはマリッサだった。

(貴人牢に入っても軟禁されるだけで生活水準は変わらないって聞くし、そんなんじゃ精神的に追い込めないものね！　やっぱり牢に入れるなら不潔で不快な罪人牢じゃないと！）

「ニヤニヤして、何を考えている？」

「……ふふ。わたしはいつだって、ジェスさまのことだけを想っていますとも」


ふたりきりの世界に浸る、男と女はまだ気付かない。

まさにこの時、オフィーリアの生命の灯が消えたことに。

「私は……もしや取り返しのつかない過ちを犯したのでは……」

侯爵家の次男、騎士のセルジオスは頭を抱えていた。

彼はまさにたった今、ヘーラクレイオス王家に匹敵する家門の次期当主を、罪人牢に突き飛ばしてきたところである。

夜会の開始直前、第二王子殿下の寵姫マリッサ嬢がわざわざやってきて、「殿下は本当は……」などと言ってその真意を伝えてきたので信じたが、今になってよく考えれば、殿下本人に確認すべきではなかったか。

だが今さら確認しようにも、第二王子はすでに自宮へ戻った後である。まだ正式に側近に召し上げられていないセルジオスでは、王子宮を訪れることも立ち入ることもできない。

「何か悩んでいそうだな？」

「あっ、サロニカ卿」

王宮から騎士団詰め所へ戻る途中の回廊に立ち止まっていたせいか、あれから王宮内を彷徨って
いたと思しきサロニカ公爵嫡男と再度鉢合わせた。

寄り親の子、しかも同年代の同性ということで、子供の頃には親しくさせてもらっていた仲だ。

今はそれぞれ役目があり、それなりに疎遠になっているものの、ともに派閥の次世代を担う立場だ。

その彼に、セルジオスは正直に悩みを打ち明けた。すると彼は顔を青ざめさせつつもはっきり答
えたのだ。

「カストリア公女はクロだ、何も問題ない」

「なぜ、そう言い切れるのです？」

「ほかならぬカストリア家からの内部告発だ。そう父上が仰っていたから間違いない」

「なるほど、サロニカ公爵がそう仰せならば事実なのでしょうね。それにしても、まさかの内部告
発とは。カストリア家は一枚岩だと思っていたのですが」

「殿下も罪人だと繰り返し仰っておられただろう？　だ、だから問題ないはずだ」

だが、そう言うサロニカ公爵嫡男の顔は、先ほどカストリア公女にメンダギオンを投げ返した時
の蒼白さに戻っていた。

「…………本当に大丈夫なんですか」

「おっ、お前！　わが家の判断が信じられないと言うのか!?」

「いえ、そうではありませんが……」

「まあいい。話はそれだけか？　ならもう俺は帰るぞ」

「……はい。お疲れのところ、お引き止めして申し訳ありません」

セルジオスは頭を下げて立ち去るサロニカ公爵嫡男を見送った。

寄り親に付き従い、その命令どおりに動くのは寄り子の家門の務めである。寄り親であるサロニカ公爵家が大丈夫だと言うのなら信じるだけだ。

だが、いまいち不安を払拭（ふっしょく）できなかった。どうか取り越し苦労であってほしい。

ただ、もしも万が一冤罪（えんざい）だったとしても、最後まで理性的だったカストリア公女の言動を思い返すと、暴行に関してだけ誠心誠意謝罪すれば許してもらえるのではないだろうか。

——うん、そうだな。謝罪さえすればなんとかなるだろう。だってあの、いつでも誰にでも穏やかで大人しいカストリア公女だしな！

次第に自分に都合のいいように考え始めていることなど、セルジオスは気付きもしない。そのまま、彼は騎士団寮の自室に戻った。

「ククク。ここまでは計画どおりよ」
〝栄光の間〟を退出し、夜会から邸（やしき）へ戻る馬車の中でひとりほくそ笑むのは、サロニカ公爵その人

である。

「だがしかし、これからどうするか……」

そんな彼が次に狙っているのは、カストリア公女オフィーリアをいかにして亡き者にするか、その一点。

なにしろ彼女が生きているというだけで、養女として迎えるマリッサを側妃にされる可能性が消えない。その可能性を消すために、マリッサを教育するのはもちろんだが、もっとも手っ取り早いのはオフィーリアを消すことだ。

マリッサにはボアネルジェスの仲介で一度会ってはみたが、容姿と男に媚びる仕草は悪くないものの、それ以外はまるでダメだった。知識も教養もマナーも身についておらず、正直このまま養女とするには無理がある。

そういう場合、一度配下の伯爵家あたりに養子縁組させて、ある程度の教育を施してから公爵家に迎えるのが筋なのだが、なにしろ今回は第二王子殿下直々の要請である。多少無理にでも詰め込まなくてはならない。

「……やむを得ん、マリッサについては講師陣を揃えるしかなかろうな」

国内最高峰の講師陣を、なんなら外国から招聘してでも集めなくてはならないだろう。

「それにしても、問題はあの小娘よな……」

オフィーリアは第二王子が入牢を命じていたから、西尖塔か東尖塔のどちらかに軟禁されているはずである。脱税捜査が終わるまでは出されないだろうが、出てくる時は十中八九無罪放免だ。なにしろカストリアの代理公爵が用意した偽造書類は、証拠にもなり得ないほど雑な代物だった。あれで有罪とするのはさすがに無理がある。

だがそうなると、数日中に居場所を突き止めて、尖塔から出てくる前に毒を盛るか、魔術を仕込むか。王城内での暗殺の難しさを考えると、出てきたところを狙うべきか。

（いずれにせよ、慎重に慎重を期して、万が一にも露見することのないよう完璧な計画を立てねばならない。どうしたものか……）

結局その夜は具体的な有効策を何も思いつかなかったサロニカ公爵だったが、翌朝、王宮からの召喚の特秘使により公女オフィーリアが地下の罪人牢で自害したと聞かされて、歓喜に小躍りすることとなる。

◇◇◇◇◇◇

「はははは！　やったぞ！」

サロニカ公爵からの使いが帰ってから、こらえきれずに深夜の玄関ホールでそう叫んだのはアノエートス。カストリア公爵家の代理公爵である。

「オフィーリアさえいなくなれば、今度こそ代理だなどと謗られることもない！」

この男は相変わらず、誰に何度説明されようとも、自分が正式に爵位を継いだと頑なに信じ込んでいる。領政はもちろん、当主やその代理の仕事すらしたこともないのに、だ。

領政の仕事が回ってこないのは、妻アレサの死後にアノエートトス自身がまだ幼かったオフィーリアに「お前の仕事だ」と押し付けたせいだが、公爵家当主やその代理の署名が必要なものまでひとつも回ってこないことになんの疑念も抱かないあたり、処置なしである。

「あなた、こんな夜更けにどうしたの？」

よほど嗤い声が響いたのだろう。アノエートトスの愛人ヴァシリキが、様子を見に玄関ホールまで自らやってきた。この愛人も、旦那と同じく自分を「公爵夫人」だと信じて疑わない。所詮は平民となった没落貴族の娘でしかないのに。何処からも誰からも招待されず、自分で茶会や夜会を開いたこともないのに、公爵夫人を名乗れると本当に思っているのだろうか。

「おお、ヴァシリキか！　あの忌々しいオフィーリアがついに殿下に断罪されたそうだぞ！」

「まあ、本当に!?　じゃあ……」

「ああ！　これでようやく廃嫡が叶う！　わが公爵家の後継はテルマひとりだ！」

そう、正式な嫡子であろうとも、罪を犯した者は廃嫡が認められる。廃嫡し家を追い出すことで罪を本人にのみ留めて、家族や家名に波及させないような措置が許されるのだ。

通常ならば、であるが。

アノエートトスはカストリア公爵家、いやカストリア王爵家の真の価値を、その血筋の重要性を理解していなかった。彼にとってはカストリア公爵家であっても他の家門と同じなのだ。

だから、他家が養子を取って家督を継がせることを容認されているのにカストリア公爵家にはそれが認められないのはおかしいと、常日頃から不満を漏らしていたのだ。

そういう考えだったから、彼は伯爵家から婿養子に入った自分が爵位を継ぐのが正当だと考えていたし、その自分の子である可愛いテルマが爵位を継ぐ権利もあるはずだと、頑なに信じている。

「うふふ。帳簿を改竄して脱税の証拠をでっち上げたのが役に立ちましたわね！」

「ああそうだとも。お前の言うとおりにして正解だった！」

そう。オフィーリアが家ぐるみで脱税していたなどというのは真っ赤な嘘。この愚者ふたりが共謀して帳簿を改竄し、そんな事実があるかのように装ったにすぎない。

ただそれも、簿記に詳しい者が見ればひと目でバレるような稚拙なものだ。だがそれを見たサロニカ公爵が「これで良い」と頷いたため、彼らはサロニカ公爵すら騙せていると信じていた。

実際は、サロニカ公爵には見抜かれ、なんならカストリア家ぐるみの犯罪として代理公爵とその愛人、娘も連帯で罪を被せようと画策されていることに、アノエートスは微塵も気付いていない。

「そうだ、テルマはどうしている？」

「もうとっくに寝てますわ。あの子は本当に、美容にだけは真摯ですからね」

だがその両親といえば、社交界にも領地にもほとんど姿を見せずに商人を呼びつけて買い物したり、豪勢な食事を飽きるほど堪能したりと放蕩三昧な生活を送っている。そのためすっかりブクブクと肥え太り、社交界では「貴族もどきの豚夫婦」などと大っぴらにバカにされている。

そんなふたりは歓喜に沸いたまま、仲良く寝室に向かった。

そして翌朝、王宮からの特秘使が召喚状をもたらしたことでオフィーリアの廃嫡とテルマの後継認定が叶ったと思い込み、娘テルマも加わってまたしても歓喜に沸いたのである。

【公女が死んだ後】

1．断罪

「カストリア公女オフィーリアが、昨夜、崩じた」

夜会から一夜明けた、翌朝。

喚び出された玉座の間で父王バシレイオスにそう言われた瞬間、ボアネルジェスは何を言われたのか理解ができなかった。

喚び出されたのは、ボアネルジェスだけではない。今朝になって第二王子宮で彼と一緒にいるのを発見されて、そのまま連れてこられたマリッサと、彼女を養子とする予定のサロニカ公爵、さらには普段は王宮に入れないはずのカストリア代理公爵までもがいる。

それ以外には宰相のヴェロイア侯爵をはじめ、王の秘書官、書記官、近衛騎士隊長、刑務局長、典医局長など関係者と思しき数名がいるだけで、普段のように文武百官が居並んでいるわけではない。そのせいで広大な玉座の間が、いつも以上に広く感じられた。

「…………今、なんと？」

「聞き取れなかったか。『次期カストリア女公爵オフィーリアが獄中にて自害して果てた』と、そう申したのだ」

思わず聞き返したボアネルジェスに対して、王はより直接的な表現で明確に断言した。

「なっ、そんな、バカな」

「バカなも何も、そなたが命じたのであろうが」

ため息まじりに言の葉を吐いた王は、息子であるボアネルジェスでさえこれまでに見たこともないほど険しく、そして苦渋に満ちた顔つきをしている。疲労の色も濃く、昨夜から一睡もしていないように見える。

「わ、我は牢に入れろとしか」

「誇り高きヘレーネス十二王家の直系が、罪人牢になど入れられて耐えられるわけがなかろうが。そんなことすらそなたは思い至らなんだか」

言外に『お前とて十二王家の直系なんだがな』と侮蔑され、初めてボアネルジェスは鼻白む。

「罪人牢ですと⁉　何かの間違いでは⁉」

「間違いなものか。わが意も得ずに勝手に入牢など言い渡しおったそなたの愚行を、その場で止められなんだわが不明をせめて詫びねばならんと、あの後、予は貴人牢まで赴いたのだ」

王自ら貴人牢に出向いたと言われ、ボアネルジェスだけでなく一同が揃って息を呑んだ。顔色が変わらなかったのは宰相と秘書官と近衛騎士隊長、それに典医局長だけである。なお刑務局長は最初からずっと青ざめている。

「カストリア公女は貴人牢にはおらなんだ。連行した騎士たちも全員持ち場に戻っておらぬとあって捜索させ、王宮内の侍女や使用人たちにまで話を聞き取って、ようやく罪人牢に入れられたことを突き止めるまで、時間がかかってしもうたわ……」

王の表情には、深い悔恨が滲んでいた。


ボアネルジェスはオフィーリアが何処に連行されたのか確認していなかった。糾弾し牢へ連行させたことで満足し、その場で父王に邪魔されなかったことにも気を良くして夜会も程々にマリッサを伴って自宮へ戻ったのだ。

自宮に戻る際、父王に勝手な言動を咎められはしたものの、言を弄して上手く言い逃れたことで彼は安心していた。

――いや、この場合、油断していたというべきか。

「直ちに人をやって迎えに行かせたが、その時にはもう手遅れであったわ」

オフィーリアはただ眠っているようにしか見えなかったという。だが声をかけてもその身に触れても反応はなく、体温はすでに失われていた。その胸の上で組まれた手の中に、封の開かれた小さなメンダギオンだけが残されていたそうだ。

「昨夜、公女を収監した牢番、公女を連行した騎士たちも発見し確認は取れておる。いずれもそなたの命を受けたと証言したわ」

「わ、我は貴人牢に入れるよう、確かに指示したはず！」

「その指示を、それなるそなたの寵姫とやらが『殿下の真意』と称して変えさせたことも、調べはついておる」

バシレイオス王のその発言に、ビクリと肩を揺らしたのはマリッサだ。不敬であると知ってか知らずか、彼女は王から顔を背けて俯く。

――王の玉言ある時、臣下たるもの傅き、王に顔を向けて拝聴せねばならぬ。しかしながら王の玉体玉顔を直接その目に映すのもまた不敬であるため、視線は王の足元、玉座ならば階の最上段に固定し動かしてはならぬ。

マリッサには、そんなイリシャ貴族として最低限の礼節さえ備わっていなかった。

「……マリッサ？　まことか……？」

「……だあってぇ、貴人牢だとオフィーリア様反省なさらないかもしれないじゃないですかぁ。本当に心を折りたいなら、やっぱり罪人牢じゃないとだめですよぉ！」

「…………マリッサ」

「なんですかぁ、ジェスさまぁ」

「そなた、今ので死罪が確定したからな」

「はぁ!?　なんでぇ!?」

王の玉言のさなかに顔を背ける、第二王子の命令を偽る、王族にも劣らぬ最上位者たる次期カストリア女公爵の名を許可も得ず呼び、あまつさえ不当に罪人牢に収監させておいてそれを悪びれず、次期女公爵に対し精神的にとはいえ害する旨の発言。さらに第二王子と公的には無関係でありながら公的な場で許可も得ずに愛称で呼び、おまけに声を荒らげて第二王子の言へ抗議する。

全てがこの国では王族に対する不敬罪であり、マリッサは今のやり取りだけで七度は死なねばならない。

だが、普段からボアネルジェスに不敬を咎められたことのない彼女には、そんなことすら分からなかった。

「マリッサ、全て話してもらうぞ。そなたが何を企んだのか、全てな」

「……ヒッ⁉」

強面のボアネルジェスに面と向かって、それまでに向けられたこともないほどの厳しい眼光で射貫かれて、マリッサは息ができなくなるほどの恐怖に慄いた。この時になってようやく、彼女は自分が何かまずいことを仕出かしたのではないかと感じ始めた。

「偉そうに言っておるが、そなたもだぞ、第二王子」

そしてマリッサを責めるボアネルジェスにも、王の冷めきった声が降る。

「サロニカ公爵、並びにカストリア代理公爵と共謀し、ありもしない脱税疑惑を公言してカストリア公女の名誉と尊厳を著しく毀損した。相違ないな？」

その玉言に、ボアネルジェスが反応するより先に、サロニカ公爵とカストリア代理公爵がビクリと身体を震わせた。

なおボアネルジェス本人は父王から第二王子と呼びかけられた時点で固まっている。ここにいるのは父と子ではなく、あくまでも王と王子であり、私人としての情を挟まないと宣言されたのだから当然だ。

「——お、お待ち下さい陛下、は、発言をお許し下さい」

いつもの尊大で自信満々な姿はどこへやら。震える声でボアネルジェスは発言の許可を求める。幸いにもすぐに王から許可され、一度唾を飲み込んで気持ちを落ち着けてから、彼は口を開いた。

「だ、脱税容疑はカストリア代理公爵から告発があったとサロニカ公爵より相談を受けたものでございます！　カストリア公女の婚約者であるこのわたくしめに事前に相談せねばならぬと、もっともらしく言われて――」

「それを鵜呑(うの)みにしたと、そう言いたいのだな？」

一言で論破されて、ボアネルジェスは二の句が継げない。

「そなたは予に『カストリア公女に家門ぐるみでの脱税の疑いあり』と、そう奏上したな。その場では責任を持って調べるよう命じただけに留めたが、その後、追加報告もないまま、そなたは許可も得ず夜会で婚約破棄に及んだ。なにゆえそのような愚行に走ったか」

そう、婚約を破棄するにしてもまず、王への報告と承認が先でなければならなかった。なにしろ十二王家同士の婚姻なのだから、マケダニア王家並びにアカエイア王家の承諾を得てからでなければ、本来は動かせない婚約だったのだ。

逆にそれが動かせないからこそ、ボアネルジェスは衆人環視の中の婚約破棄という強硬手段を取るしかなかった。父王に願い出たとして許可されるはずもなく、アカエイア王家の理解も得られないと、分かっていたのだ。

だからこそ一時的にでも婚約破棄を正当化するため、サロニカ公爵とカストリア代理公爵の企(くわだ)てた脱税容疑を利用したのである。

「カストリア公女に瑕疵をつけ、自らの寵愛するそれなる娘を公女に取って代わらせようと画策し、その企みに脱税疑惑を上手く利用したつもりだったのだろう。浅はかなことだ」

衆人環視の中でオフィーリアに、カストリア家に瑕疵をつければ、父王もアカエイアのアーギス王家も調査せずに打ち消すのは難しい。

だがそれは、一歩間違えば婚約を結んでいる自らにも、ヘーラクレイオス家にも疵を負わせかねない諸刃の剣。速やかに打ち消せず、混乱が深まれば深まるほど、カストリア家の名声が、ひいては十二王家の名声までもが失墜する。

だからこそ入牢させるのは数日だけ、それも貴人牢に軟禁するに留めて、その後は「調査の結果疑念は晴れた」として収める心算だったのだ。そうすれば醜聞も最小限に抑えられるはずだった。

それなのに――

オフィーリアが自害したことで、その思惑は崩れ去った。このまま彼女の嫌疑を晴らしたところで、『第二王子が公女を獄中死させた』事実はもはや消えることはない。

「そ、そもそも、陛下はなぜ自害だと断定なさるのですか!?」

瞬時にボアネルジェスは思考を巡らせた。

そう、まだ自害と決まったわけではない。暗殺された可能性が残っている。もしも暗殺されたのだとすれば、ボアネルジェスの瑕疵も相応に軽減されるはず。

誰がなんの目的で牢の中のオフィーリアを暗殺などするのか、その答えを推測すらできぬままに、ボアネルジェスはその思考に縋った。

だが父王の返答は、ボアネルジェスには全く理解の及ばぬ次元のものであった。

「分かるのだよ。十二王家の当主並びにその後継であれば、な」

「当主、ならば……？」

「そなたにも王位継承の暁には伝えられるはずであった。だから今まで知らぬのも当然だ」

バシレイオス王は胸元に手をやり、そこに留められていた装飾具を外す。表は大小色とりどりの宝石で飾られていて、裏にはヘーラクレイオス家の家紋が刻まれている。

「一度見せたことがあるであろう。ヘーラクレイオス王爵家の〝継承の証〟だ」

「それが、何か……？」

「公女の――いや、もはやカストリア女王爵と呼ぶべきであろうな。女王爵の手の中に、裏蓋が開かれた状態の〝継承の証〟が遺されておった」


――十二王家の直系各家にはそれぞれ、〝継承の証〟が伝わっている。

というより〝継承の証〟を伝える家が直系だとされる。

その家督継承の際、継承の証とともに代々の当主から次期当主に口頭でのみ伝えられる伝承がある、とバシレイオス王は言う。

「この場では余人もおるゆえ詳細には語らぬが、継承の証は家門存亡の危難に際してのみ開いて良い、とされておる」

歴代当主しか伝え知らないことだが、継承の証はただの装身具ではない。古代の魔術で製作された唯一無二の〝霊遺物〟である。

霊遺物はその大半が、もはや現代では失われた魔術で製作されており、再現も複製も叶わない。それらはいずれも、現代の魔術では考えられぬほどの効果や機能を備えている。

十二王家それぞれが違う形の品を継承の証として受け継いでいて、同じものはひとつとしてない。そしてそれは必ず容れ物の形態を取り、裏蓋にそれぞれの家紋が刻印されている。当主はその品の他に蓋を開くための詠唱の文言と、閉じるための詠唱の文言も併せて受け継ぐのだが、それらを総称して〝継承の証〟と呼ぶのである。

中に何が入っているのかは〝証〟によって異なると伝わっていて、所持する当主たちも開かぬ限り中身を知ることはない。だが実際には、証を開いた当主が求めるものが入っている。過去に証を使用したことのある家には記録が残されており、それを使用したことで尊厳を守って死んだ当主や、なんらかの力を得て窮地を脱した当主の逸話が伝わっている。

だがそれも、十二王家の当主たちにしか知らされぬことであり、まだ継承に至っていないボアネルジェスには知ることのできない事実だった。

女王爵オフィーリアの持つ証には無実を訴え、その身と尊厳をそれ以上汚されぬための自害薬が入っていたわけだが、それは彼女自身がそれを無意識に望んだからである。

罪人牢に入れられたことで、汚名を着せられたまま処刑されることを彼女は恐れた。

そうして継承の証を開き、死に至ったのだとバシレイオス王は語った。そうすることで彼女は汚名を否定し、家門の名誉を守ったのだと。

継承の証が実際に使われたのは、実に千年ぶりのことだという。

「〝証〟が開かれ、継承した当主が崩じた。十二王家当主であればその意味の分からぬ者はない」

「で、では本当に……」

「自害であることを疑う者などおらぬわ」

十二王家当主たちはオフィーリアの自害を受けて、カストリア家の名誉挽回のために行動を起こすに違いない。つまりこの話が広まれば、彼女を自害に至らしめたヘーラクレイオス家が糾弾されることになる。

「女王爵が死を賭してまで自身の潔白を示したのだ。もはや言い逃れなど無意味であると知れ」

ボアネルジェスもマリッサも、横で黙って聞いているしかなかったサロニカ公爵もカストリア代理公爵も、もはや顔面蒼白である。

ボアネルジェスは投獄を命じた主犯、マリッサは自害の直接の原因を作った実行犯。そしてサロニカ公爵はそのマリッサの後見人であり、夜会の会場警護の騎士たちを手配し、さらにまだ露見こそしていないものの自らも暗殺を企てていた。

そしてカストリア代理公爵アノエートスは、そもそもそのような継承の証があることさえ聞かされていなかった。この期に及んで彼はようやく、自分に継承権が与えられていなかったことを理解するに至ったのである。

「そんな……で、では、わがカストリア公爵家はどうなるのですか!?」

発言の許可を求めないままアノエートスは思わず顔を上げ、声も上げる。

「……ま、この際だ、特例で赦(ゆる)してやろう」

アノエートスを見下ろす王の目には、蔑(さげす)みを通り越して憐(あわ)れみさえ浮かんでいた。

「そなたの代理公爵の任を解く。以後、カストリアの名を騙(かた)ることは許されぬと思え」

「なっ、そんな……!?」

「当然であろうが。そもそも、そなたは最初からオフィーリア公女が爵位を継承するまでの繋ぎでしかなかったのだから、その公女が崩じたのであれば、そなたが代理をする理由もない」

「わ……わたくしめが改めて襲爵(しゅうしゃく)することは……」

「話を聞いておらなんだのか。カストリアの血を持たぬそなたがカストリアの名を継げるわけがなかろうが」

キッパリと断言され、アノエートスは悄然(しょうぜん)と頭を下げてそれ以上何も言えなくなった。

そのまま王から退出を命じられて、彼はすごすごと謁見(えっけん)の間を出ていく。

「時にサロニカ公爵」

「……えっ、——あ、は、ははっ！」

いきなり名を呼ばれて咄嗟(とっさ)には反応できなかったが、それでもなんとか取(と)り繕(つくろ)ってサロニカ公爵は頭を下げた。

「そなたが第二王子に脱税疑惑を奏上したのであったな」

「は、——い、いえ、それは……」

「証拠があるのであろう？　疾く提出せよ」

淡々と命じる王の視線は、絶対零度に等しいほど冷めきっている。

捏造がすでに露見していると、それだけでサロニカ公爵は理解した。だがそうなると、昨夜の夜会での冤罪による断罪劇の嚆矢を放ったとして責任追及されるのは明らかだ。

「そ、それは……元はといえばカストリア代理公爵が」

「その元代理公爵から預かっておるのであろうが。それを出せと命じておる。聞けんのか」

時間稼ぎも誤魔化しも、無意味。

サロニカ公爵は王の命に深々と叩頭して「……本日中には、必ず」と答えるほかはなかった。


ボアネルジェスは自宮にて謹慎を言い渡された。

正式な処分が決まるまで、出歩くことはもちろん一切の公務も、ミエザ学習院への登院も何もかもが禁止された。謹慎の間は宮殿の扉も窓も全て外から施錠されて中の使用人ごと閉じ込められ、正門と裏門には王直属の近衛騎士たちが終日交代制で監視についた。

マリッサはその場で拘束され、オフィーリアと同じく罪人牢へ収監された。勝手に自害などできぬよう全裸にされ、魔力封じの魔道具である首枷ひとつしか身につけることを許されなかった。

アノエートスは邸へ戻った後、しばらくは魂が抜けたように何もせずぼーっとしていた。だが、王宮から代理公爵解任の命令書が届けられたことで、家令から荷物をまとめて出ていくよう言われている。ヴァシリキとテルマは激しく反抗し、特にテルマは「第二王子殿下に直訴する」などと喚いているが、その第二王子も監禁状態である。彼女が会える可能性は万にひとつもない。

　そしてサロニカ公爵は、謁見の間を退出して自邸に戻った後、そのまま毒を呷って自害した。

◇◇◇◇◇

　マケダニア国王、バシレイオス・レ・アンドロス・ヘーラクレイオス・マケダニアは、空がゆっくりと白み始めるなか、国王執務室で頭を抱えていた。

「なんということをしてくれたのだ第二王子は……！」

　時は少し遡り、稔季の大夜会の、その翌早朝。

　王が謁見の間に第二王子以下を喚び出した、その直前のことである。


　それまでバシレイオス王は、息子ボアネルジェスから「オフィーリアとの仲はすこぶる良好だ」と聞いていた。それだけでなく、王宮内で幾度もオフィーリアと会う機会があり、その度に彼女からもボアネルジェスとは上手くやっていると聞いていた。

　オフィーリアが常に顔色がすぐれず、いつも疲れ切っている様子だったのには気が付いていた。だからそれとなく心配し、人をやって様子を見させてもいたのだが、上がってくる報告もまた概ね「第二王子殿下とカストリア公女の仲睦まじさ」を示すものばかりであった。

　そのため王は、彼女が日々の王子妃教育や第二王子公務の補佐などによって疲弊しているのだろうと考えて、王宮内に彼女専用の私室を用意させ、いつでも休めるようにしてやるとともに、王妃や教育係たちに命じて王子妃教育のペースを緩めるよう計らいもしていた。

そんなオフィーリアが家門を挙げて脱税を行っている疑惑がある、と第二王子ボアネルジェスが密かに奏上してきた時、王は驚愕した。

なにしろカストリア家はマケダニア国内のみならずイリシャ全土でも有数の資産を保有し、その納税額は毎年マケダニア国内トップを誇っているからだ。

王は直ちに税務局に命じてカストリア領の税収状況を確認させたが、特に問題点らしきものは見当たらないという。

だがボアネルジェスがあまりに自信満々だったため、捜査権の一部を与えて詳しく調べるよう命じた。つまり彼自身にカストリア家の、婚約者の疑惑を晴らさせようとしたのである。

幸い、オフィーリアは第二王子の婚約者であるため、暑季の休暇も所領へ帰らず王都に留まる予定だ。ボアネルジェスでも調査は容易かろうと思われた。

だというのに、その後に捜査結果の追加報告が上がってくることはなく、暑季の休暇を経て稔季の社交シーズン開始の大夜会を迎えてしまう。

追加の報告がないということは、確たる証拠を見つけられなかったということ。ならば夜会の後にでも「疑惑は事実無根」との報告がなされることだろう。

などと思っていたのに、夜会のさなかにボアネルジェスが突然オフィーリアを糾弾し始め、あろうことか捕縛し牢へ繋いでしまった。それどころか報告になかった「ペラ男爵家の令嬢への虐待行為」まで言明し、彼女を「罪人」と呼び貶めたではないか。

突然のことに狼狽したし、最終報告もまだなのに捕縛までさせたのは明らかにやりすぎだ、と王は考えた。しかもボアネルジェスは、勝手に婚約破棄と婚約者の交代まで告げたのだ。

本来なら直ちに撤回させるべきだったが、立太子させる予定でいる第二王子の言動をその直後に王が否定しては、彼の資質に疑義があると臣下たちに思われかねない。その場では何も言えなかった。

それに正直なところ、ボアネルジェスとの婚約がなくなればオフィーリアは王妃として立つこともなく、カストリア家の家督継承に専心できるようになる。それも頭に過って、その場で息子の暴走を押し留めることはしなかった。


夜会を退出しようとするボアネルジェスを詰問したところ、捜査が終結しておらずこのままでは証拠を隠滅される恐れがある、だからオフィーリアを一旦拘束して証拠隠滅を防ぐとともに、彼女の自白を引き出してカストリア領の強制捜査を行う予定だと言うではないか。

話の筋として一応通ってはいるが、ずいぶんと強引で稚拙なやり方である。これ以上ボアネルジェスには任せておけぬ、後ほど貴人牢に出向いて直接彼女と話をせねばなるまい。

そう考えて、王はボアネルジェスを下がらせた後、自ら貴人牢へ足を運んだ。

「カストリア公女と話がしたい。案内致せ」

「畏れながら陛下、何かのお間違いでは？　カストリア公女は収監されておりませぬが」

だがオフィーリアは貴人牢へは入れられていなかった。西の尖塔にも、東の尖塔にもだ。
それどころか、夜会会場であった〝栄光の間〟から彼女を連れ出した騎士たちも会場へ戻らず、行方をくらませていると判明した。

王は慌ててボアネルジェスを呼び出そうとしたものの、彼はもう第二王子宮へ戻った後だ。プライバシー確保の観点から、一旦自宮へ戻った王族をその日のうちに再度呼び出すのはよほどの緊急事態のみという慣例がある。それゆえ王は呼び出しを躊躇った。

代わりに近衛騎士隊長を務めるイスキュスを呼び出して、麾下の近衛騎士たちに王宮内を捜索させた。だが、オフィーリアが何処へ連行されたのか、行方が全く掴めない。

それでも、捜索と調査の過程で王宮の侍女や使用人たちの目撃証言がいくつか寄せられ、さらに騎士団の団員寮から密かに出奔しようとしていた騎士のひとりを近衛騎士が発見して尋問したところ、あろうことかオフィーリアが地下の罪人牢へ収監されたらしいと判明した。

あまりのことに目の前が真っ暗になったが、王はそれでもなんとか気を取り直して簡略的ながらも命令書を作成し、近衛騎士たちに持たせて罪人牢へ迎えに行かせた。

だがもうその時には、彼女は〝継承の証〟を使った後だったのだ。

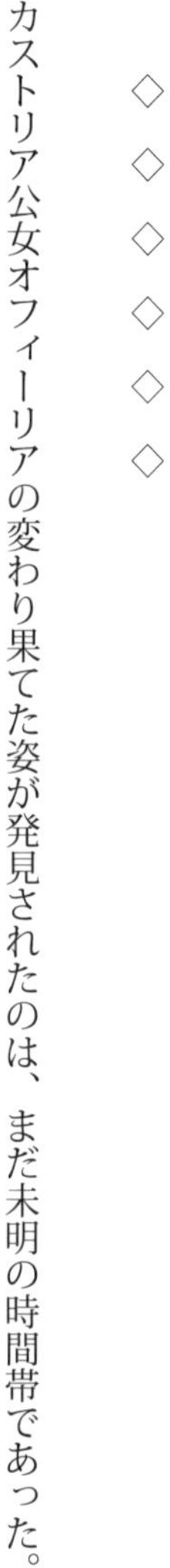

カストリア公女オフィーリアの変わり果てた姿が発見されたのは、まだ未明の時間帯であった。

その身柄は直(ただ)ちに罪人牢から運び出され、西の尖塔に移された。

王は彼女の遺体を貴人牢へ移し替えさせた後、勤続が長く口の堅い、信頼できる侍女たちに彼女の身を清めさせた。髪も整えさせて、王宮内の彼女の私室からナイトドレスを持ってこさせて着替えさせもした。不思議なことにその身は血色が良く肌も関節も柔らかなままで、ただ眠っているようにしか見えなかったという。

それから近衛騎士に西の尖塔を封鎖させた。もうこれ以上、彼女が誰にも害されないように。

オフィーリアはまだ十五歳で、ヘレーネス十二王家の正式な当主ではない。だが当主である彼女の母アレサはすでに故人であり、〝継承の証(あかし)〟を受け継いでいるとオフィーリア自身から報告も受けていた。地下牢で発見された際、彼女の手の中には開かれた継承の証(メンダギオン)が残されていて、だからバシレイオス王は彼女がすでに継承の証(あかし)を使ったと断定した。

念のため、宮廷医局のトップでもある典医局長を呼び出して診察させたものの、やはり彼女の心臓――体内で魔力(マナ)を生成する霊炉(れいろ)は止まっていた。さらにイェルゲイル神教(しんきょう)の神殿に内密に連絡して、蘇生の請願を行使可能な神教の法術師(ほうじゅつし)たちを派遣させたが、彼女の魂(たましい)はすでに肉体との経路(パス)が切れていると言われて王は愕然(がくぜん)とした。

蘇生は通常、死去から三昼夜の間であれば成功するとされている。死亡直後がもっとも成功率が高く、時が経つほどに成功率は落ちてゆく。だがそれも、肉体に損傷がなく魂(たましい)との経路が繋がっていることが前提だ。三昼夜を過ぎれば、その経路が切れて魂(たましい)は輪廻(りんね)の輪に乗ると言われている。それが切れれば、どんな手段を講じても二度と蘇生は叶わない。

つまりもう、カストリア公女オフィーリアは蘇生が不可能ということ。

その魂は肉体には戻らない。もう二度とだ。


あまりに急転直下な事態に、王は呆然とするしかない。ヘレーネス十二王家の一員たるカストリア家の後継当主を、このような形で失うなどとは思いもしなかった。

しかもオフィーリアは、カストリア家唯一の直系である。その彼女が崩じたということは即ち、カストリア家の存亡の危機ということ。そしてそれを引き起こしたのが、同じヘレーネス十二王家のヘーラクレイオス家なのだ。

現在のヘレーネス十二王家は、古の古代グラエキア王国アルゲアス王家の傍系王族たちの婚姻先の家系に当たる。始祖の世代こそ各家門で異なっているが、その多くは神話に語られる英雄たちを祖とし、アルゲアス王家の血をともに受け継ぐ宗族でもある。

それゆえ十二王家は異祖の同族として、ここまで結束して苦難を乗り越え、血と家名を繋いで家門を栄えさせてきたのだ。

その一員であるヘーラクレイオス家が、同族であるカストリア家を断絶させるなどあってはならないこと。このままではほかの十二王家から糾弾され、今度はヘーラクレイオス家が滅ぶ事態になりかねない。

「…………こうしてはおれんな」

王は昏(くら)い顔を上げて独りごちる。

すでに払暁(ふつぎょう)であったが、王は宰相を執務室に呼び出すと、一連の事件についてきつく箝口令(かんこうれい)を敷くよう命じた。

大夜会の参加貴族の当主や子女だけでなく、侍女侍従や使用人、会場警護の騎士たちや会場外の厨房で働いていた調理人、下人などまで含めて、つまり今夜王宮内にいた全員に、今夜起こったことを一切王宮外(そと)に漏らさぬよう徹底させろと厳命した。

王はさらに、オフィーリアとボアネルジェスの普段の行動を詳しく調査せよとも命じた。

状況からしてボアネルジェスがオフィーリアを失脚させ、カストリア公爵家ではなくサロニカ公爵家と手を結ぼうとしたことは明らかだったが、それに対してオフィーリアがなぜ手をこまねいていたのか、なぜ、なんの奏上もなかったのか、詳しく調べねばならない。

宰相は命を受けて慌ただしく出ていき、だがすぐにひとりの文官を伴(ともな)って戻ってきた。

彼が連れてきたのはオフィーリアの執務室に詰めていた文官のひとりだ。こんな早朝から働いていたという文官の証言によって、オフィーリアがボアネルジェスに命じられ寝る間もないほど働かされていたことが明らかとなった。

おそらく彼女は多忙を極めるあまり、自身の身に迫る悪辣(あくらつ)な陰謀(いんぼう)に、気付くことすらできなかったのだろう。

次いで王は近衛騎士隊長に、オフィーリアを連行した騎士たちをひとり残らず捕縛するよう命じた。騎士セルジオスをはじめ全員が直ちに拘束され、東の尖塔に収監された。そして彼らの自白から、オフィーリアが亡くなる直前に受けた屈辱の数々も全て明らかになった。

捕縛した騎士たちの尋問をひととおり終えた時には、すでに夜が明けていた。

王は寝室で休むこともないまま特秘使を遣わして、謁見の間にボアネルジェス第二王子とサロニカ公爵、そしてカストリア代理公爵を召喚した。

ヘーラクレイオス家当主としてバシレイオス王がこれからやるべきは、まず何よりもカストリア家と公女オフィーリアの名誉を回復させることだ。そうしなければ、カストリア家はもちろんヘーラクレイオス家さえも守れない。

そうして王は、強い決意とともに玉座の間に姿を現したのである。

2．顛末

公女オフィーリアの死から数日後。

上がってきた報告書を読んで、王はまたしても頭を抱えるほかはなかった。

その報告書とはもちろん、カストリア公女オフィーリアがいかにして自害に至ったのかを調べさせた調査報告書である。そこに書かれていたのは、ボアネルジェスから聞いていたこととともオフィーリアから聞いていたこととも全く違う、目を疑うような内容ばかりだ。

「…………これは一体、なんの妄想か」

「残念ながら事実でございます、陛下」

呆然となる中、思わず漏れた王の呟きは、宰相ヴェロイア侯爵の苦しげな声によって無情にも砕け散った。

「陛下だけではございませぬ。やつがれめもほかの政務閣僚も官僚たちも、殿下と公女のご主張を疑うこともなく、真実に気付くことすらありませなんだ。全くもって、忸怩たることですじゃ」

そう。王宮の誰も彼もが、王も宰相も閣僚も官僚たちもみなボアネルジェスの言を信じ、それを否定しないオフィーリアを信じて、ふたりの真の姿を見抜けなかったのだ。真実を正しく見極めることさえできない無能揃いだ、と謗られても全く反論できない。

「それればかりではありませぬ。陛下がお命じになっておった定期報告、あれにも公女があらかじめ手を回して、問題ないと報告するよう仕向けておったとか」

「なんじゃと？」

「報告書をまとめておった担当者を問い質しましたところ、そのように公女より指示があったと」

バシレイオス王はこれまで、ふたりの様子を定期的に確認させ報告させていた。そして、受けた報告は概ねどれも似たりよったりで、特に問題がある様子はなかった。懸念といえば、通常なら定期的に催されるはずのふたりきりでの茶会が極端に少ないという、その程度だ。

それらの報告が実は全てオフィーリア自身に手を回されていたものだったとは、王には思いもよらなかった。

「な、なぜそのようなことを……」

「おそらく、陛下も薄々解っておいでなのではござらぬか？」

そう。宰相に言われるまでもなく、王とて気が付かないでもなかった。だがオフィーリアがボアネルジェスを立ててくれているのだと考えて、問題ないと納得しようとしていただけだ。

ボアネルジェスが自ら引き受けたはずの公務の一部をオフィーリアに振っていたことは知っていた。そのために彼女に執務室を与えていたことも。

本来なら、王子の婚約者でしかない令嬢に王宮で執務室が与えられるなどあり得ない。だがそれも報告の中に「カストリア公女が自ら望んで第二王子殿下のご公務を補佐なさっている」とあったため、勝手に第二王子の執務室に出入りできない彼女のために、ボアネルジェスが用意してやったのだからと黙認していたのだ。

それがまさか、愚息が公務の大半を押し付けた上に、執務をこなす場所のないオフィーリアに空き室を勝手に使わせていただけだったとは。

なおその執務室は、ボアネルジェスが謹慎処分になった直後に、第二王子の側近であるクリストポリ侯爵家嫡男のヨルゴスが独断で解散させたという。

呼び出して問い質したところ彼は、王の許可なく設置したものだから廃止も王へ報告できなかったこと、本来なら第二王子の許可を得るべきだが彼は謹慎中で、謹慎が明ければ実際に公務を処理していたオフィーリア執務室の文官たちを必ずやそのまま使うだろうから、そうさせないために解体せねばならなかったのだと語った。

王の許可なくやったことであり、処分も覚悟しているという彼に、王は何も言えなかった。

結局ヨルゴスに対する処分は見送り、彼が名簿にまとめていたオフィーリアの執務室の文官たちには特別褒賞と休暇を与えた。本来なら文官には長期休暇は与えられないが、彼らには稔季(ねんき)の間ゆっくり休養するよう申し付けて、それぞれ自宅や故郷に戻らせた。


報告書にはまた、ミエザ学習院でのこともまとめられていた。

なんとボアネルジェスは、院内でも学生会長の職務をほとんどオフィーリアに丸投げしていたという。学生会長代理などという役職を勝手に設けて教師たちにも認めさせたばかりか、院外へ知られぬよう箝口令(かんこうれい)まで敷いていたらしい。

王は余計なところばかりそつのない愚息の悪知恵に嘆息するしかなかった。

そればかりでなく、ボアネルジェスは院内でオフィーリアを遠ざけて、ペラ男爵家の庶子であるマリッサという下級生を侍(はべ)らせ寵愛(ちょうあい)していたという。彼女に関してはオフィーリアが自害したその翌朝に第二王子宮にいたのを発見され、ボアネルジェスやサロニカ公爵らを謁見(えっけん)した際に一緒につれてこられたため、特に詳しく調べさせた。

その結果、彼女はボアネルジェスの寵愛(ちょうあい)をいいことに彼の側近やその候補たちに対して、まるで第二王子妃であるかのように振る舞っていたことが判明した。しかもボアネルジェスがそれを咎(とが)めないものだから増長し、ミエザ学習院内でも積極的にオフィーリアの悪評を流して、彼女に「真実の愛を妨げる我侭(わがまま)公女」などという汚名を着せていたという。

またマリッサは、あの夜会での断罪劇の直前に、「殿下の真意」と称してオフィーリアの収監先を貴人牢から罪人牢へ勝手に変更したこともすでに判明している。夜会の翌朝に投獄するとともに厳しく取り調べさせた結果、公女の地位や権勢を妬み、ボアネルジェスの妃の地位を得んとして、積極的に公女を排除しようと画策したことも自供済みだ。

マリッサのしたことは許されることではない。酌量の余地はなく、死罪とするほかはない。

だがあの夜会で、ボアネルジェス自身が彼女を新たに婚約者とすると宣言してしまっており、箝口令を敷いたとはいえ隠し切るのは難しいだろう。それに、オフィーリアがすでに亡くなった以上はボアネルジェスの婚約者が不在であり、この上マリッサを処刑すれば、あの夜会の招待者たちはもはや箝口令など無視して様々に噂を流すに違いなかった。

王は時間が欲しかった。イリシャ本国であるアカエイア王国からの糾弾を防ぐ、完璧に繕った報告書を作成する時間が。

その時間を稼ぐため、ボアネルジェスはまだ処分できない。当然、マリッサの処刑も同様だ。

逆に言えば、ふたりの処分はいつでも可能なのだ。むしろヘーラクレイオス王家へのダメージを最小限に抑えるため、最良のタイミングを見計らわなくてはならないだろう。

その時、執務室にノックの音が響く。

王の側御用を務める秘書官が素早く応対し、扉の外で何やら言葉を交わすと、一旦扉を閉めてバシレイオス王に向き直る。

「陛下、火急の用件で謁見したいと上奏があるそうでございますが、いかがなされますか」

「火急？　何処の誰か」

「それが……カストリア家の家令が参っておるそうです」

王と宰相は思わず顔を見合わせた。

カストリア家には、オフィーリアの死の詳細をまだ伝えていない。急病にて王宮で療養させると伝えただけであり、代理公爵の解任の正式な命令書も発行していなかった。

だが、代理公爵アノエートス本人にはすでに解任を言い渡しており、公爵家の家令も承知していることだろう。だとすれば、そのことについて何かしらの報告なり相談なりがあるのだろうか。

「陪臣が陛下に直接謁見を願うなど」

「よい、宰相」

「……は、ですが」

「どのみちカストリア家には隠しおおせるものでもない。であれば、家令にだけは伝えておくほうが良いやも知れぬ」

「……陛下がそのようにご判断なさるのならば」

宰相が引き下がったところで、王は頷いて、応接室に家令を通すよう秘書官に申し付けた。

そしてその家令から、カストリア家の内情を事細かに打ち明けられることとなったのだ。

家令の話によれば、オフィーリアは十二歳、つまり彼女の母アレサが亡くなった直後から、もう三年も自ら領政を差配しているのだという。もちろん未成年だった彼女ひとりでは領を治めることなどできず、家令と領内各地の代官たちの全面協力を得て、なんとか乗り切ってきたとのこと。

「ま、待て。ではアノエートスめは何をやっておったのだ」

「あの男はアレサ様の葬儀を終えたその夜にお嬢様に言い放ったのです。『どうせお前がやることになる。だからお前の仕事だ』と」

開いた口が塞がらぬ、とはこのことだ。

――貴族家の当主が薨じた際、次期当主が未成年では領主の任務が果たせないため、その者が成人し襲爵が可能になるまで後見人あるいは代理の者が領政を差配すること。なお後見ないし代理となる者は、次期当主に親しい直系親族が望ましい。

連邦法典にそう定められている。これはヘレーネス十二王家に限らず、どの貴族家でも同じだ。

だからこそアノエートスはカストリアの血を持たないにもかかわらず、正式な代理公爵として任じられていたのだ。それがまさか、正式な任命前から職務を放棄していたとは。

それだけではない。領政を差配するための次期当主への当主教育そのものが、成人する十五歳から施すことと決められているのだ。つまり十二歳当時のオフィーリアに、領政が差配できたはずがないのである。

「実は……それについては亡きアレサ様が、お嬢様がまだ十歳の頃から内々に始めておりまして」

「なんじゃと!? 当主教育をか!?」

「御意。早すぎると反対したのでございますが、必要なことだと仰せになられまして」
娘に十歳時から当主教育を施しているなどと、前当主アレサからは何も報告されていなかった。しかも十歳と言えば、彼女がボアネルジェスの婚約者として内定した時期である。

オフィーリアが急病に倒れたというのなら、母を亡くして以降のもろもろの心労が祟ったのだろうと家令は言う。領政はなんとかするので、お嬢様には心安らかに療養して頂きたいと伝えるべく、面会の許可を得たいと彼は願い出た。

王も宰相も、オフィーリアがなぜいつでも疲労困憊していたのか、その理由の全てをようやく知ることとなった。

七歳でボアネルジェスの婚約者候補のひとりとして王子妃教育が開始され、十歳から当主教育、十一歳で正式にボアネルジェスの婚約者に決まって王子妃教育が本格化。十二歳からは領政執務をこなし、十三歳でミエザ学習院に入院してからは学生会業務、さらに十五歳の今年に入ってからは、第二王子の公務までもほとんど全て彼女が片付けていたのである。

大人でさえ到底ひとりでこなせる量ではない。だというのに、それを未成年のうちから彼女は誰にも打ち明けず、黙々とこなしていたのだ。おそらく食事の時間も睡眠時間もろくに取れなかったはずで、同世代子女に比べて極端な矮躯であったのはそのせいでもあったのだろう。

王は改めて家令に目を向けた。王自身やアノエートスよりやや歳上のこの男は、確か——

「そなた、確かカストリアの分家筋であったな」
「御意。末端ではございますが」

「ここまでの三年間、次期当主をよく支え、よく努めてくれた」

「もったいなきお言葉にございます」

「アノエートスめの代理の任を解いたこと、聞いておるな？」

「確かに本人がそのようなことを申しておりますが」

「今この時をもって、そなたを正式に代理公爵に任ずる。心して受けよ」

「わ、わたくしめをですか⁉」

「正式な命令書は追って遣わそう。公女は典医局長より面会謝絶の措置が取られておるゆえ会わせることは叶わぬが、そなたの忠心、しかと伝えておこう」

「……ははっ！　身命を賭しても玉命に殉じまする！」

家令を下がらせ、彼が扉の向こうへ消えるのを待ってから、王と宰相は頷き合う。

「アノエートスめを捕縛せよ。その愛人と娘もだ。罪状は……分かっておるな」

「直ちに。余罪残らず吐かせてご覧に入れましょうぞ」

◇　◇　◇　◇　◇

カストリア公女オフィーリアの死は、当面の間伏せられることとなった。

もしも本国であるアカエイア王国のアーギス王家に知られればヘーラクレイオス家、ひいてはマケダニア王国そのものが糾弾されると分かり切っているからだ。

だが、実際そういつまでも隠しおおせるものでもない。すでに当代サロニカ公爵が突然自害した件で、アカエイアから経緯の説明を求める使者が来ているのだ。

王は使者に対しては「カストリア公女オフィーリアは急な病で療養中であり、そのために第二王子との婚約を解消した。それとサロニカ公爵の自害は無関係」と説明している。

夜会での婚約破棄劇はきつく箝口令を敷いてあり、話が漏れないよう努めているものの、完璧に隠蔽できるかはまだ予断を許さない。


ボアネルジェスはほどなくして謹慎を解かれ、公務に復帰した。

同時にマリッサも地下牢から出され、予定どおりサロニカ公爵家に引き取られた。

サロニカ公爵はすでに故人だが、生前に届け出が済まされているという扱いにして、養子縁組の手続きが進められる。彼女をそのまま第二王子の新たな婚約者とするためだ。

強引にも程があるが、ボアネルジェスが夜会で宣言し王もその場で否定しなかったこと、公女オフィーリアが亡くなりボアネルジェスの婚約者の座が実際に空いているため、無理やりでもそう繕うほかはなかったのだ。

オフィーリアに関しては、アカエイア王家にした釈明と同じく「急な病での療養のための婚約解消」と公式に発表した。

第二王子の公務に関しては、元の通りで変更は加えられない。そもそもボアネルジェス自身が率先して請け負っていたものであり、彼がオフィーリアに代行させていたことは公になっていないため、それを理由に彼の公務を減らすわけにはいかなかった。

それに立太子から即位を目指すのであればこの程度、何食わぬ顔で乗り越えてもらわねば示しがつかないというのも事実である。

だが所詮、無理を通すにしても限度というものがある。綻(ほころ)びはすぐに各所に現れた。

◇◇◇◇◇◇

「第二王子殿下……。こちらの書類なのですが」

謹慎(きんしん)を解かれ、王子公務を再開したボアネルジェスのもとへ、またしても文官がおそるおそるやってきた。今日だけでももう何人来たことか。

「またか。今度はなんだ」

「その、畏(おそ)れながら」

「はっきり申せ」

「こちらの書類、数値がひとつも合っておりませぬ」

「なんだと？」

おずおずと差し出された書類をひったくり、ボアネルジェスは頭から確認してみた。先ほど処理済みにして税務局に送付したものに間違いはない。

だが改めて計算しても、間違いは特に見つけられなかった。

「何処がどう違うというのだ」

「畏れながら、基準となる数値を間違っておいでございます」

それは昨年度の収穫高を元にして来年度の徴税率を決めるための税務書類だった。なのに肝心の収穫高が去年のそれと異なるという。その数値が何処から出てきたものか、税務局の文官たちにも分からないらしい。

「ヨルゴス！　おいヨルゴス！」

「今は手が放せません！　後に願います！」

もはや頼れるのは信頼できる有能な側近のみ。そう思って呼んだのに、あろうことか断られる始末。

「貴様！　我の命を拒否するか！」

「殿下が『昼開始の案件』を朝になって私に回してきたのでしょう!?　こっちはそれに掛かりきりで、他の件に手を付ける余裕なんてありませんよ！　ご自分で対応なさいませ！」

はっきりとそう断られ、ボアネルジェスは絶句した。

「…………殿下、その。大変申し上げづらいのですが」

「――ええい！　今度はなんだ！」

「修正待ちの書類を携えた文官たちの列ができておりますので、なるべく迅速に処理して頂けませぬか」

そう言われて、言った文官の後ろに目をやったボアネルジェスは、またしても絶句した。

書類を携えた文官たちの列が、執務室の外にまで延びていたのだ。

「オ、オフィーリアは何をやっている!? あやつがおらぬせいで公務が回らんではないか!」

堪らず、ボアネルジェスは叫んだ。

「殿下は何を仰っておいでか!」

だが返事をしたのはオフィーリアではなく、書類に半ば埋もれたままのヨルゴスだ。

「他ならぬ貴方が公女を死に追いやったのでしょうが!」

箝口令が徹底されていて、今のところ王宮の外には彼女の死はまだ伝わっていない。彼女は「王宮に与えられた公女の自室で療養中」ということになっている。だが、王宮内ではすでに、真実を知らぬ者など皆無である。

ヨルゴスの叫びには、もはや敬意など欠片も見当たらなかった。

「あれほど尽くして下さったのに、公爵家のお邸に帰る時間すら惜しんで夜通し政務に取り組んでおられたのに! それを貴方が! 理不尽に! 婚約破棄して投獄などしたから公女は儚くなられたのでしょうが!」

オフィーリアが自邸に帰っていなかったなどという話は、ボアネルジェスには初耳であった。だが言われてみれば確かに、いつどのタイミングで彼女の執務室に押し掛けても彼女がそこにいなかった記憶がない。

ちなみにそのオフィーリアの執務室は、ボアネルジェスが謹慎している間にヨルゴスがさっさと解散させ片付けて、現在はがらんどうである。オフィーリアが頼み込んで各部署から出向してもらっていた文官たちも、とっくに元の職場に復帰しているという。再度集めるように命じても、ヨルゴスは「名簿がないので誰がいたのか分からない」ととぼけている。

そういうわけで、これまでオフィーリアがこなしていたボアネルジェスの政務は、本人とヨルゴスのふたりだけで処理している状態だ。

「だっ、だが、あいつがいなければ」

「今さらそんなことを仰ったところで、もう遅いでしょうが！　いいから手を動かして下さい！　仕事が終わりませんよ！」

「くっ……！　な、ならば蘇生させ――」

「あれから何日経ったとお思いで⁉　お気は確かか！」

好き放題に叫ぶヨルゴスは、だが自分で言うとおり一切手を止めていなかった。だからボアネルジェスも何も言い返せない。

「………もう結構でございます」

ボアネルジェスの執務机の前に立っていた文官が、一言そう告げて書類を手早く片付けた。

「なんと申した？」

「書類の修正はこちらで対応致します。殿下には確認の署名のみお願いすることと致しましょう。それでは」

文官はそう言い捨てて、さっさと踵を返した。それを見て列に並んでいた他の文官たちもあっという間に散り散りになって、執務室に残っているのはボアネルジェスとヨルゴスのふたりだけに

なってしまった。

「なん……だと……」

呆然と呟いたボアネルジェスに、もはやヨルゴスはツッコまなかった。


その後、ボアネルジェスの評判はあっという間に地に落ちた。「政務に熱心な有能王子」から「婚約者に全てを押し付けていた無能王子」へと。

実際、彼は公務のほとんどでなんらかのミスを繰り返した。それまではオフィーリアがほぼ完璧にこなし、彼のミスも全て彼女が責任を被っていた。それが消えて失くなったのだから当然だ。

これまでオフィーリアに公務を押し付けて真面目にやってこなかった彼が、今さら取り組んだところで、実務慣れした彼女と同じようにできるわけがなかった。

文官たちも官僚たちも、今さら思い出したのだ。ボアネルジェスの政務に関して実際に動いていたのは、常にオフィーリアだったことを。ボアネルジェスの書類にある彼の筆跡は署名だけで、文章は全て女性の書き文字であったことを。オフィーリアが清書を担当しただけではなかったということに、ようやく気が付いたのだ。

ボアネルジェスがこれまでやっていたことといえば、たまに思い出したように連絡してきて、それまでの政策を顧みずに独りよがりの提案を押しつけるだけだった。それを上手く現実に落とし込んで実現可能にしたり、あるいは手を回して実行せずとも済むようにしたりしていたのもまた、オフィーリアだったのだ。

だがそのオフィーリアはもういない。わずか十五歳にして抜群の事務処理能力と調整能力を兼ね備えていた稀有な人材は、もう永遠に失われてしまったのだ。

◇◇◇◇◇◇

「なんでよ！　なんでこんなことあたしが覚えなくちゃいけないの⁉」

今日も王宮の小晩餐室に、ヒステリックな金切り声が飛んでいる。

もちろんそれは、マリッサの声だ。

「王子妃におなりになるのですから、この程度はできて当然。最低限にもなりません。カストリア公女はこれしきのこと、十一歳の頃にはすでに身につけておいででした」

「あのおん……、カストリア公女とあたしは違うのよ！」

すんでのところで言い直したあたり、多少は教育の成果が出てきたようではある。だが当然ながら、まだまだ完璧には程遠い。

マリッサはすでにサロニカ公爵家との養子縁組が承認されていて、公的には「サロニカ公爵家令嬢マリッサ」である。だがサロニカ公爵家からすれば彼女は歩く恥晒しでしかなく、おまけにカストリア公女を死なせた大罪人であるため、彼女の罪まで家門に負わせられた格好だ。

ゆえにサロニカ家からマリッサに対する援助はなく、当然ながら擁護もない。サロニカ公爵家の公邸に戻ることもできない彼女は王宮に形ばかりの自室を与えられ、昼夜を問わずマナーや礼儀作法、語学、音楽、歴史など、膨大な教育を一斉に詰め込まれる日々を過ごしている。

「とにかくいい加減にして！　じゃないとジェスさまに言いつけてやるわ！」

「どうぞご随意に。第二王子殿下からも厳しくしつけてやってくれと仰せつかっておりますので、一向に構いませんよ」

「あああもう……！」

サロニカ公爵家だけでなく、頼みのボアネルジェスでさえ、彼女の味方ではなくなってしまったようである。

「とにかく！　あたしにはこんな難しいのはムリ！　ムリなの！」

「あら、まあ。カストリア公女におできになったことが、サロニカ公女には難しいと仰るのですか。なんとも情けないこと」

「だってあたしは公女さまじゃないもの！」

「なにを仰いますやら。貴女様はサロニカ公女ではありませんか」

マナーも作法も知識も全く身につかないマリッサがいくら悲鳴を上げたところで、教育係には一向に聞き入れてもらえない。

それもそのはず、彼女はオフィーリアの王子妃教育も担当していて、常々その完璧さを絶賛していた教師である。類稀なる優秀な教え子を理不尽に害されて、直接ではないにせよ、その加害者に対して温情などかけようはずもない。

この教師だけでなく、王子妃教育の各分野を担当する全ての教育係がオフィーリアを絶賛し、そして彼女を害したマリッサを憎悪していた。

「そう、貴女はもう殿下のご婚約者のサロニカ公女なのです。——泣いても喚いてもそれが覆ることはもはやあり得ないのだから、諦めて少しは努力してはいかがですか!」

「……ヒッ!」

慇懃無礼を崩さない教育係から急に怒鳴りつけられて、マリッサはビクリと肩をすくめた。

ちなみにこのイリシャ連邦において、〝公女〟とはヘレーネス十二王家の令嬢のみを指す特別な敬称である。十二王家に属さぬサロニカ公爵家の子女、つまりマリッサは、サロニカ公爵家令嬢であってもサロニカ公女と呼ばれることはない。

その彼女を教師たちが敢えて〝公女〟と呼ぶのは、マリッサにすら分かる強烈な嫌味であった。

「貴女のような人に非ざる者でも、もう第二王子殿下の婚約者なのですよ! ならば、せめて取り繕える程度には覚えようという気にならないのですか!」

「あ、あたしは……最初からムリって言ってたもの!」

最初から王子妃の座を、ゆくゆくは王妃の座さえ狙っていたというのに、マリッサはそんなことすら忘れてしまったかのようだ。

だがいずれにせよ、彼女がボアネルジェスの婚約者を外れることはもう、ない。

外れる時、それは彼女が死を賜る時なのだから。

こんな調子で、マリッサはどの教育でも無理だと喚き、最終的に鞭で躾けられるようになった。

彼女が喚く度、その身体に鞭の跡が増えてゆく。だがこれでも彼女はまだ成人のお披露目も済んでいない十四歳の少女であることが考慮され、叩かれるのは腰回りや尻、背中、太腿に限定されていた。

その跡が痛々しいせいか、ボアネルジェスは彼女を寝室に呼ばなくなった。鞭の跡を醜いと思ったのか、それとも彼自身が日々のあまりの激務に疲れ切っているだけなのかは、本人が黙して語らないため分からないが。

「もうムリ……ホントにムリ……！　こんなのあたしが欲しかったのと違う……！」

心身ともに折られまくって絶望したところで、今さら運命が変わるわけもない。この後も彼女には、教育係全てから憎まれ、ひたすら鞭で躾けられる日々が待っているだけだ。

宝飾品や美しいドレスで着飾ることも、ティータイムを優雅に過ごすことも、夜会で多くの男女に傅かれることもない。あるのは鞭の痛みと罵倒、そして終わらぬ課題の山。

婚約者のはずのボアネルジェスが庇ってくれることもなく、それどころか最近は避けられているようで第二王子宮にすら入れてもらえない。

「こんなことになるのなら、殿下なんて奪うんじゃなかった……！」

まさに世に言う『後悔した時にはもう遅い』というやつである。

◇　◇　◇　◇　◇　◇

サロニカ公爵家は、先代が自害した後、次男が爵位を継いだ。

なぜ次男なのかといえば、嫡男が亡きカストリア公女の私物を盗んで不敬を働いたとして、死罪を賜ったからである。

というのも、嫡男の服のポケットからオフィーリアの婚約指輪が出てきたからだ。あの時奪った指輪をポケットに突っ込んだまま逃げ、そのまま忘れていたものが発見されたのである。

見慣れぬ、シンプルながらも見るからに高価な指輪を見つけた洗濯メイドは執事に報告し、その指輪にボアネルジェスとオフィーリアの名の刻印を見つけた執事は驚愕して家令に報告し、家令は死罪を覚悟で王宮に奏上した。

王宮に直接奏上したのは、当主が自害し爵位を継ぐ予定の嫡男の案件だからだ。

その結果、嫡男は即座に拘束され厳しい詮議を受け、オフィーリアに対して行ったことを全て白状させられた。侮辱し、指輪を抜き取り、髪を掴み、拳で殴りつけ、〝継承の証〟すら奪おうとしたことまで全て騎士たちや王宮の侍女たちに見られていて、隠しおおせるものでもなかった。

そうして彼は死罪となったものの、実はまだ王宮地下の罪人牢に幽閉されている。勝手に処刑して内密に処理すると、アカエイア王家に露見した場合に証拠隠滅を疑われるからである。

そんなお家令は王家に対する忠誠を嘉された。それがサロニカ家全体への酌量にも繋がったのは、サロニカ家にとっては不幸中の幸いというべきだろうか。

そんなわけで父が死に、兄が罪を得て帰ってこられない状況になって、王命により半ば強制的にサロニカ公爵位を継いだのが十八歳の次男であった。

爵位継承の年齢基準こそ満たしていたものの、兄が家を継ぐことが確定していたため次男への後継教育は中途で打ち切られており、領政にもほぼ関わっていなかった。その新公爵の能力があまりにも未知数で、親族も配下家門も不安に慄（おのの）いている。しかもそこにマリッサという〝不穏の種（エリス）〟まで抱えて、サロニカ公爵家の命運は今や『高波の前の小舟』も同然だ。

オフィーリアを罪人牢に連行し、その過程で罪人呼ばわりを繰り返し暴行をも働いた騎士セルジオスもまた、死罪を言い渡された。彼だけでなく、あの時連行に関わった騎士たち全員が同罪とされた。

第二王子に従っただけで彼らが主体的に行ったことではない、という擁護（ようご）も出るには出たものの、バシレイオス王がそれを容（い）れなかった。いかに王子の命令であろうともオフィーリアはカストリア家の、即（すなわ）ちイリシャ国内で特別な権威を持つヘレーネス十二王家の次期当主である。どんな理由があろうとも暴行を働いて良い相手ではなかった。

セルジオスは詫（わ）びれば済むと思っていたオフィーリアが自害したことで罪を免（まぬが）れる手段を失い、捕縛のための騎士たちを差し向けられて半狂乱となって貴人牢内で暴れたため、その場で斬り捨てられた。父の侯爵は爵位の返上及び自身の息子への連座を願い出て、その神妙さを嘉（よみ）されて子爵位への降格で済まされた。

すでに収監されていた他の騎士たちも抵抗するなり逃亡を企（くわだ）てるなりして、誰ひとり従容（しょうよう）として罪を受け入れた者はなく、結果的に全員が捕縛され斬首された。

3．実は全部見ていた

意識が覚醒した時、彼女は光など一切無い、無窮の真闇の中にいた。

（…………？）

意識が途切れる前、何をしていたのか、何処にいたのか、何も思い出せない。それどころか自分が何者であるのかさえ、あろうことか朧気である。

（わたくしは……確か、死んだはず）

辛うじて、それだけは思い出せた。

だが頭の中に靄がかかったみたいに、思考が鈍くて上手く回らない。

「ようやくお目覚めかな」

不意に、何処からともなく声がした。

振り返っても見えるはずなどないが——というか、本当に振り返ったのかも自分自身定かではないのだが、とにかく彼女は声のほうへ意識を向けようと努力した。

「慣れないだろうから、無理することはないよ。ゆっくり、心を鎮めて、落ち着いて身を任せればいいから」

同じ声が、すぐ近くで聞こえる。ハッとして顔を上げると、何も見えないはずの闇の中なのに、目の前に長身の美女が立っていた。

人とは思えぬほどの凄絶(せいぜつ)な美貌(びぼう)の、女性だ。しかも相応に若く――初見の印象だと二十代の半ばほどに見えるその美女は、鮮やかな茜色(あかねいろ)のくるぶしまで伸びる長い髪を持ち、髪と全く同じ色のシンプルなドレスに身を包み、同じ色の外衣(ローブ)を羽織って、やはり同じ色の瞳でこちらを見つめていた。

顔だけでなく、外衣越しに見て取れる全身のプロポーションや造形そのものさえ、人間離れした完璧な美の体現と言っても過言ではない。文字どおり、神のごとき美女としか言いようがなかった。

そんな美女が、小柄な自分を覗き込むようにしてやや前屈みになる。髪や瞳と全く同じ茜色(あかねいろ)の、シンプルながらもなぜか神々しささえ感じるドレスの、見せつけるように大きく開いた胸元から豊かな乳房がこぼれ落ちそうで、同性ながらも思わず赤面してしまう。

まあ、赤面してしまったように感じただけだが。

「……で、自分が誰だか思い出したかい？」

「…………わたくしの名は、オフィーリア・ル・ギュナイコス・カストリア、ですわ」

問われて初めて明瞭(めいりょう)に自覚した。

そう、わたくしはオフィーリア。

アレサお母様の娘で、カストリア公爵家の次期当主、だった。

「…………わたくしはなぜ、このような場にいるのですか」

あの時、わたくしは確かに〝継承の証(あかし)〟を開いて、出てきた錠剤を呑んで。

そう。確かに死んだはず。

であれば、此処（ここ）はいわゆる死後の世界というものかしら？　でも至福者の島（エーリュシオン）は麗（うら）らかな楽園だと聞いているから、こんな真闇（まやみ）の世界ではないはずだし、そこにこのような美女がいるだなんて、そんな話は聞いたこともないのだけれど？

「んー、正確にはちょっと違うかな」

「えっ？」

「ここは私の権能の中なんだよね」

「…………はい？」

言われている意味が、よく分からない。

というか、そもそもこの美女は一体何者なのでしょう？

「あー、そっか。まずそこからだよね」

全身茜色（あかねいろ）の美女は、無造作に頭髪の中に手を突っ込んで頭を掻（か）いた。美女のくせに。

「私のことは〝茜色（あかねいろ）の魔女〟とでも呼んでくれたらいいよ」

「茜色（あかねいろ）の、魔女……ですか」

オフィーリアの知識の中に、そのような存在はない。これまで多くの書を読み、広く歴史を学んで知識を蓄（たくわ）えてきたはずだが、そんな存在は知識の片隅にもなかった。

「知らなくても不思議はないよ。私たち七人の魔女は、〝世界の裏側〟にいるからね」

世界の裏側、というのもよく分からない。

だが今の言葉からすれば、この美女のような存在があと六人いる……ということだろうか。

「まあそのあたりのことは、あまり知らないほうがいいよ。知れば世界に囚われるからね」

「……どういうことですの？」

「私の権能は〝輪廻と転生〟。ここは私の権能の中で、君を輪廻の輪に乗せる前に、私が一時的に留め置いているだけ」

疑問には答えてもらえなかった。だがどうやら自分が、自分の魂が今ここに在るのは、何かしらのイレギュラーな状態なのだということだけは理解した。

「なぜ、わたくしを、ここに？」

「君を虐げ死に追いやった者たちの末路を、知りたいだろうと思ってね」

それは確かに気にはなる。

だがもう死んでしまった今となってはどうにもできないし、知ってどうなるというのか。

「だって、心残りがあるだろう？」

そうだった。ほとんどのことはどうでもいいが、唯一、殿下のことだけは知りたい。

「大丈夫、ここは現世とも幽冥とも時間が切り離されているから、好きなだけ眺めていられる。もっとも、君が見たいものを見終えて満足するまでだけど」

「……わたくしが満足するまで、ですか」

「いや正直言うとさあ、君みたいに〝運理〟に定められた寿命を待たずに勝手に死んじゃう存在って多いんだよね。そういう魂って心残りに執着しすぎて輪廻の輪に戻るのを拒否する奴とかいてさあ。ぶっちゃけ困るんだよね」

それは分かる気がする。わたくしだって、思い出してしまった以上は気になって仕方ないもの。

「だから、ヤバそうな存在(こ)には時々アフターケアしてあげるんだよね。正直面倒くさいんだけど、魂(たましい)をスムーズに輪廻(りんね)の輪に乗せてかないと〝灰色の魔女〟が煩(うるさ)くて……あ、いや、なんでもないよ？」

茜色(あかねいろ)の魔女が微妙に慌てている。何やら聞いてはいけないものを聞いてしまったような気がして、オフィーリアは忘れようと心に決めた。

「いやあ、君が物分り良くて助かるよ」

魔女はにへらと笑う。

絶世の美女のくせにだらしない笑い方するわね、この方。

だがそんな魔女に、満足するまで見届けたらその後はちゃんと輪廻(りんね)の輪に乗せてあげるからと言われて、オフィーリアは素直に厚意に甘えることにした。

だって、思い出してしまったからには気になるのだ。第二王子の真意とか、男爵家の庶子の狙いとか、家と家門の行く末とか、色々と。

「……おや。愛しい彼の行く末を一番に気にするかと思ったのだけど、違ったみたいだね？」

「い……愛しいだなんて、そんな」

婚約者のある身で、そのような道ならぬ恋慕など抱けるはずがない。

わたくしはただ、彼の行く末に平穏と幸福さえあれば、それで——

「それで、満足？」

「まさか」

――今、わたくしは、なんと？

「念のために言っておくけど、今の君は肉体の死を迎えた後の、剥き出しの魂の状態にある。建前やメンツ、矜持なんていう余計なものは何も持ってないし、そもそもそんな必要ないものは持ってこられないんだよ」

「…………わたくしは、彼に」

「彼に？」

「泣いて欲しい。悼んで欲しい。愛していたと、そう言って欲しい。――わたくしだけに愛を捧げて、わたくしだけを想って、ずっとずっと過ごして欲しいですわ！」

言ってしまってから、気付く。なんて浅ましい、自分勝手な想いを抱くのかと。

だけど同時に、本当に欲しかったものがなんだったのか、自分でも驚くほどストンと腑に落ちた。

見上げると、茜色の魔女が穏やかに微笑んで、自分を見つめている。

「そう、遠慮はいらない。剥き出しの欲望そのままに、自分が欲しいものだけ思い浮かべて求めればいい。だってここには、魂だけしかいないんだから」

――そう、か。

そうだわ。

そうだったのね。

納得し、受け入れた魂魄を見て、茜色の魔女はにこやかに微笑みながら告げた。

「じゃあまずは、君の亡骸が発見されたあたりから見ていこうか」

魔女が真闇に手をかざす。

すると目の前が急に明るくなり、一気に視界が開けた。


気が付くと、そこはオフィーリアもよく知っている場所。王城の玉座の間だ。

だが視点がいつもと違う。

オフィーリアははるか高い天井付近から、玉座に座るバシレイオス王を含めて全てを見下ろしていた。その玉座の王の前に、第二王子と男爵家の庶子、父とサロニカ公爵が跪いている。

一瞬だけ不敬かという思いが過ったものの、すぐにどうでもいいと思い直す。

幽魂である自分に、今さら不敬も何もあるものか。

『カストリア公女オフィーリアが、昨夜、崩じた』

眼下で、憔悴しきった表情のバシレイオス王が、そう告げたのが聞こえた。

◇　◇　◇　◇　◇

「――で、ここまで見てきてどうだった？」

「ざまあみろ、ですわね」

〝茜色の魔女〟にそう問われて、オフィーリアは正直に答えた。

だってボアネルジェスのあの呆然とした顔と狼狽えようも、地に堕ちたその評判も、ペラ男爵家令嬢——令嬢とは名ばかりのマリッサの悲痛な叫びも、なんならバシレイオス王が頭を抱える様まで、何もかも痛快としか言いようがなかった。

サロニカ家のいけ好かない嫡男も、自分を罪人呼ばわりして突き飛ばした騎士セルジオスも、自業自得でいい気味だ。

わたくし、こんなに性格悪かったかしら？　と一瞬だけ考えたものの、要するに鬱憤が溜まっていたのだと気付いて納得する。

ああ……そうね。わたくし、ずっと我慢していたのだったわ。

でもそんな我慢も、もう必要ないのだわ。

「いい笑顔するじゃない」

「当然ですわね」

魔女にそう揶揄われても、ちっとも気にならない。

だって本当に、いい気味だと心から思えるのだから。

「でも、まだ足りませんわ」

もはや恨みしかない父の破滅も見なくては。

あとその愛人も、疎ましかった異母妹も、きっちり見届けてやらねば。

「お、いいねえ。じゃあ続きを見ていこうか」

魔女のその言葉で、再び目の前の景色が変わる。

◇　◇　◇　◇　◇　◇

「いったい其方は、何を考えておったのじゃ！」

騒々しい金切り声が、後宮最奥の王妃宮に響く。声の主はもちろん王妃エカテリーニだ。

「し、しかし母上」

そして彼女が叱責しているのはもちろん、愛息ボアネルジェスである。

「しかし、ではないわ！　あれほどあの娘をしっかり操って、万が一にも造反されることのないようにと常々申しつけておったであろう！　それを勝手に婚約破棄したばかりか、罪人牢へ放り込んで獄死させるなど！」

「わ、我はちゃんと上手くやっておりました！　ですがマリッサが勝手に……！」

「それなる平民上がりの統制も取れていなかったというに、どの口が口答えするか！」

眦を吊り上げて怒り心頭の母に、いつもは尊大なボアネルジェスも慄くばかりだ。

幼い頃から、父の跡を継いで次期王になるのだと母に言い聞かせられつつ育った彼は、この世で唯一、その母にだけは頭が上がらなかった。それでも彼は、なんとか弁明を絞り出す。母に叱られるより、失望されるほうが彼にとっては何倍も恐ろしい事態である。

「オ、オフィーリアはこれまで我の意に反したことなどありませぬ！　それがまさか勝手に自害するなど思いもよりませぬし、それにマリッサめは我の婚約者の地位を欲して暴走しただけで、我は認めてなど」

「勝手に自害されることのどこが、意に反しておらぬというのかえ？」

一言で論破されて、ぐうの音も出なくなるボアネルジェス。

「平民上がりごときが其方の婚約者、ひいては次代の王妃を目指すなどと不遜な企てをしたこともそうじゃ！　其方が女どもの序列を明確にせず、どちらを取るか曖昧にしておったから勝手に動かれたのであろうが！」

「そ、それは……」

どちらかではなく、どちらも手に入れるつもりだったとは、さすがの彼も母には言えない。その挙げ句にオフィーリアを失い、マリッサもおそらくは手に入らなくなる事態になっているのだから反論の余地もなかった。

マリッサはすでに牢から出されて王子妃教育を受けているというが、ボアネルジェスですら彼女がまともに教育を修められるとは思えない。あの玉座の間での失態を見れば明らかだ。

「そもそも、あの娘を其方の婚約者に仕立てたこの母の意向に、其方は逆らったも同然じゃ！」

そう。カストリアの次期当主と確定しているオフィーリアをわざわざボアネルジェスの婚約者に推したのは、ほかでもない王妃エカテリーニだ。

本来ならば、オフィーリアは候補にすら選ばれないはずだった。それを王妃の権限をフルに行使して、半ば強引に婚約を成立させたのである。

「其方の血筋を、このイリシャ最高の血統にすべく手を尽くして組んだ縁を、このような形で無下にしおってからに！」

普段の穏やかな姿からは想像もつかない母の怒りに、息子は口を挟むこともできない。

「其方はかのアサンドロス大王と同じ血脈のもとに生まれた己のその身をなんと心得ておるか！　其方こそがこのイリシャで最高の、ひいては世界で最高の尊き青い血を持つ真王となる、ならねばならぬのじゃ！　だというのに！」


――世にいうアサンドロス大王こと、アサンドロス三世。

古代イリシャの都市国家群を史上初めて統一し、古代グラエキア王国を興した歴史上の大英雄である。父から神話の英雄ヘーラクレイスの血を、そして母からやはり神話の英雄アキレッススの血を受け継ぐとされ、当時でも「イリシャ最高の血筋」と称えられた古代マケダニアの王であった。

そして彼はまた、西方世界に侵略の手を伸ばしてきた東方の大国パルシスの大軍を退け、逆に長駆遠征してパルシスを滅ぼして、西方世界と東方世界を股にかける世界帝国を一代で築き上げた偉大な王でもあった。

だが大王は、十年に及ぶ遠征の末に遠く東方ヒンドの地で兵站が限界に達し、マケダニアに凱旋する途中で熱病を罹い、三十二歳の若さで世を去った。

パルシスの地で迎えた正妃との間にできた後継者アサンドロス四世は、大王の崩御時にはまだ生まれていなかった。大王の後継の地位を巡り、有力将校たちが相争う中で生まれた四世は実権を与えられない権威の象徴として覇権争いに翻弄され、成人を迎える前に母妃ともども暗殺された。大王の他の子たちも妃たちもみな暗殺されたと伝わっており、ゆえに大王の直系の血筋は現存していない。

アサンドロス四世の暗殺後、大王の興した世界帝国は事実上、大王配下の有力将校たちが分割支配するようになり、名目上の統一君主としてアルゲアス王家の傍系から迎えられた王たちが立てられた。その時代の王たちの子孫、もしくはそこから分かれた家系のうち、現存するものがヘレーネス十二王家なのだ。

アサンドロス大王の没後、大王と同様にヘーラクレイスの末裔たるヘーラクレイオス家と、アキレッススの末裔たるアキレシオス家の血をともに受け継ぐ王というのは立っていない。偉大すぎる大王に遠慮したのだとも言われるが、この両家の直系同士の婚姻は、以後数千年の長い歴史の中で数えるほどしかない。

そんな両家の、久々の縁組がバシレイオスとエカテリーニの婚姻だった。彼女は自分が〝偉大な血筋〟の一方に生まれたと知って、幼い頃からもう一方との縁談を強く望み、そしてそれを実現させてマケダニアに輿入れしてきたのだ。そしてふたりの長男ボアネルジェスとは、大王と同じ血を持つ王となるべくして生まれた存在だったのである。

それこそが、エカテリーニの目指したものだった。

全ては偉大なる大王をこの地に再臨させるため。そしてその母として、自らの名を永久不滅のものにするため。だからこそ彼女は、浮気の挙げ句に婚約破棄しようとしたバシレイオスを許して復縁したのだ。彼と婚姻しなければ大王は再臨しないのだから。

エカテリーニはまた、大王の再臨たるボアネルジェスが後顧の憂いなく征旅に出られるよう、正妃として実務能力と高貴な血筋を兼ね備えた者を探した。それこそがカストリア家のオフィーリアだったのである。

主神たる雷神の子として生まれたものの、双子の弟とは違って半神として生まれたばかりに戦場の露と消えた、悲劇の英雄カストールの末裔カストリア家。同じく雷神の子として生まれ、不死身の大英雄として不朽の名を残したヘーラクレイスの子孫であるヘーラクレイオス家と、海神の娘を母として生まれ、人類屈指の大英雄だったアキレッススの血を受け継ぐアキレシオス家。

ヘレーネス十二王家の中でも六家しかない〝神の子孫〟のうち、三家の血を引く〝神の子〟がボアネルジェスとオフィーリアの子、エカテリーニの孫として生まれてくるはずだった。そうすればその孫は大王ボアネルジェスが起こす予定の征旅を引き継ぐことも、さらには東方西方の世界全てを征服する空前絶後の大偉業すら不可能ではないだろう。

少なくともエカテリーニは、本気でそう信じていた。

そして、それを夢物語で終わらせぬよう、様々に画策してきたのだ。

「そ……それは、母上……」

だがそんな母の妄執には、さすがのボアネルジェスですら二の句が継げない。少なく見積もっても三千年以上前のアサンドロス大王の時代ならともかく、現代でそんなことが実現可能だとは到底思えない。正当な理由なく侵略戦争などすれば、間違いなく世界会議で非難決議が採択されるだろうし、西方世界だけでもイリシャと国力的に対等あるいは格上の国すらいくらでもあるというのに。

そもそも、ボアネルジェスがマケダニア王になったところで、まずはイリシャ国内を統一するところから始めねばならない。だが大王の時代のようにマケダニアが他の連邦友邦に冠絶する軍事力を保持しているわけでもないし、統一は不可能だと言い切ってもいい。まさしく妄執にすぎないのだ。

けれどボアネルジェスはそれを口にできない。言えば母をより怒らせるだけだ。

そういう意味では、オフィーリアが死んでくれて助かったとすら思える。彼女が死んだことでボアネルジェスは今や、大王の再臨どころかマケダニアの王位継承すら危うい立場であり、母の計画もまた頓挫したことになるのだから。

「其方は、其方の道行きには無限の栄光あるのみじゃ、そうでなければならぬのじゃ。神をも成しえぬ偉大な功績を打ち立てて、そして妾はその母として不朽の名を残さねばならんのじゃ……！」

エカテリーニはもう、息子を見ていなかった。彼女が見ているのは、実現するはずのない見果てぬ夢だ。

そう見て取って、ひとつ小さくため息をついてボアネルジェスはそっと母の前を辞した。母はそれに気付かなかった。

部屋の外で顔を青ざめさせつつ待機していた侍女や執事たちに「母上はお疲れのご様子だ。しばらく休んで頂いたほうが良い」とだけ告げて、彼はそのまま王妃宮を後にした。

それ以来、エカテリーニは王妃宮から出てこなくなった。時折、ヒステリックに騒いでは息子を呼んでいるそうだが、ボアネルジェスは二度と母の前に参じることはなかった。

◇　◇　◇　◇　◇　◇

「あのような荒唐無稽(こうとうむけい)で大それたことを企(たくら)んでいただなんて……。よくもまあ実現可能だと思い込めたこと」

王妃の止(とど)まるところを知らない誇大妄想には、さすがのオフィーリアもドン引きするしかない。

「うわぁ……」

まさしく偏執狂(モノマニア)としか言いようがなかった。

「いやあ、人ってホント色んなこと考えるよね。面白いよねぇ」

対して、茜色(あかねいろ)の魔女は楽しそうに笑う。

この魔女(ひと)はあくまでも傍観者(ぼうかんしゃ)でしかないから笑っていられるのだろう。

「その誇大妄想に付き合わされた身にもなってくださいませ。笑いごとではありませんわ」

「あっはっは。ごめんごめん」

王妃が荒唐無稽(こうとうむけい)な野望を抱き、その実現のために自分を第二王子の婚約者に仕立てた。それさえなければ王子妃教育を受けさせられることも、学生会長の業務を肩代わりさせられることも、公務を丸投げされることもなく、挙げ句に婚約破棄されて投獄されることも自害する必要も、なんにもなかったはずだ。

あの妄執の犠牲にされたのだと、考えるだけでも怖気が走る。つい恨み言のひとつも言いたくなってしまうオフィーリアである。

「さあ、お次は誰かな？」

魔女が言うと、目の前の景色がさらに変わってゆく。

4. カストリアの名を騙る者たち

「何故だ！　何故、私が裁かれねばならんのだ！」

無念の叫びを上げるのはアノエートス。カストリア公爵家の婿にして代理公爵だった男である。

追捕局の騎士たちに邸に押し入られ、捕縛令状を提示されて愛人やその娘ともども捕らえられた彼は、すでに王城地下の罪人牢に拘束された身だ。収監された先が貴人牢でないのは、すでに代理公爵の地位を失って貴族身分を剥奪されたためである。

「そう喚くでないわ、見苦しい」

牢の外から声をかけられ、アノエートスはよろよろと鉄格子へ駆け寄った。

「宰相！　私を今すぐここから出せ！」

鉄格子の向こうにいたのは見上げるほどに背の高い、枯れ枝のような長身痩躯の老宰相、ヴェロイア侯爵だ。だが彼が伴っていた兵士たちに槍を向けられ、アノエートスはなす術なく鉄格子から離れるしかない。なお宰相は不快そうに眉をひそめただけである。

「何故も何もなかろうて。そなたが脱税の偽造帳簿を作成し、虚偽の訴えを起こしたこと、すでに露見しておるというに」

「虚偽……？　なんの……」

思わずそう言いかけて、さすがに心当たりがあったアノエートスは黙り込み、顔を背け俯いた。そう。帳簿を偽造し、オフィーリアが脱税を主導していると訴え出たのはアノエートス自身である。もっともそれは、オフィーリアを失脚させたかったサロニカ公爵がカストリア家の内情を調べ上げ、アノエートスと接触した上でそれとなく「カストリア公女の瑕疵を探している」と焚き付けたからなのだが。

「違う……あれは、サロニカ公爵が」

「そのサロニカ公じゃがの、邸にて自害したと報告が上がっておるわい。そなたもそのくらい潔ければのう」

「なっ……自害!?」

サロニカ公爵が自害したなど、アノエートスには初耳だ。だが冷ややかな目で見下ろしてくる宰相の表情を見る限り、嘘だとは思えない。

「わ、私は騙されたのだ！　サロニカ公爵に」

「だから、なんじゃ？」

冷徹な声で発言を遮られて、思わずアノエートスは押し黙る。直感的に、その言い訳は通用しないと悟ったのだ。

「そなたがヘレーネス十二王家の、カストリア王爵家の次期当主を貶めた事実に違いはなかろうが」

王爵家。そうはっきりと告げられてアノエートスの顔から血の気が引いた。

そう、そうだった。カストリア家はただの公爵家ではない。イリシャ連邦法典に定められた特別な家門、この国でもっとも貴顕なる不可侵の存在だ。

その家に、婿にと求められたあの日、どれほど喜んだか分からない。これで自分もあの栄えある一族に名を連ねることができると、努力の甲斐があったと快哉を叫んだあの若き日。

なのに、求められたのは種だけだった。決められた日時に伽に呼ばれるだけで、後は一切必要とされなかった。領政にも、社交にも、邸の采配ですら。

だから自分の能力を認めさせたかったのだ。カストリア家に必要な人材なのだと、必要だから求めたのだと、そう言わしめたかった。

なのに、あの女は。あの娘は。

「…………何が悪い」

「ふむ？」

「全て、全て全て全て全てあいつらが悪い！　この私を貶めて見下し、人として扱わず、辛酸を舐めさせたのは何処のどいつだ！　アレサも、オフィーリアも、ただの一度も私を家門の一員として扱わなかったではないか！　だから私は」

「復讐したのだ、とでも言いたげだのう？」

またしても遮られ、またしても黙り込む。

「だからそなたは愚かだと謗られるのじゃ。種さえも求められなんだ者がどれほどおったと思うておるのじゃ」

落胆と失望の乗った声でそう言われて、愕然とした。

そう。それは確かに、あの快哉の日に自分で叫んだことだった。


『次代を繋ぐために、婿としてそなたを迎えたい』

あの日、顔合わせの場で初めて見えたアレサに言われたことだ。

それをアノエートスは、優秀な人材としての自身の能力の継承を求められたのだと受け取った。

だから種だけと言わず、自分自身の能力の全てを提供すると申し出たのだ。今のカストリア家に役立ててもらうために。婿としての務めを果たすために。

『それは間に合っておるゆえ、遠慮いたそう』

なのにアレサは、澄ました顔でそう言い放ったのだ。

余計なことは考えずとも良い、こちらが求めることだけこなしてくれればわが夫として遇し、カストリアの名を使わせてやる、一生を栄華のうちに終えさせてやろうと、そう彼女は言ったのだ。

不満は感じたものの、種だけでも求められたのだから、それでも無数のライバルたちに勝ったのだと、あの日、確かにそう勝ち誇ったのは自分自身なのだ。そして今は求められているのがそれだけだとしても、いつか必ず自分自身を求めさせてやると、そう誓ったはずだった。

それこそが余計なことだったのだと、事ここに至って今さら気付かされるとは。

「余計なことなど考えず、大人しく従っておれば、そなたは今頃まだカストリア公爵と呼ばれておったじゃろうにのう」

その宰相の言葉が全てだ。

余計な、つまり分不相応な高望みをした結果、妻であるはずのアレサには冷遇され、オフィーリアとの差を見せつけられ、使用人たちにも疎まれてカストリア家での居場所をなくしたのだ。

そう。全ては自分が、カストリア女公爵の命に従わなかったから。


そんなアノエートスの邸内での味方といえば、身の回りの世話をするために付けられたふたりのメイド、つまり侍女にすら上がれないような下級使用人と、やはり侍従に昇格できない従僕がひとりだけだった。

長女オフィーリアが生まれるまでは数日おきにアレサに求められていた夜伽だったが、それだけでは我慢しきれなかった若いアノエートスは、メイドふたりともに手を付けた。

そのメイドのひとりが、閨で囁いたことがある。

『もし、万が一、奥様が先に亡くなられたら、その時はわたしを妻にしてくださいますか』

わずかな味方を失いたくなくて、さして深く考えずに頷いたのを覚えている。

オフィーリアが生まれるのと前後して彼女は妊娠し、それによって暇を出されて、アノエートス付きのメイドはひとりだけになった。だが残ったメイドが辞めたメイドとの連絡を取り持ってくれて、それで娘が生まれたことも知れたし、密かに関係を続けることもできた。

アレサからの夜伽の求めは長女オフィーリアが生まれた後も月に数度の頻度で続いていたが、それもオフィーリアが五歳に上がったあたりでなくなった。それ以降は事あるごとにオフィーリアの優秀さを自慢され、自分と比べられ、鬱屈した日々を過ごす羽目になった。

だがアレサが病死してから風向きが変わった。婿入りして約十三年、ほとんどずっと邪魔者扱いされていた自分が、唐突に当主代行の地位を手に入れたのだ。

だから彼は早速、辞めさせられたメイドを呼び戻した。執事が猛然と抗議してきたが、呼び戻したメイドに部屋を用意するよう逆に命じて、執事がそれに従ったことで自らの権力を確かめて気を良くしたものだ。実はそれは、当時まだ十二歳だったオフィーリアが認めたために実現しただけだったのだが。

その出戻りメイドはヴァシリキと名乗って公爵夫人として振る舞うようになり、娘テルマも公爵令嬢として邸内を我が物顔で闊歩するようになった。最初は苦言を呈してきたオフィーリアだったが、叱り飛ばすと何も言ってこなくなった。

使用人たちも表向きは公然と反抗することもなくなり、だから余計に、アノエートスは自分こそがアレサの後を継ぎカストリア公爵としての権力を得たのだと思い込んだのだ。

「儂の末娘がの」

唐突に無関係な話を宰相が始めて、アノエートスの意識が現実に戻ってくる。

悪い夢であってほしいと何度も願った、冷たく酷薄な石壁と無慈悲な鉄格子に囚われた哀れな自分と、冷ややかな目を向けてくる宰相と兵士たちの現実に。

「カストリア公女であった当時のアレサ様とミエザ学習院で同期でな。幸いにも知遇を得て、学友のひとりとして卒院後もお傍に侍らせて頂いておったのじゃがの」

アノエートスが理解できないままに、話は続く。

「ある時、アレサ様が仰っておられたそうじゃ。『エリメイア伯爵家から婿を取れば、必ずやカストリア家を盛強とする子が成せるであろうと神託を得た』との」

このイリシャの地では、古来の神々に祈りを捧げ神託を得て行動の指針とする風習が、現代でもなお残っている。

エリメイア伯爵家とはアノエートスの生家で、カストリア家の配下だが血縁関係のない、序列としては下位の家門だ。そのエリメイア家には息子が四人いた。長兄、次兄とアノエートス、それに歳の離れた末弟である。

「上ふたりは既婚者、末の子は若すぎるゆえ、婿に取るなら三男しかなかろうと、残念そうに話しておられたそうじゃよ」

つまりアレサが求めたのはエリメイア家からの婿であり、名指ししたのではなかった。アノエートスが選ばれたのは、単に独身でアレサと歳が近かったから。ただそれだけだったのだ。

「そんな……」

アノエートスは呆然として二の句が継げない。自分が、自分だからこそ求められたのだと、そう思っていたのに。

そう、信じていたのに。

「きっとアレサ様も、今頃は至福者の島（エーリュシオン）で後悔なさっておられることじゃろうのう。そなたを婿（むこ）に迎えたばかりに、家名は汚され大事な娘も死を選び、今や家門の存続すら危ぶまれておるのじゃから。全く、浮かばれんことじゃ」

そこまで言い捨てて宰相は踵（きびす）を返し、それに兵士たちも続く。

もはや彼らは罪人を一顧（いっこ）だにしなかった。

そうして呆然としたまま言葉も発せない罪人は、薄汚れた地下牢に独り取り残された。

◇◇◇◇◇◇

「なぜ！　どうしてこの私が牢になど！」

夫と同じく地下の罪人牢内で金切り声を上げるのは、自称公爵夫人のヴァシリキである。

「ちょっと！　出しなさいよ！　わたくしはカストリア公女なのよ！　こんな扱いが許されるわけないわ！」

その隣の独房でやはり金切り声を上げるのは、もちろんテルマだ。

ふたりはマリッサと違って全裸にされることこそなかったが、捕縛された際に着ていた普段着のまま首に魔力封じの首枷を嵌められて、アノエートスと同じくそれぞれ独房に押し込められた。

このふたりが入れられたのは罪人牢の一角にある女子牢で、そこには女性しかいない。囚人はもちろん看守も女性、警邏するのも刑務局の女性騎士で、囚人が色目を使って看守らに脱獄を補助させるなどできないようになっている。

「……これは、思ったよりも酷いわね」

貴族子女としてあるまじき醜態を見せ続ける母娘を前に、牢の鉄格子越しに眉をひそめるのは特別調査官補のアレーテイアだ。宰相ヴェロイア侯爵の特命を受けた調査官に補佐として指名された彼女は、ヴァシリキとテルマの調査と尋問のほか、マリッサの尋問も担当している。

女性の容疑者に対して男性官吏が尋問に当たると、色香で惑わされる懸念がある。貴族女性は特に見目が良いため、調査官には貴族階級出身の女性官吏が抜擢されることが多い。そもそも女子牢には女性しか立ち入れないので、女性調査官が必要なのだ。

アレーテイアはテッサリア王国の伯爵家の五女である。他の貴族家に輿入れしなければ平民になるしかなく、それに備える意味でも立身出世して叙爵を目指す意味でも、彼女が官吏を志向したのは自然なことだった。テッサリアの誇るアカデメイア学習院を優秀な成績で卒院した彼女は、晴れてマケダニア王国の官吏登用試験に合格し、刑務局の官吏として生きている。

なぜ、故国ではなくマケダニアなのかと言えば、出身国だと縁戚や知己などと癒着する懸念があって、よほど優秀でなければ採用されないからだ。成績上位ではあったが故国テッサリアで内定をもらえなかった彼女は、採用してくれたマケダニアに移ってきたわけだ。

　そんな彼女の目には、牢の中のふたりは常識的にあり得ない存在に映っている。本人たちの言動もそうだが、調査した内容もまた、目を疑うばかりのものだった。

　アレーテイアの目配せを受けて、護衛の女性騎士が手にした槍の石突で石畳の床を激しく打ち鳴らす。その音にビクリとして、ヴァシリキもテルマも一瞬黙り込む。

「見苦しく喚くのは止めなさい。心証が悪くなるだけだと分からないのですか。リンヒニ元子爵家の娘、キオネー」

　その呼びかけに、目を大きく見開いて驚愕したのはヴァシリキである。

「ちがう、ちがう！　私はそんな名ではないわ！」

「何が違うと言うのです。貴族名鑑に記載されていた貴女の名に間違いありませんが？」

「違うわよ！　そんな名は捨てたとお母さまは仰っていたもの！」

「わが国での貴族の改名は、所属構成国の王と連邦王の承認と勅許が必要になります。それをどちらも得ていない以上、改名は認められません。貴女の名はキオネーのままですよ」

　そう。ヴァシリキという名前は彼女が勝手に名乗っているだけであり、その本名はキオネーという。もっとも改名を申請したところで、没落した元貴族の子女が女王などという大それた名を名乗ることなど認められなかったに違いないが。

　リンヒニ子爵家が没落したのはヴァシリキ、いやキオネーが成人するかどうかといった頃のことだった。父親が爵位を返上し領地の統治権を手放したのに伴いミエザ学習院を中退せざるを得なくなったキオネーは、ほかの貴族家に使用人として奉公に出された。

その時彼女を雇ってくれたのが、カストリア家だったのだ。

だが彼女は元貴族のプライドが邪魔して、なかなか使用人の仕事に馴染めなかった。それまでは使用人たちに世話される側だったのだから仕方のないことではあるが、調理補助も掃除も洗濯も何もできない彼女は、時に折檻を含む厳しい使用人教育に晒されて、理不尽な怒りを募らせていた。

だが逃げ出しはしなかった。父のもとに帰ったところで明日に食べる物さえ事欠くのは目に見えていたし、公爵家にいるなら、文句さえ言わなければ衣食住に不自由はしない。

だから不満を抱えつつも、彼女は公爵家で働くしかなかった。

そんなキオネーに与えられた仕事が、当主アレサの夫アノエートス付きの側仕えだ。本来は侍女でなければ与えられない仕事だが、アノエートスには誰も付きたがらなかったのと、キオネーにできそうな仕事がそれしかなかったということもあり、彼女に回されたのだ。

それと同時期に、少し遅れてカストリア家に採用されていたキオネーの妹も、アノエートス付きの側仕えとなった。

自分こそがカストリア公爵であるべきと信じるアノエートスは、自室では尊大に振る舞った。元々キオネーはミエザ学習院で同学年だったアノエートスを知っていて、華麗に立身出世を遂げた彼を心底羨ましいと思った。

だから彼女は、アノエートスの閨に潜り込んだのだ。

案の定、若い欲望を持て余していた彼はキオネーに手を出した。そればかりか二歳下の妹にも手をつけて、時には三人で睦み合うことさえあった。

内心不快だったが、姉の言うことに従順な妹を完全に突き放すこともできないキオネーは、その爛れた関係を止めることができなかった。だから確約が欲しくて、閨でアノエートスに囁いたのだ。

「もし、万が一奥様が先に亡くなられたら、その時はわたしを妻にしてくださいますか」と。

そうして彼から快諾を得たことで、キオネーの心は決まった。

「貴女はカストリア代理公爵の妻という地位を得るために、カストリア女公爵に毒を盛りましたね？」

「なっ……!?　何を根拠に、そんな……！」

「毒と言っても、物理的なものではありません。魔術的な……むしろ呪いとでも言うべきでしょうか」

「しょ、証拠でもあるというの!?」

証拠がないという主張は、裏を返せば証拠を残さないようにやったという自白にほかならないのだが、狼狽するキオネーは気付かない。

「貴女の妹」

アレーテイアのたった一言で、キオネーは一瞬にして押し黙る。

「メーストラーと言いましたか。貴女の後にやはりカストリア家に使用人として雇われて、貴女と同じく代理公爵の個人付きメイドをやっていたそうですが。——彼女、魔術が得意だったんですってね？」

　キオネーは返事をしなかった。隣の独房からテルマが「……お母さま？」と訝（いぶか）しげに声をかけても、視線を彷徨（さまよ）わせるばかり。

「貴女（あなた）は妹を自分の支配下に置いていた。代理公爵の子を身籠（みご）って解雇された後も、妹を通じて代理公爵と連絡を取り、逢瀬（おうせ）を繰り返しましたね？」

「………っ」

「しかしその彼女は、貴女（あなた）がヴァシリキと名乗ってカストリア家に再度乗り込んでから程なくして、謎の失踪（しっそう）を遂（と）げています。——今、彼女はどちらに？」

「し、知らない！　知るわけないわ！　あの子は勝手に出ていったのよ！」

「そう、ですか。知らないのですか」

　ヒステリックに叫ぶキオネーは、じっと見つめてくるアレーテイアの瞳に気圧（けお）されたように再び黙り込んだ。

「彼女、何処（どこ）にいたと思いますか？」

「…………」

「ペフカの森で殺されかけた彼女を、カストリア家の家令が保護して匿（かくま）っていたそうですよ」

「なっ……!?」

　キオネーはカストリア家に舞い戻ってからしばらくして、誰にも知られぬよう密かに王都サロニカ郊外にあるペフカの森に妹を呼び出した。『お前の罪は露見している。黙っていてほしくば誰にも言わずにひとりで来い』と紙切れに書いて彼女の部屋の扉に挿し込んでおいたら、メーストラーは本当にひとりでやってきた。

キオネーはそんな妹に気付かれないよう背後から忍び寄り、後ろから口を塞ぐと同時に彼女の霊炉、つまり心臓をめがけてナイフを突き立てたのだ。

しかしキオネーひとりでは証拠を隠滅できず、突き立てたナイフを抜いて逃げ去ることしかできなかった。それでも、そのまま放置されていればメーストラーは間違いなく死んでいただろう。ところが家令から密かに指示を受けてメーストラーの動向を探っていた公爵家の私設騎士団の騎士が森へ辿り着き、瀕死の彼女を発見して救助したのだ。

報告を受けた家令と執事は、応急処置で一命をとりとめたメーストラーを公爵家の別邸に運ばせて、顧問魔術師と専属医師に治療させた。

彼女は己の罪が露見するのを恐れて口を噤んだままで、家令も無理に口を割らせるようなことはしなかった。それで今までキオネーの罪が露見しなかったのだ。

「魔術が得意な妹に命じて先代女公爵に少しずつ毒を摂取させ、死に至らしめましたね。そして実行犯である妹を亡き者にして、自分は代理公爵の寵を独占しようとした……」

「ち、ちが……」

「全ては代理公爵の言を鵜呑みにして、公爵夫人になれると思い込んでの浅慮の犯行。なんと愚かな」

「ちがう！　わたしは知らないわ！　全部あの子が勝手に……！」

「もうメーストラーが何もかも自供しているのですよ。それに貴女の部屋から凶器も見つかっています。今さら言い逃れなど無駄と知りなさい」

アレーテイアの冷めた視線に、さすがのキオネーも諦めざるを得なかった。


頑なに口を噤んでいたメーストラーは、アノエートスと姉のヴァシリキことキオネーが代理公爵とその夫人の地位を失い捕縛されたことで、初めて口を開いた。

そして彼女の自白を聞いた家令が密かに宰相に上訴し、派遣されてきたアレーテイアが持ちかけた司法取引——つまり全てを自供するなら死罪だけは免除する、との約束に乗る形で、犯行の全てを自供したのである。

彼女は姉に命じられるままに、摂取した栄養素の一部が体内で毒素に変わる独自の魔術を組み上げ、それを女公爵アレサの食事に仕込んだのだという。アレサもさすがに自邸の食事にまで鑑定や感知の魔術によるチェックなどしなかったため、誰も気付かないまま少しずつ毒素をその身に溜め込んでゆき、そうしてついには衰弱して死に至ったのだ。

アレサが果たして気付いていたのか、今となっては調べようもない。だが少なくともオフィーリアも家令も公邸の使用人たちも、そして公爵家専属の侍医団も、メーストラーが自白するまで誰ひとり気付くことはなかった。

全く新しい魔術の術式を新規に構築するのは、魔術に関する天賦の才能を持つ者だけが可能とされている。そんな術式の組み上げを独力で成し遂げた、メーストラーの才能があればこその完全犯罪であった。

「そして、平民の娘テルマ」

「なっ……⁉　貴女（あなた）、無礼よ！」

代理公爵の地位を失った父アノエートスも、没落した元子爵家の娘にすぎない母キオネーも戸籍上は爵位を持たない平民だ。当然、彼らの娘であるテルマも生まれながらの平民でしかない。公爵家の娘に準ずる数々の特別待遇を与えてくれていた異母姉オフィーリアは、もういないのだ。

「お前の名は貴族名鑑に記載がありません。――平民のお前には、カストリア公女に対する数々の侮辱（ぶじょく）や誹謗中傷（ひぼうちゅうしょう）に対して不敬罪が適用されます」

「待って、違うわ！　わたくしは何も知らなかっ」

「故意であろうとなかろうと関係ありません。事実が全てです。お前がミエザ学習院内で日頃から公女を誹（そし）っていたこと、多くの学生が耳にしています」

そう断言され、テルマは言い返せなくなった。

「お前が今まで公爵家で何不自由なく暮らせていたのも、ミエザ学習院に特例で入院できたのも、全ては公女の計らいだったというのに」

「そ、そんなわけ」

「当時十二歳だった公女の承認のもと、お前たち母娘を住まわせてやるようにしたこと、家令が執務記録を残しています。そして没落貴族子女救済の特別受験制度は公女が策定し、第二王子の名義で成立させた法案です」

「そ、そんな……嘘よ……」

「第二王子のご公務のほとんどは公女が処理していたのですよ。公女がその件だけ関わっていないなどと、そんなわけないでしょう？」

愕然とするテルマは、もはや二の句が継げない。

「使用人として雇ってもらった恩も忘れ、貴族待遇で受験をさせてもらった恩も知らず、お前たちは王爵たるカストリア家に仇を為した。極刑以外にはあり得ないと覚悟しておきなさい」

最後にそう言い捨てて、アレーテイアは踵を返し牢を後にする。

護衛の女性騎士たちもその後に続く。

「嫌っ！　待って！　ちがうの！」

「知らなかったの！　ねえ！　許してよ！」

見苦しく泣き叫ぶ愚かな母娘は、地上へ続く階段の扉を閉ざす音を最後に、無罪と永遠に別れることとなった。

◇　◇　◇　◇　◇　◇

「…………赦さないわ」

オフィーリアの魂魄が、低く重い呪詛の呟きを漏らした。

「お母様を魔術で謀殺しただなんて、絶対に赦さないわ！」

一族の中で、唯一オフィーリアの味方と言って良かった母アレサ。寿命だとばかり思っていたのに、まさか殺されていたとは。

「王妃殿下も！　あの方が殿下の婚約者になど推さなければ、わたくしはあれほど辛く苦しい思いをしなくて済んだのに！」

母が殺されなければオフィーリアはまだまだひとりの子供でいられたし、領政に苦慮することもなかった。第二王子の婚約者にならなければ王子妃教育も、学生会業務や公務の押しつけも、なんにもなかったはずなのに。

王妃とキオネーさえいなければ、オフィーリアは十五歳の今もなお、単なる『カストリア家の跡継ぎ』でいられたはずだった。もちろんそれも重大で大変な役目には違いないが、オフィーリアがここまでの人生で背負ってきたものの重さに比べれば何ほどのこともない。

「悪いけど、それはどうにもできないよ」

「そこを！　なんとかならないのですか⁉」

「アレサは神託の解釈を間違ったんだ。ただそれだけのことだよ」

「……そういえば、神託、とは？」

母から神託の話など聞いたことがなかった。今見た牢獄での宰相と父のやり取りで、初めて知ったのだ。その神託の解釈が間違っていたなどと言われても、正直困ってしまう。

「解釈を間違ったとは、どういうことですの？」

「いや……それは」

茜色（あかねいろ）の魔女が気まずそうに言いよどむ。しかしすぐに「あー、まあ、もう確定したことだし、いいかな」と呟（つぶや）いて、オフィーリアをまっすぐ見下ろしてきた。

「神託の内容は、あの細身の老人が言っていた通りだよ。だけど君の母は、婿（むこ）に取るべき相手を間違えた。本当なら末っ子の四男を選ぶべきだったんだ」

「えっ」

それはつまり、本来はオフィーリアの父となるべき人物は、あの愚かな男ではなかったということなのだろうか。

「そうじゃない。アレサがあの男と結ばれたから君が生まれたんだ。父親が変われば、君ではない違う子が生まれてくるだけだよ」

エリメイア伯爵家の末っ子はアノエートスとは九つ違いで、アレサがアノエートスと婚姻した際にはまだ十歳の少年だった。だからこそ彼女は四男ではなく三男のアノエートスを婿（むこ）に取ったのだ。だが、四男が婚姻できるようになる十六歳まで待っていれば、オフィーリアよりもさらに優れた男の子を授かる予定だった。

そう魔女に言われて、オフィーリアは絶句した。

生まれるのが女子のオフィーリアではなく男の子だとすれば、王子の婚約者になどなるわけがない。当然、その子はカストリアの跡継ぎとしてのみ生きられたはずで、成長すれば問題なく家督を継いだことだろう。

あの父が婿に入らないのなら母は毒殺されることもなく、今頃はまだ元気に女公爵として活躍していたのではないのか。だって母が生きていたら今年で三十六歳なのだ。死ぬどころか、老け込むにもまだ早い歳である。

「時理、つまり時の流れを遡及するのは基本的にいかなる手段を用いても許可されないことだ。だからアレサがあの男との婚姻を選んだ時点で君の誕生も確定して、そこが覆ることはもうない。そしてアレサももう輪廻の輪に乗って、とっくに転生してる。だからどうにもならないよ」

確かに母が亡くなってもう三年になる。オフィーリアも今さら生まれてきたことをなかったことにされたくないし、どうにもならないと言われれば理解するほかはないのだが。

それでも、納得できない。

殺された母の恨みを、空費された自分の人生の鬱憤を、晴らさずにおけるものか。

「過去がやり直せないのは理解しています！　ですが王妃とキオネーとその妹の三人へ復讐することすら叶いませんの⁉」

「言ったでしょ、今の君は肉体を離れた魂魄でしかないって。君自身が何かできるわけじゃないよ」

「でしたら！」

オフィーリアは人生で最も強い願いを口にした。

「わたくしを転生させてくださいませ！　今すぐ！　あの祖国へ！」

そうすれば、たとえ何年かかろうとも成長し、力を蓄えて、必ずや報いを受けさせてくれる。

「なんで？」

「……えっ」

「なんで私が、君のお願いを聞いてあげないといけないのかな？」

茜色の魔女に真顔でそう言われて、オフィーリアはまたしても絶句した。

そう、そうだった。人の姿をしてどれだけ友好的に見えたとしても、目の前にいるこの美女は魔女なのだ。人とは違うナニカでしかないのだ。

「……魂魄に剥き出しの欲望を自覚させるとすぐこれだ。だからやなんだよねえ」

やれやれと呟く魔女に、オフィーリアはもう何も言えなかった。

◇　◇　◇　◇　◇　◇

程なくして、アノエートスは非公開の裁判を経て絞首刑を言い渡された。

通常、伯爵家以上の高位貴族階級の出身者の死罪には毒杯が下賜されることが多いが、彼の場合は婿入りしたことで生家から縁が切られており、婚家であるカストリア家での代理公爵の役目も解任されたことで身分が平民に落ちていたため、毒杯は与えられなかった。

なお、絞首は斬首に次ぐ重い刑罰である。斬首刑は大半が国家反逆罪や内乱罪、王族に対する危害罪など国家に多大な損害を与えた者に執行されることが多く、絞首刑は王族に対する不敬罪や貴顕に対する危害罪などが多い。

キオネーには斬首刑が言い渡された。十二王家の一角カストリア家の代理公爵に取り入り、女公爵を謀殺して家門を存亡の淵に追い込んだわけで、王族に対する危害罪が適用されたのである。

その妹メーストラーは姉妹の罪を自白したことで死罪だけは免れた。ただし制約の術式によって魔術行使の一切を固く禁じられた上で、隷属の術式を施されて奴隷に落とされた。

イリシャ連邦は西方世界でも数少ない奴隷制度を残す国であり、戦争捕虜や重犯罪人が現代でも奴隷に落とされることがある。通常、イリシャの奴隷は連邦首都ラケダイモーンにある闘技場に送られて、いわゆる見世物の奴隷闘士になる場合が多い。だが、メーストラーは魔術を封じられたためそれもできず、マケダニア王宮で監視付きの下人として働かされることになっている。それでも、命があるだけまだマシだろう。

彼女は速やかに処置をされ、第一王子カリトンとその母アーテーの住まう王宮の北離宮に収容された。

そしてテルマだが、本来ならば十二王家の次期女公爵オフィーリアへの数々の不敬を罪に問われて死罪になるところを、未成年であることが酌量されてこちらも死一等を減ぜられた。その代わり、厳しい戒律で知られる古代宗教〝修道教〟の宗教自治領であるアクティ半島に送られることが判決で確定した。

とはいえアクティ半島は、中心となる聖アクテ山を含めて全域が修道教の厳しい戒律により、来訪も含めて入域を許可されるのは男性のみ。動物まで含めて「女性」の立入りは一切認められない。

そこで彼女はアクティ半島の根本に位置する都市オウラーノにある、女性入信者つまり修道女を受け入れるための女子修道院で修養させることとなった。判決が確定した後、テルマは直ちに王都から移送された。

イリシャ各地にいくつか点在する修道教の女子修道院の中で、オウラーノのそれだけは、教導役の女司祭を除けば年若く見目の良い修道女ばかりが集められている。そしてそこには聖アクテ山に籠る男性修道士たちが年に一度、稔季の収穫祭の日にのみ立ち寄り一泊することを許されている。――つまりはそういうことだ。

テルマとメーストラーは直ちに刑が執行されたものの、アノエートスとキオネーは判決後も地下の罪人牢に囚われたままである。彼らは最奥の重犯罪人用独房に隔離され、おそらくはマリッサやサロニカ公爵嫡男らと同様、アカエイア王国との駆け引きで処刑の日時が決まるのだろう。

処刑だけが決まっていて、それがいつ行われるか分からない。その恐怖と精神的苦痛に、彼らは長く苦しむこととなる。

◇　◇　◇　◇　◇　◇

「アカーテス！　何処におるか、アカーテス！」

カストリア公爵家の王都公邸の玄関ホールに、しわがれた声が響く。

使用人や執事たちがオロオロと右往左往する中、姿を見せたのはカストリア家の家令である。

「これは先々代様。いかがなさいましたか？　先触れは承っておりませんが」

「いかがした、ではないわ！　オフィーリアが婚約を解消されたとはどういうことじゃ⁉　貴様はそれをなぜ、儂に報告せんのだ！」

「……なるほど、お嬢様の婚約解消をお知りになったのですね」

カストリア家家令アカーテスは落ち着き払って答えた。おそらく、招かれざる訪問者の予測がついていたのだろう。

乗り込んできたのは先々代のカストリア公爵、イーアペトスだ。アレサの父、オフィーリアの祖父にあたる老人である。

イーアペトスは末子アレサに爵位を継がせた後、所領であるカストリア地方に妻とともに隠居し、それ以降カストリア家の王都公邸には一度も顔を出していなかった。そうしてカストリア家の財産を湯水のように使いつつ、悠々自適の余生を送っていたのだ。

孫であるオフィーリアが予定どおりにボアネルジェスと婚姻して王妃になっていれば、その後の王統にイーアペトスの血が加わるはずだった。彼はそのことを大層喜んで、アレサにも縁談を受けるよう強く命じていたほどだったから、婚約解消の話を聞いて慌てたのだろう。

「オフィーリアめは何処におる？　アノエートスの無能は何をやっておるのじゃ！」

「会ってどうなさるので？」

「決まっておろうが！　無能どもには罰を与えねばならん！　継承権を剥奪し、儂が公爵位に復位してくれるわ！」

イーアペトスは今年六十五歳になる。老いたとはいえ足腰も思考能力もしっかりしており、復帰したとしても充分その任に堪えられそうではある。

だが――

「それは代理公爵として、お受けできかねますな」

「なんじゃと？」

家令アカーテスはすでにバシレイオス王から直々に代理公爵に任じられ、その後、正式な命令書も届けられていた。つまり現状でカストリア公爵の諸権限を保持しているのはアカーテスなのだ。

そして彼が代理公爵に昇格したことで空いた家令職には執事長を、執事長には筆頭執事補を昇格させ、その他の人事も調整をつけているところである。

「代理はアノエートスめであろうが！　それを詐称するなど、思い上がるのも大概にせぬか！」

「陛下直々の任命によりますれば、先々代様が何を仰せであれ覆りませぬよ」

「なん……じゃと……!?」

「それでも認めぬと仰るのであれば、どうぞ陛下に奏上なさいませ」

「くっ……小癪な！」

歯噛みするものの、アカーテスに王の命令書まで提示されれば認めるほかはない。さすがのイーアペトスも、彼が王命偽造などという大罪を犯すとは思えなかった。

そもそもアカーテスは、イーアペトスが継承権争いで追い落とした亡兄の息子である。王家から降嫁した同じ母から生まれた実兄の後継者がアカーテスなのだ。

イーアペトスではなく兄が順当にカストリア公爵位を継いでいれば、今頃はアカーテスが正当に襲爵していたかもしれない。その彼が今、代理公爵の地位にあるのだ。血統的な不備はないし、先代アレサの時代から家令として仕えている彼の実務能力にも疑う余地はない。さすがにイーアペトスにも疑義を唱える余地などなかった。
忌々しげにアカーテスを睨みつけて王都公邸を退去したイーアペトスが、次に向かったのは王宮
である。領都から連れてきた供回りのひとりを先触れとして遣わし、その日のうちに王宮を訪れた
彼は、玉座の間に通された。
本来なら、先触れと本訪問とでは日を改めるのが通例である。だが火急の用件として謁見を願い、
それが認められたことでイーアペトスは若干気を良くしていた。
「カストリア領は代理公爵アカーテスに差配させる。心配要らぬからそなたは隠棲しておるが
良い」
ところがバシレイオス王にそう言われて、イーアペトスは愕然とした。それればかりか、次期カス
トリア公爵は王宮にて選定すると告げられて激高した。
「儂が復位すると申しておるのですぞ！　なんの不満があるのか王よ！」
「老残の身でそう出しゃばるものではない。すでに次世代に繋いだのだから、後進に任せるべきで
あろう」
「十二王家の直系をなんと心得るか！」
「直系なればこそじゃよ、先々代。次期当主はあくまで公女オフィーリアであり、襲爵までの代理

はアノエートスに代わってアカーテスにすでに命じた。公女の容態が回復せぬようならそのままアカーテスを正式に襲爵させるゆえ、その場合は御身に〝継承の儀〟を執り行ってもらわねばならん。それまではのんびり過ごされるがよかろう」

公女オフィーリアが崩御した事実は伏せているため、王はそう言うしかない。

オフィーリアだけでなく、その母アレサも故人であり、現状でカストリア家の継承の儀を執り行える直系はイーアペトスのみである。だからそのうち彼にも真実を伝えなければならないが、今はまだその時ではない。


「あの愚王めが!!」

王宮を退去してカストリア領に戻る脚竜車の中で、イーアペトスは吼えた。

この西方世界において、都市間や国家間などの中長距離の移動の主流となるのは、脚竜――家畜化された竜種に曳かせる〝脚竜車〟だ。

「おのれ忌々しい！　やはりあやつの登極を認めたのが間違いであったわ！」

バシレイオスが王太子時代に婚約破棄をやらかして大騒動になった時、カストリア公爵位にあったのはイーアペトスだった。ヘーラクレイオス王家とテッサリアのアキレシオス公爵家、それにアカエイアのアーギス王家が顔を合わせたバシレイオスの処分検討会議に、十二王家かつマケダニア筆頭公爵家当主としてイーアペトスも参加したのだ。

結局、その時はヘーラクレイオス家、アキレシオス家のみならずアーギス家までもがバシレイオスの王太子残留に理解を示し、それに押し切られる形でイーアペトスも頷くほかはなかった。

だがあの時の粗忽な小僧は、長じて一人前の王になったかと思いきや、自分勝手で分別のつかぬ性格はそのままではないか。全く話にならん！


イーアペトスはカストリア家の王都公邸には戻らず、マケダニア王国の西北に位置するカストリア領へ戻るよう馭者に命じた。

こうなれば領都の本邸に乗り込み、代官どもを集めて実効支配するよりほかにない。実際に領を押さえてしまえば、王都で偉そうにしているだけのアカーテスの小僧にはどうすることもできないはず。王とてどちらが本当の実力者なのか思い知れば、認めざるを得なくなるだろう。

自身の後継者については不安が残るが、出来が悪くて一度は後継者を外した次男に継がせるよりほかにない。

急病程度で婚約すら保てなくなるような柔弱な孫娘よりは、直系当主の座欲しさに従うであろう愚息のほうがまだマシというもの。

ああ、優秀だった長男を病で早くに失いさえしなければ。あれが生きていれば小賢しいだけのアレサになど継がせなかったし、今頃になってこの老体に鞭打つこともなかっただろうに。

そんなことを考えつつ領都に戻ったイーアペトスだったが、事はそう思うとおりには運ばなかったのである。

◇　◇　◇　◇　◇　◇

「き、貴様ら……何を言っておるか解っておるのか⁉」

そうしてやってきたカストリア領の領都本邸の玄関エントランスで、激高するイーアペトスの前に立ち塞がったのは、本邸の家令であった。

「もちろん理解しておりますとも。『ご隠居様のご指示には従いませぬ』と、確かに申し上げましたゆえ」

「小癪な！　貴様なぞクビじゃ！」

解雇を言い渡しても、本邸家令は一向に動じない。彼も、彼の後ろにズラリと居並ぶ多数の領民たちもだ。

「重ねて申し上げるが、ご隠居様に人事権はすでにありませぬ。解雇したければ、代理公爵アカーテス様の命令書をお持ち下さい」

「あやつではなく、儂が直々に統治してくれると申しておるのじゃぞ！　四の五の言わずに従わぬか愚か者めが！」

本邸家令は大喝されても怯む様子もない。その彼の目線で指示を受けて執事のひとりが本邸執務室のほうに下がっていったが、頭に血の上ったイーアペトスは気付かない。

「今さら何しに戻ってきたかね、先々代様」

領民のひとり、代表格と思しき初老の人物が本邸家令の横まで進み出て、イーアペトスに冷ややかな目を向ける。

「貴様、愚民の分際で高貴なるカストリアのこの儂の許可もなく声を上げるとはなんたる無礼！」

激高して腰の剣を抜こうとしたイーアペトスの手は、素早く動いた本邸の警護騎士に掴まれ防がれた。

「ぬっ、く、放さんか！　儂はこのカストリアの主じゃぞ！」

青筋を立てて怒鳴りつけるも、騎士は手をどかそうとはしない。

「ご隠居様が領主だったのは、もう十年以上前の話ですな」

「わしらのご領主様は、亡くなられた女公爵様とそのお嬢様の公女様じゃ」

「女公さまはあたしたちの話もよく聞いてくださって、本当に良くしてくださったわ」

「公女様もお母上のやり方をよく継いで下さってのう」

「その女公様と公女様をお支えしておったのが今の代理様だ、って俺らはみんな知ってんだ」

本邸家令の後ろに居並ぶ領民たちが、口々に声を上げる。

「あの方らはあんたと違って、わしら領民を第一に考えて下さった。あんたと違ってな！」

「そうだそうだ！」

「もう誰もあんたの言うことになんぞ従いやしねえよ。いつだって上から命令するばっかりで、領民から搾取しかしなかったあんたに、今さら誰が従うもんか！」

「叩きのめされたくなけりゃ、とっとと出ていきな！」

たちまち領民たちに取り囲まれ、罵声を浴びせられて、イーアペトスは狼狽した。この場には本邸の家令以下使用人たちだけでなく、本邸の警護騎士たちも領内各地の代官の一部もいる。中にはイーアペトスの当主時代からの古株すらいるというのに、誰も彼の味方をしようとはしなかった。

それもそのはず。イーアペトスはカストリア家の、ヘレーネス十二王家の血筋と権威を笠に着て、身分の低い者たちを見下し虐げてもなんとも思わないような古臭い価値観の持ち主であり、当主として君臨していた頃から領民たちに蛇蝎のごとく嫌われていたのだ。そしてそのことを、本人だけが気付いていなかった。

自分より下に見た者は実の娘であろうと孫娘であろうと、たとえ王であろうとも、見下し抑えつけて従わせようとするだけの老害に、誰が進んで従うものか。


暴行こそ受けなかったものの領都本邸を追い出され、ほうほうの体で領都の居館に逃げ帰ったイーアペトスだったが、その後すぐに王宮から王命軽視、つまり王の命じた代理公爵に従わず王爵家乗っ取りを企んだとして弾劾訴追され、彼の権威は地に堕ちた。

なんとか弁明し赦免を得たものの、そのショックのあまり消沈してすっかり老け込み、彼は程なくして病を得て寝込んでしまった。

その後、病床にあることを知った王から、代理公爵アカーテスを正式に襲爵させるための継承の儀を執り行うよう命じられたイーアペトスは逆らう気力もなくしていて、継承を済ませた直後にひっそりと寂しく世を去ったのであった。

5. そして彼女は輪廻の輪へ

王妃エカテリーニが姿を見せなくなったのと前後して、もうひとり、王宮で姿を見せなくなった者がいる。

「なぜだ……………」

不遇の第一王子、カリトンである。

「なぜ、貴女が死ななければならなかったのだ……！」


カリトンはいつも、遠目から小柄な公女の姿を目で追っていた。

いつからそうだったのか、もはや自分でさえ憶えていないが、おそらくは出会ってそう経っていなかった頃からだと思う。

彼女は最初の出会いの時点ですでに、世継ぎとなる弟の婚約者候補だった。彼女は七歳で婚約者候補に選ばれ、王子妃教育の先行教育のために王宮に召し上げられて、そこで弟のついでに教育を受けさせられていたカリトンと出会ったのだ。

カリトンは生みの母のせいで、肩身が狭いどころかないに等しい存在だ。幼心にも腫れ物に触るような周囲の雰囲気を感じて、自分は我侭など言えぬのだと言葉にされずとも悟っていた。

だから、彼女のことも望んではならぬと理解していた。なのに、その彼女の姿を気付けばいつも目で追っていたのだ。

　カリトンは最低限の勉強だけ修了したところで教師のもとへ呼ばれなくなり、彼女とも会えなくなった。その後は定期的に自分と母の住まう離宮に、宮廷魔術師が魔力(マナ)のコントロール方法を教えに来るだけになり、それも十歳を過ぎた頃にはなくなった。

　なんにも与えられず、ただ離宮で過ごす日々。物心ついた頃には父王が離宮に来ることもなくなっていて、毎日毎日、「王を呼べ、あたしを王妃にする約束を守れ」と叫ぶ母を宥(なだ)めるしかない日々。

　そんな日々に嫌気が差した彼は、無理を承知で離宮の侍女頭を通じて父王に願い出たのだ。「王宮の書庫で書物を読む許可が欲しい」と。

　一日のうちの限られた時間だけでいい、それ以外の何処(どこ)にも行かない、読める本も制限してもらって構わない。自分はただ歴史知識と、最低限度の基礎教養を身につけたい。そう願ったのだが、意外にもすんなり認められて驚いたものだ。

　書庫で読める書物は実際に大きく制限された。政治経済や魔術関連はもちろん禁止、他国の情報や自国、ないしイリシャ連邦内友邦の各貴族家に関する情報入手も限られた。その代わりに児童書、歴史書の類(たぐい)は読み放題で、友邦各国の貴族名鑑並びにヘレーネス十二王家の系譜や血族構成などは、むしろ読み覚えるよう指示された。

　書庫に入れる時間は昼を過ぎてから陽が沈むまでと、意外にも長めの時間を許可された。はじめは寛大な父に感謝したものだが、これは後になって思えば、あの母の傍にいる時間を減らし、母の考えや主張に侵されて王家の恥晒しに育たぬようにしたかったのだろう。

　そしてその書庫で、カリトンは会いたかった彼女と再び出逢うことになったのだ。


　彼女は当時まだ九歳だったのに、もうすでに難しい歴史書を読んでいた。同じ本を探していたカリトンは最初は彼女の視界に入らないよう気をつけていたが、目当ての本が彼女の手元にあることに気付いて、逡巡した挙げ句に「読み終わったら渡してくれないか」と声をかけたのだ。

「あっ、カリトン殿下」

　彼女はカリトンのことも、自分の名前も憶えていた。それだけでも嬉しかったものだが、彼女がまだ習っていないであろう難しい表現の読み解きをおねだりされて、嬉しいやら困るやら。幸い周囲に人の姿はなく、それでこっそりと、だが内心では狂喜しつつ教えてあげたものだ。

　その後、彼女は書庫に来ることが増え、必然的にカリトンと同じ時を書庫で過ごすことが多くなった。ふたりとも互いの立場を弁えていて、ほとんどは同じ空間にいるだけで言葉も交わさず、目も合わせないで済ませるだけだったが、カリトンにとっては同じ空間にいるというだけでも至福の時間だった。

　だが彼女は、十歳になると書庫へ来なくなった。寂しく思って、努めてさりげなく司書に聞けば、カストリア家の後継教育が始まったようだという。通常は十五歳で始めて十八歳で終えるものだが随分早く始まったのだなと、残念に思えど諦めるしかなかった。

その後しばらくしてカリトンには、王宮の庭園に出る許可が与えられた。もうその頃には、母と違って手がかからず己の立場をしっかり弁えている彼に、侍女頭をはじめ離宮の使用人たちもすっかり絆されていた。

だからきっとそのうちの誰かが、ひ弱な優男に育っていく自分のことを気にかけて、健康増進のため願い出てくれたのだろう。

そうして庭園を散歩したり、つけられた体術の教師のもとで身体を程々に鍛えたりする日々が続く中で、カリトンには新たなお気に入りの場所ができた。

庭園の隅の、人気のない場所にある古びたベンチだ。

いつからあるのか、誰がなんの目的で置いたのかすら定かでないそのベンチで、散歩に来て書庫から借り出した本を読む。それがカリトンのささやかな楽しみになった。

そしてそのベンチで、またしても彼は彼女と出逢うことになる。


十三歳になっていた彼女は、正式に弟の婚約者となりミエザ学習院に入院して、後継教育と王子妃教育に加えて学生会業務まで請け負い多忙を極めていた。そんな日々の中、ごく限られた空き時間をこのベンチで独り過ごすのがほんのささやかな楽しみなのだと、疲れた顔で微笑った。

その日は久しぶりに、彼女と少し話した。くれぐれも無理しないよう忠告だけはしたけれど、彼女は気遣いに感謝するだけだった。

その後、ベンチで鉢合わせすることは数えるほどしかなかったが、カリトンはいつでも彼女を気にかけていた。ふと思いついてベンチの座面に労う言葉を書いておいたら、何度か通ううちに返信が書き加えられていて嬉しくなった。

ダメだと思いつつ、そうしたささやかな文通は一年ほど続いた。書いては消してを繰り返したベンチの座面は、いつしかそこだけ新品のように綺麗になっていた。

やがて、彼女はベンチにも来なくなった。その代わりに王宮内を慌ただしく動き回る彼女の姿を遠目に何度も目撃するようになった。すれ違った文官を捕まえて尋ねてみると、彼女は望んで第二王子の公務の補佐をしているのだという。

そんな馬鹿な、あり得ない。

後継教育に王子妃教育、ミエザ学習院での学生会業務までやっているのに、その上公務の手伝いなど彼女が進んでするわけがない。そもそもそんな時間的余裕すらないはずなのに。

そう思って離宮の侍女たちに、離宮へ通う行き帰りや夜間などにそれとなく王宮内を見てきてもらうと、空き室の多い一角に常に灯りの点っている部屋があるという。

弟が彼女に公務をやらせているのだと直感した。

彼は成人したことを理由に、自ら公務の割り当てを求めたのだと王宮の文官たちが讃えていた。だがその割に自由闊達に振る舞い、王都の市街で遊んでいるのを目撃されたこともあるらしい。

そう言えば、ミエザ学習院では入院初年度から学生会長を務めているのだと使用人たちが噂しているのを聞いた憶えもある。——ではまさか、学生会業務も彼女に命じているのでは？

王宮内を動き回る彼女は、見る限りいつでも疲れた顔をしていた。それに年齢を重ね、成長期に入っているはずなのに、その体格に成長が感じられないことも気になった。

だけどそれでも、カリトンは自ら動くことをしなかった。

出すぎた真似をすれば自分の立場を危うくすると分かっていたし、そもそも彼女を気遣ってやるべきは婚約者である弟なのだ。だから気を揉みつつも、彼女に何もしてやれなかった。


そんなある日、つい読み耽って書庫に長居してしまったことがあった。

刻限を過ぎていることに気付いて慌てて離宮に戻ろうとしているところへ、ちょうど侍女たちを引き連れた彼女が通りかかった。

「………カストリア公女」

つい思わず声をかけていた。直接言葉を交わすのは数年ぶりだ。

「ご機嫌麗しゅう、第一王子殿下。拝謁を賜りまして幸甚に存じます」

「ご機嫌麗しくはないけどね。公女も息災なようで何より」

「わたくしに会っていたと知られるのはよろしくありませんわ。早急に第一王子宮にお戻りになるべきかと存じます」

「うん、王宮書庫に長居してしまってね。これから戻るところだよ。公女は?」

「わたくしは、王妃殿下にお声がけを賜りまして」

「……ああ、なるほど」

会話は、たったこれだけ。

王妃――弟の母がなんの目的で彼女に声をかけたのかすら分からない。だけど王宮侍女たちもいる前では、それ以上話せなかった。

それでも、彼女は自分に気付いて軽く目を瞠り、それから穏やかな眼差しになってくれた。そう、あの頃と同じ瞳をして微笑ってくれたのだ。その目が確かに、逢えて嬉しいと伝えてくれているようで、その夜はなかなか寝付けなかった。

この時になって初めて、彼女に惹かれているのだとカリトンは自覚した。

「ああ、オフィーリア……私は貴女を、愛してしまった……！」

そう、自覚してしまったのだ。

それなのに――
それからわずかひと月で、稔季の社交シーズン始まりの大夜会のさなかに、彼女は弟から理不尽に婚約破棄され投獄されて、その夜のうちに自害してしまったのである。

なぜ彼女が死なねばならなかったのか、カリトンには何も分からない。

王宮内は何処に行っても公女の自害の話題でもちきりで、特に問い質さなくとも仔細が勝手に耳に入ってくる。どれもこれも、彼女の置かれていた状況の悲惨さを物語る噂ばかりだった。

そんな彼女にいたわりの言葉ひとつもかけてやれなかったばかりか、穏やかな眼差しを向けられて逆に癒やされていた自分にすら、彼は失望した。

「…………赦さない」

誰も寄り付かない自室のベッドで、涙に濡れた枕から顔を上げ、彼は独りごちる。

彼女をこき使って婚約破棄した弟も、その弟を止めなかった父も、弟を寝取って婚約破棄を言わせた小娘も、そしてむざむざと見殺しにしてしまった自分自身でさえも、彼は赦さなかった。

もはや自分の身の安寧などと言っておれる場合ではなかった。全てをかなぐり捨ててでも彼女の恨みを雪がねば、亡き彼女に顔向けができない。

ベッドサイドのテーブルに置かれた呼び鈴を鳴らすと、すぐに侍女頭が飛んできた。呼ぶまで部屋に入るなと言いつけていたから、隣室に控えていたのだろう。

「君は伯爵家の令嬢だったよね」

「……？　はい……」

「アーギス王家の血縁で、間違いないよね？」

「えっ、そ、それは確かにそうですが……」

この侍女頭はアカエイア王国からの出仕者だ。そのことを問題視され、万が一にもスパイなどされぬようにカリトン母子に押し付ける形で、表向きは侍女頭への昇進としつつ離宮に押し込められたということも、カリトンはもう知っていた。

「なに、そう心配することはない。少しだけ、君の縁故を伝って頼みたいことがあるんだ」

わずか数日で人が変わったように目の据わったカリトンからの、今までに感じたこともないほどの圧を受けて、侍女頭は首を何度も縦に振って彼の命に従うと誓うしかなかった。

「ああ…………」

オフィーリアの魂魄が、はらはらと涙をこぼす。

本当に泣いているのか、それともそんな気になっているだけなのか、本人にも分からない。

彼女に分かるのは、ただただ自分が喜んでいること、それだけだ。

「カリトンさま……」

生前には決して口にできなかったその名を、死後になってようやく口に出せた。

まだ自分たちの置かれている状況さえよく分かっていなかった、出会ったばかりの幼い頃に何度か口にして叱られて以来だから、もう何年ぶりになるのだろうか。

オフィーリアの目の前、真闇の中に浮かぶ情景が映し出す、自分の死に慟哭して独り復讐を誓ったカリトンの姿。それが彼女の心を喜びで充たしていた。ここまで見てきて、オフィーリアが死んだことを知る者たちの中でその死を嘆き悲しんだ者はいなかったというのに、カリトンだけは彼女の死を悲しんでくれた。


そう、ただのひとりも涙を流さなかった。

唯一、カリトンだけが泣いてくれたのだ。

「わたくしもずっと、お慕い申し上げておりました……カリトンさま……！」

生前には一度も口にしたことのなかった想いが溢れる。

その愛しい彼が自分のために泣き、復讐まで誓ってくれた。

心中密かに慕っていた彼と、実は想いが通じ合っていたと知れただけでも感極まるというのに、それだけでなく彼は自身の身の危険も顧みず、オフィーリアのために行動しようとしてくれている。

そのことが何よりも嬉しい。

それはオフィーリアが十五年の短い生涯で初めて感じる、――いや、短い生涯を終えた後になって初めて知った、愛と幸福。

取り返しのつかない事態になってから、これほどの幸福を感じることになろうとは。なんとも皮肉なことであった。

「良かったじゃないか。これ、両片想いってやつだろう？」

「そうですわね。わたくしたちはお互いに想い合っていたのですね」

もう少し早く気付いていれば、絶対に死を選んだりなどしなかったのに。這いつくばって泥水を啜ってでも、必ずや彼の胸に飛び込むべく、全てをそのために費やしたのに。

「ああ……！　なぜわたくしは死を選んでしまったのでしょう……！」

「今さらだねえ」

本当に、今さらだ。

全ては手遅れでしかない。

「茜色の魔女よ、お願いがございます」

だから、手遅れの今からでもできることを探すしかない。

「……何かな？　聞くだけは聞いてあげるよ」

「わたくしを、どうか、故国に転生させていただけませんか」

先ほどと全く同じ、だがより強い願いを、オフィーリアは静かに口にした。

目の前に立つ人ならぬ美女、茜色の魔女と名乗ったこの存在は、自らの権能を〝輪廻と転生〟であると確かに言った。であるならば、話に聞くだけだった転生というものを、この魔女は自在に操れるはずだ。

彼の生きている時代に、彼が生きているうちに、この記憶を持ったまま転生することができるなら。わたくしは今度こそ、彼のもとへ全てをなげうってでも辿り着いてみせる。必ずやこの想いを遂げてみせますわ！

「だから、どうして私が、君のお願いを聞いてあげないといけないのかな？」

だが魔女の返答もまた、無情にも先ほどと同じであった。

「それは……」

そう。その願いはオフィーリアのただの欲望でしかない。

魔女にとってはなんのメリットもないものだ。

「たまにこうしてアフターケアしてあげるとさ、どの魂もみんなそう願うんだよねえ。だけどさあ、いちいち叶えてあげてたらキリがないんだよね」

それは、確かにそうだろう。

「だいたいさあ、私が転生させる魂が世にどれほどあると思う？　〝七つの世界〟全ての魂、全部でどれだけあるのか、考えたこともないでしょ？」

魔女が言っていることの意味のほとんどは、オフィーリアには理解ができない。

ただ、この魔女は自分などよりずっと多くの、ただただ途轍もない膨大な仕事量を受け持っているのだと、それだけは理解した。

「だから転生もさ、今はシステマチックにやってるんだよね」

「機械的……？」

この魔女はちょくちょく西部ガロマンス語系の、アルヴァイオン語の単語を口にする。全く系統の異なるイリシャ語を母語とするオフィーリアには、理解はできるものの聞き馴染みのない言葉ばかりだ。

もしかしてこの魔女は、アルヴァイオン大公国に所縁でもあるのだろうか。

「あー、私の出身はアルヴァイオンではないよ。別の世界で、同じ系統の言語があるんだよね」

どうやら魔女は、この世界ではなく何処か別の世界に縁故があるらしい。

「ま、それは措いとくとして。だから輪廻の輪って今は全自動なんだよね」

「全自動、ですか……」

それもまたアルヴァイオン語、いや、別の世界の言語か。

「輪廻（りんね）の輪に乗れば、無作為（ランダム）で転生先が決定されて魂（たましい）は次の生を得る。無数にある魂（たましい）は全て過去生を初期化（リセット）され、転生先が被らないよう調整されて、生と死を繰り返す。そうして七つの世界は成り立っているんだ」

まさか、七つの世界とやらは全てで魂（たましい）を共有しているとでも言うのだろうか。

「だからさ、私がそこに手を出すことはないんだよ。私のやっていることは機構（システム）の円滑な運営とその保全、そして不具合（トラブル）の対処。魂（きみ）みたいに悔いや執着（しゅうちゃく）を残して、輪廻（りんね）の流れを乱すような存在（こ）を円滑（スムーズ）に輪に乗せてくのが主業務（メイン）だね」

だから君だけえこひいきはできないんだ、と言われて、オフィーリアは納得するしかない。

「本当に君は、物分かりが良くて助かるよ」

「……わたくしがそれほど物分かりの良い魂（たましい）であるのなら、わたくしにわざわざ対処なさる必要はなかったのでは？」

「えっ、あー……うん、まあ、そこはなんというか」

素直に思ったことを口にしただけなのに、途端に魔女の目が泳いだ。

さては――この方、わたくしに何か隠してますわね？

「まあ、細かいことはいいじゃないか。君は愛しの彼と両想いだった。それでもう執着（しゅうちゃく）は晴れただろう？」

「晴れるわけがありませんわ！　むしろもっと強くなりましてよ！　どうしてくださるのですか！」

本当になぜ執着（しゅうちゃく）が晴れると思ったのか。お互いに想い合っていたなどと知ったからには、その想いを遂げたいと願ってしまうのが人情だろうに。

「お願いですから！　どうかわたくしの想いを遂げさせてくださいませ！」

「あちゃー、別の執着を生んじゃったかあ……」

「むしろどうして、こうなると予測なさらなかったのですか！」

「いやー、まあ、考えないでもなかったんだけどねえ」

言いながらも泳ぐその目を見て、オフィーリアはまたしても気付く。

もしやこの方……全部解った上で楽しんでる⁉

「ま、こうして君も見たいものを見て満足したってことで、そろそろ輪廻の輪に戻ろうか」

「そんな！」

「大丈夫大丈夫、確率的には君の願いが叶う可能性も残っているからさ」

「そんな天文学的な低確率に賭けろと仰るの⁉」

七つの世界とやらにどれほどの魂と生命があるのか想像すらできないが、控えめに考えても無数にあるはずだ。それは砂漠の砂粒、夜空の星々よりも、もっとずっと多いのではないか。

「無数の魂のひとつとして、ピンポイントで望む転生先を得られる確率なんて、そんなものゼロに等しいではありませんか！」

「そうだよ？　だから転生は〝奇跡〟なんだ」

「それはそうでしょうけど！」

「さ、もう本当にいいだろう？　私だっていつまでも君に構ってばかりいられないんだよ」

そう言われると、超多忙の大変さを知りすぎているオフィーリアは何も言えなくなってしまう。個々の案件は可及的速やかに解決し、次々と処理していかなければ仕事が終わらないと身に沁(し)みているから。

だけれど、それではわたくしのこの執着(おもい)は、無情にも消去(リセット)されてしまうだけではないのか。

「そんな無体な！　執着(しゅうちゃく)を解決してくださるのではなかったのですか！」

「そんなことは一言も言ってないけどねえ」

「ひどい！」

だが本当に無情にも、魂魄(こんぱく)がすでに形を保てなくなってきていることに、オフィーリアは気付いていた。意識もだんだんと朧(おぼろ)げになり始めていて、すでに自分と周囲との区別もつかなくなってきている。

「転生を……どうか……」

「うん、幸運(グッドラック)を祈る」

茜色(あかねいろ)の魔女のバカぁ！　わたくしを弄(もてあそ)んだこと、決して赦(ゆる)しませんわ！

それがオフィーリアの自覚した、最期の意識だった。

【幕間2】　静かなるクーデター

「なっ、退位せよだと!?」

　マケダニア王宮、玉座の間。

　玉座に座るはもちろん現王バシレイオスその人であり、隣には久々に姿を見せた王妃エカテリーニの姿もある。近衛騎士隊長(キリアルコス)のイスキュスも、玉座の後方やや離れた位置に控えていた。宰相(エポニュモス)ヴェロイア侯爵をはじめ政務閣僚が階(きざはし)の左右に居並び、その後ろにはその他の重臣たちのほか、王都滞在中の主要な高位貴族家当主たちが並ぶ。

「バシレイオス陛下には国を統治する能力なしと断じます。直(ただ)ちにご退位なさいませ」

　そんな玉座の間の中央で、その王と玉座に相対して真っ直ぐに視線を刺しているのは、王位継承権などないに等しいはずの、庶子カリトンだ。

「そなた、自分が何を言っておるか解っておるのだろうな?」

　言いながらもバシレイオス王は、自身の黒歴史に等しい息子の顔を見返す。

　まともに顔を合わせたのは、何年ぶりのことだろうか。知らぬ間に成長し、すっかり一人前の顔をして、それはそれで感慨深いものがなくもない。だがこの父に、国の頂点たる王に公然と反旗を翻(ひるがえ)すなどもっての外(ほか)である。やはりこやつも、あの母の子でしかなかったか。

ただそれ以前に、王には気になることがある。

なぜ愚息は、アカエイア王国の使節団を伴っているのか。

「無論解っておりますとも。陛下が第二王子ボアネルジェスを教え導くこともせず、その放漫を放置して、結果的にカストリア公女を自害に至らしめたことで、今や王宮は大混乱ではありませんか。――その一連の仔細は、すでにアーギス王家にも報告済みです」

「………なっ⁉」

王は驚愕した。王宮からの発送物は厳しく管理してあり、当然王も承知していることである。私的なもの、例えば王宮で働く使用人などが親族に宛てる私信などの類であっても、必ず検閲が入っている。王宮で働く以上は守秘義務があり、機密を外に漏らさないためにセキュリティを設けるのが当然であって、そこに抜かりはないはずだ。

だがさすがに、王宮使用人たちを監禁拘束して外部との接触を一切断つことなど不可能である。ゆえにある程度の行動の自由を認める代わりに、厳しく教育を施して王国と王家に忠誠を誓わせた上で、場合によっては制約の魔術を施してでも機密の漏洩を防ぐのだ。

王は脳裏で素早く情報を精査する。上がってきている数多の報告の中、第一王子とアカエイア王国とを結ぶ情報など――

「待て。そなたの侍女頭、確か今、実家に戻っていたな？」

「さすが、よくご存知ですね陛下。彼女はまだ戻ってきておりませんよ」

やられた！　それだ！

単なる里帰りかと思ったが、よもや第一王子からの密告状を持ち出していたとは！

「おのれ、謀りおったか！」

「人聞きの悪いことを仰いますな。私はただ、この国の王家の一員として、国を正しくあるべき姿に戻す義務を果たしただけのこと」

ものは言いようとはこのことだ。どう言い繕おうとも、これは第一王子の王へのクーデターにほかならない。だが、ここ一連の騒動で後ろ暗さしかない王にとっては、今このタイミングで本国に仔細を知られたことは致命的であった。

「本国の決定にございます。これ以上の混迷は連邦友邦にまで悪影響を与えかねない、と。――潔く観念なさいませ。さあ、退位の誓紙にご署名を」

誓約の魔術が付与されている証明書類を誓紙という。署名する全ての者は誓約に同意したことになり、法的拘束力のほか魔術的拘束力も受け入れることになる。つまり、これに署名すればバシレイオス王は退位するしかなくなるわけだ。

「ま、待て。儂に弁明のひとつもさせぬつもりか」

「弁明のしようもないほど信用を毀損したのは、陛下ご自身ではありませんか」

ぐうの音も出ないほど正論である。

だが王とて、それで黙ってなどいられない。

「し、使者殿、違うのだ」

王は不肖の息子ではなく、その後ろで無言のまま状況を見守っている本国からの使者に声をかけた。今重要なのはこの使節団への心証をいかに良くするかであり、それさえどうにかできれば愚息など後でいくらでも対応できるはず。

本国からの使者たちは皆一様に旅装のままで、到着したばかりだと見て分かる。皆、意匠の揃った旅行用マント(クラミュス)を羽織りフードで顔を隠しているため、ひとりとして表情が窺(うかが)えないのがいっそ不気味ですらあった。

「バシレイオス王、大人しく諦めたらどうだ？」

十数名の使節団の中、そのひとりが一歩進み出て王に声を放つ。

王には、その使者の声に聞き覚えがあった。

「ま、まさか貴方は」

「――いやあ、気付かれなかったらどうしようかと思ったんだが」

前に出た使者が、フードを外して顔を晒(さら)した。

「ニケフォロス王太子！」

短く整えられた輝く金髪が、フードの動きに合わせて軽やかになびく。唯一顔を晒(さら)したその人物こそ、アカエイア王にしてイリシャ連邦王でもあるアリストデーモスの嫡男、ニケフォロス王太子であった。

理知的に輝く陽神樹色(オリーブ)の瞳が階(きざはし)の上の玉座のバシレイオス王を真っ直ぐに見上げてきて、王は慌てて玉座を下りた。

一応、建前上はマケダニア王バシレイオスとアカエイア王アリストデーモスが対等の立場であり、アカエイアのニケフォロス王太子よりも地位が上になる。だがアリストデーモスはイリシャ連邦王でもあるため、バシレイオス王はその下に立たねばならない。そしてそれは同時に、連邦の王太子でもあるニケフォロスと地位が同等になるということを示している。

つまりバシレイオス王と同格の人物が、第一王子とはいえ事実上の庶子でしかないカリトンの側に付いているのだ。

「王太子御自らがお出ましになるとは！　なぜ先触れを頂けなかったので！」

「先触れなんか出したら、彼の計画が明るみに出ちゃうでしょ」

イタズラっぽくニヤリと笑うニケフォロス。バシレイオスは十歳以上も歳下の青年に向かって不敬を咎めることもできない。

彼は懐から筒状に巻いた紙を取り出して、バシレイオス王に見えるように広げてみせた。

「一連の顛末は全てカリトン王子からの書面で明らかになっている。証拠も証人も一部はすでに確保済みで、これから本格的に捜査に着手する。——よってこれは、イリシャ連邦王からの正式な通達である。バシレイオス王は直ちに退位し、その地位を第一王子カリトンに譲るべし」

「なっ……!?」

王はまたも驚愕した。立太子目前の愛息ボアネルジェスではなく、不肖の愚息カリトンに譲位するなど、到底認められることではなかった。

能力云々以前に、カリトンはバシレイオスとアーテーの不義の子だ。若気の至りで産ませたとはいえ、カリトンが自身の血を継いでいるのは鑑定によって明らかであり、だからこそ王はここまで王宮で養育してきたが後継としては考えたこともない。ボアネルジェスに譲位する暁には後の争いを招かぬよう断種させるか、あるいはひと思いに命を奪うか、どちらか決めねばならないとまで考えていたのに。

「王位を継ぐ者はボアネルジェス以外にはあり得ぬ！」

「同族を獄死させるような者が、十二王家に当主として認められるわけがないだろう？」

そう言われてしまえば反論も難しいが。

自分を廃して、ボアネルジェスではなくカリトンを次の王位に据える。それは即ち、カリトンを通じてアカエイア王家がマケダニアを乗っ取るための布石ではないのか。

「ニケフォロス王太子、それはわが国への内政干渉ではないか！」

「言うと思ったけど、それには当たらんよ。これはイリシャ連邦王が連邦統治の一環として決断したことだ」

ニケフォロスの持つ王命書簡、その署名は連邦王アリストデーモスの名義になっている。

「し、しかしだな、こやつは王族教育もまともに修めておらんゆえに」

「ほう、正式に認知して第一王子の地位まで与えている者に、王族教育すら施していないと。だとすればそれもバシレイオス王の罪ではないか」

「あ……いや、それは……」

完全に失言でしかなかった。庶子ではなく公的に第一王子としたのだから、相応に必要な教育を施さねばならなかったのに、それを怠ったことを王は自白してしまったのだ。

あの愚かなアーテーの産んだ子に跡を継がせる気がなかったのなら、早々に除籍し庶子としていなければならなかった。それを放置し視界に入れぬようにして、必要な決断を先延ばしにしていたのだから、罪と言われても反論できない。

「悪あがきもそこまでになさいませ。貴方はもう、王ではいられぬ」

しばらく黙っていたカリトンが、ここで再び口を開いた。

「おのれカリトン、よくも国を売りおったな！」

ニケフォロスに対しては反論できないバシレイオスは、腹立ちまぎれに息子に激高した。

「………父上が悪いのですよ。あの時止めてさえいれば、彼女は死なずに済んだのに」

「……なに？」

「第二王子と王妃の放漫を糺そうともせず、自分がその傀儡であると気づかぬフリをして、結果的に貴方は国を誤った」

「な、何を知ったふうな！」

「貴方が今その玉座に在るのは、ひとえに王妃あってのことでしょう？　だからこそ王妃の求めるままにカストリア公女を第二王子の婚約者とし、第二王子が公務を押し付けていると気付きながら咎めることもしなかった。そして王妃のために第二王子の立太子を目指し、それに瑕疵を負わせたくないがためにあの大夜会での婚約破棄さえその場で否定しなかった」

事実そのとおりなので、バシレイオス王は咄嗟に反論できない。

「そのせいで公女は死に、カストリア家は今存亡の危機にある。――全ては貴方のせいだ！」

怨嗟のこもった視線と罵声を浴びせられ、王の顔面はもはや蒼白だ。

「く……ふふ、ふふふ」

不意に、くぐもった嗤い声が上がった。

見ると、王妃エカテリーニが口元を手で押さえている。

「カリトン、其方、存外吼えるようになったではないか」

嗤いながら、エカテリーニは言葉を紡ぐ。

彼女が彼の名を口にしたのは、カリトンが生まれてから初めてのこと。つまり事ここに至って、ようやく彼女は夫の不義の子の存在を公的に認めたのだ。

そして、ここで再びニケフォロスが口を開いた。

「……王妃。貴女が息子を焚き付けてイリシャ全土の覇権、いや世界の覇権を得ようと目論んだこと、王妃宮侍女たちの証言からも明らかだ。その旨も連邦王に報告が上がっておるゆえ、貴女の罪は連邦法典に則り処されるであろう。覚悟しておくがいい」

「――ハッ。大王の母たるこの妾を、処すと申すか」

「貴女は〝大王の母〟ではない。大王になり損なった男の母にすぎんよ」

「おのれ、小童！」

怒りに顔を染めて立ち上がりかけた王妃は、だが後方から物凄い力で押さえ込まれた。

驚いて振り返ると、なんと玉座の後方に控えていたはずの近衛騎士隊長のイスキュスである。

それを合図に階の上に近衛騎士たちが上がってきて、抵抗する間もなくバシレイオス王とエカテリーニ王妃に縄をかけてゆく。

「なっ、そなたら、儂（わし）を裏切るつもりか!?」

「うぬら誰に手をかけておるか！　斬首では済まさぬぞ！」

「言いたいことはそれだけですか」

激高した王と王妃は、だが冷めきったイスキュスの一声に呑まれたように黙り込む。

「近衛騎士は王の騎士。ゆえに我（われ）らは王に従うのみ」

そう言ってイスキュスが見たのはバシレイオスではなく、階下に立つカリトンであった。

そしてカリトンも、内心の動揺を悟られぬよう努めつつ頷（うなず）きを返す。

「前王と前王妃は西の尖塔へ。追って司法院に訴状を提出することとする」

「新たなる王の仰（おお）せのままに。——引っ立てろ！」

「ま、待て！　待たんか！」

「かような屈辱（くつじょく）！　許さぬぞイスキュス！　カリトン！」


こうして王と王妃は、玉座を追われることとなった。

そして新たな王には第一王子カリトンが立つことが、イリシャ連邦王アリストデーモスと連邦王太子ニケフォロスの名を添えて発表されることとなる。

【王女アナスタシア】

1．彼女は思い出した

アナスタシア・ル・ギュナイコス・アーギスはこの国、かつて西方世界の大半を支配していた古代ロマヌム帝国の直接の末裔（まつえい）を称する〝八裔国（はちえいこく）〟の一角たる、イリシャ連邦王国の本国アカエイア王国アーギス王家の王女である。父の名はアカエイア国王ニケフォロス、祖父はイリシャ連邦王リストデーモスという。ニケフォロスには一男三女がおり、アナスタシアはその末の姫だ。

末っ子ということもあり、両親と兄姉から溺愛（できあい）されて、アナスタシアは元気いっぱいワガママ放題に育った。いや正確には両親も兄姉も溺愛（できあい）はすれど甘やかしすぎることはなかったのだが、なぜか兄妹の中でアナスタシアだけがワガママに育ってしまった。

両親や側仕えたちが過度の贅沢を許したわけではなく、情操教育を怠（おこた）ったわけでもない。アナスタシアはまだ五歳だから教育よりも甘やかすほうの比重が大きいのかもしれないが、それでも兄姉たちの五歳時に比べてアナスタシアは明らかにワガママだ。

どれほどかといえば、それまで手放さなかったお気に入りの玩具（おもちゃ）をある日突然見向きもしなくなったり、それまで特に問題なく仕えていた侍女に対して、ある時急に怒り出してクビにすると喚（わめ）いたり、ある朝なんの前触れもなく「今日は起きない」と言い出して、昼過ぎまでベッドから出ようとしなかったり。

子供の可愛らしい気まぐれと言えばそれで済むかもしれないが、それでもワガママには違いない。両親も兄姉も周りの大人たちもどうしたものかと頭を悩ませていた。

だって今のうちならまだ可愛いものだが、このまま育てば色々とアウトである。アカエイア王国王家としても、イリシャの連邦王家としても、今のうちに矯正(きょうせい)して立派な淑女に育ってもらわねばならない。

そう。今なんとかしなければ、幼い彼女の将来が悲惨なことになりかねないのだ。

だがそんな周囲の心配をよそに、アナスタシアは今日も元気いっぱいワガママ放題である。今朝もそれまでよく食べていた人参(カロートン)を「わたくしそれキライよ。二度とおりょうりに入れないでちょうだい」などと言い出して、給仕のメイドや料理人を困らせている。

そして、そんな彼女をたしなめるべき父ニケフォロスが、目尻を下げて嬉しそうにしているから始末に負えない。

「あなた。デレデレしてばかりいないで、アナのこと、きちんと叱(しか)ってやってくださいませ」

王妃(つま)のオイノエーにそう言われても、「分かっているとも。でもまだあと一年くらい良いだろう？」とか言ってヘラヘラデレデレしている始末。

これでもすでに王位を継いだ三十二歳、いい歳こいた立派な大人のはずなのだが、王の威厳など何処(どこ)へやら。まあここは王家の家族専用朝食室なので、信頼できる使用人たち以外に見られる心配はないのだが。

そんなある日、事件は起こった。

侍女たちを引き連れて昼下がりの庭園を散歩していたアナスタシアが、急に走り出したのだ。

「姫様⁉」

「突然どうなさったのですか⁉」

「そんなに走っては危のうございます！」

慌てて侍女たちが追いかけるも、五歳児とは思えぬスピードでアナスタシアは駆けてゆく。駆けるというか、ほとんど逃げたと言ったほうが正しそうな勢いだ。

そして五歳児なものだからアナスタシアは渾身の全力疾走であり、普段から走り慣れない貴族子女出身の侍女たちがなかなか追いつかない。しかも全力疾走する彼女は、まだ五歳児らしく周囲の状況を確認できていなかった。

「あっ！」

足元の草に靴を滑らせて、アナスタシアが体勢を崩した。

それで転んだだけなら良かったのだが、ちょうど庭園に作られた池の側まで来ていた彼女は、その池の中に真っ逆さまに落ちてしまったのだ。

「きゃあああ！」

「姫様っ！」

「誰か、誰か来て！」

慌てて悲鳴を上げる侍女たちだが、誰も飛び込もうとはしない。

なにしろ貴族出身なので、誰も泳いだことがないのだ。

そしてアナスタシアも当然それは同じであり、そもそも五歳児が泳げるわけもない。

もっと幼い時分、例えば歩けもしない乳児であれば案外余計な力が入らず水に浮かんでいられるのだが、しっかり自我も育ち手足も自由に動かせる五歳の彼女は、水に驚いて思いっきり暴れた。

そうすると、どうなるか。着ていたお気に入りの普段着（フスターニ）が水を吸ってまとわりつき、一気に重くなった衣服が五歳児の身体の自由を奪う。そうしてアナスタシアは完全に水中に没した。

五歳児だからやむを得ないが、彼女の身長では水底に足がつかなかった。大人なら立ち上がれば溺（おぼ）れはしなかっただろうが、彼女にはそれができなかったのだ。身体を自由に動かせず、水面に顔を出せないアナスタシアは、酸素を求めて水中で呼吸した。そのせいで大量に水を吸い込むことになった。


騒ぎを聞いて近くにいた近衛騎士（ソマトピュラケス）が駆けつけ、水中に飛び込んでアナスタシアを抱き上げた。

だがその時には、もう彼女の呼吸は止まっていたのだった。

ぼんやりと視界が開くと、ベッドの天蓋（てんがい）が目に入った。

大好きな空色の天蓋（てんがい）…………待って、わたくし、ピンクが好きなのだけれど？

彼女はパチリと目を開く。

どうやら寝かされていたようだ。ふかふかの上掛けに、陽神（アポロン）の匂いが鼻孔をくすぐる。

ああ、そうね。普段からわたくし、寝具をよく陽射しに当てておくように指示していたものね。…………………え、普段からほとんどベッドに入らないのに、わたくしはなぜそんな指示を？

「姫様！」

「お気付きになられたわ！」

「誰か、御典医をお呼びして！」

目を開いたことで、周囲が一気に騒がしくなった。

今の声はディーアとエリッサと、イオレイアかしら。

…………待って？　わたくしの侍女にそんな名前の子たちいたかしら？

なんだか頭がぼうっとするのは、わたくしが寝ていることと関係があるのかしら。

——あっ、もしかしてわたくし、公務の途中で倒れたのでは!?

そう思って慌てて起き出そうとしたのに、すぐさま侍女たちに押さえられ寝かされて、再び上掛けを被せられてしまった。……お陽（アポロン）さまの匂い、気持ちいいわ。

しばらくしてやってきた典医は、知っているけど知らない人だった。

——名前、なんだったかしら？

「姫様。私のことがお分かりになりますかな」

「………ごめんなさい、名前は覚えていないわ」

典医の後ろで侍女たちが息を呑んでいる。なぜ？

「ご自身のお名前は、憶えておられますかな」

「わたくしは………オフィーリア？」

あっ、イオレイアが倒れたわ。

「……姫様。姫様の御名はそんな名前ではございませんぞ」

「あっ、そうだったわね。わたくしはアナスタシアだったわ」

ねえ、ディーアもエリッサもどうして涙を流して喜んでいるの？

「姫様は目を覚まされたばかりで、まだ混乱しておられます。処置は完璧に済んでおるので、しばらくはゆっくり静養なさると良いでしょう」

典医はわたくしの腕を取って脈を見て、目や口の中を覗き込んで何やら確かめて、それからそう言って一礼して下がったわ。ゆっくり静養だなんて、そんなわけにはいかないのに。後でしっかり言い含めておかなくては。

………なぜ、言い含める必要が？


「アナ！」

「アナスタシア！」

「気が付いたって!?」

「ちょっと！　大丈夫なの!?」

あっ、今度はお母さまとお父さま、それにお兄さまとお姉さままでいらしたわ。

……あら？　わたくしには兄弟姉妹はいないはず、よね？

えっでも、確かにニケフォロスお父さまとオイノエーお母さま、それにヒュアキントスお兄さまとディミトラお姉さまよね。一番上のクレウーサお姉さまはいらっしゃらないのかしら。

待って。わたくしの母はアレサお母様では？　父は……名前を思い出すのも嫌だわ。汚らわしい。

「………アナ。どうしてそんな目で父を見るんだい？」

あっ、ニケフォロスお父さまがこの世の終わりみたいなお顔をなさっているわ。もしかして、顔に出てしまっていたかしら？

と思う間もなく、ディミトラお姉さまに抱きつかれてしまったわ。

「アナ！　もう、心配したのよ！」

涙を流して喜んでくださるディミトラお姉さま。オイノエーお母さまにも抱きしめられて喜ばれて、それから池に落ちたことをたっぷり叱られてしまったわ。

叱られたことなんてもういつ以来になるのか思い出せないほどだったけれど、不思議と嫌な思いはしなかったわ。わたくしのことを本当に心の底から心配してくださっているのが分かって、怖いどころかむしろちょっと嬉しかったの。

そうしてしばらく叱られ心配され無事を喜ばれて、今日のところはしっかり静養するよう言いつけられて、お母さまたちは寝室を出ていかれたわ。

わたくしは自分で思っていたより疲れていたのか、その後すぐに眠ってしまったみたい。

再び目を覚まして、周囲を見回して。よく見慣れた、けれど初めて見る室内の景色に、アナスタシアは頭を抱えた。

えっと……これは、どういうことかしら？　わたくしは、確か――

「姫様、お目覚めになられたのですね。お飲み物をお持ちいたしましょうか？」

「えっ……あ、そうね、いただくわ。ありがとうエリッサ」

だからね、なぜこの程度であなたは泣いて喜ぶのかしら？

侍女のエリッサは一旦下って、すぐにティーポットを載せたワゴンを押して戻ってきた。ワゴンには一緒にわたくしのお気に入りのカップも載っていて――

そこで唐突にオフィーリアは気付いた。

わたくし、もしかして転生してる!?

そうと気付いてしまえば、何もかもがしっくり来る。

自分の手はどう見ても幼児の手だし、目線も子供のそれだし、人の顔を見慣れないのも細かい好みが違うのも、それでいてそれらを当たり前に受け入れている自分にも納得がいく。

そして、ここまで生きてきた五歳のアナスタシアの記憶ももちろんある。ワガママ放題に振る舞っては周囲を振り回し、挙げ句の果てに侍女たちをちょっと困らせようと走り出して、走ること自体が楽しくなってつい夢中になり、滑って池に落ちたことまで。

（うわあああわたくし、なんて悪い子だったんでしょう！　そんなアナスタシアがしおらしくお礼なんて言ったら、そりゃあ侍女たちも涙を流して喜ぶに決まっているじゃない！　ニケフォロスお父さまにもアレに向けるような目を向けてしまって、本当にごめんなさい！）

　それはもう頭を抱えるしかない。もちろん実際に行動には出さないが。

「…………エリッサ」

「はい、いかがなさいましたか、姫様」

「今年は……何年だったかしら？」

「今年はフェル暦の六百七十年でございますよ。稔季の上月で、先日に稔季の大夜会が終わったところでございます」

　オフィーリアが死んでから十年も経っているじゃないの！　ということは、わたくしが自害してから転生するまでに五年もかかったということ!?　あの時って確か、〝茜色の魔女〟はすぐに転生するような口ぶりだったわよね!?

　――ああ、でも、あの時はなんと人でなしの魔女だと恨んだけれど、なんだかんだとわたくしの願いを聞き届けてくださったのだわ！　ありがとう茜色の魔女！　酷いこと言ってごめんなさい！

「……ねえ、今のマケダニアの国王はどなた？」

「マケダニア王国ですか？　現在もまだカリトン王のはずですけれど」

カリトンさまが！　陛下に⁉

「えっ、そ、それで、ごっご婚姻などされておられるのかしら⁉」

「どうなさったのですか、姫様、何やらお顔が赤うございますが——もしや、お熱がぶり返したのでは⁉」

「えっ？　だ、大丈夫、大丈夫よエリッサ！　だからみなを呼ばないでちょうだい！」

家族揃って盛大に心配されちゃうから！　そしてその後、叱られちゃうから！　嬉しくて恥ずかしいから勘弁してちょうだい！　ねえ！

という必死の願いも虚しく、エリッサは応援と典医を呼びに部屋を出ていってしまった。そしてしばらくして駆け込んできた家族たちにまたもや抱きつかれ心配されて、恥ずか死ぬ目に遭ったアナスタシアであった。

なお今度は長姉のクレウーサまでやってきたので、申し訳なさもひとしおだった。

冷静になって、思考を整理しましょう。
わたくしはアナスタシア。五歳ですわ。
フルネームはアナスタシア・ル・ギュナイコス・アーギス。このアカエイア王国アーギス王家の第三王女、つまり末の姫が、このわたくし。

お父さまはアカエイア国王ニケフォロス、三十二歳。お母さまは王妃オイノエー、三十歳。お父さまはわたくしがオフィーリアとして生きていた頃は王太子でいらしたけれど、アカエイアの王位をお継ぎになったのね。

一番上のヒュアキントスお兄さまが十三歳。今年から王都にして連邦首都のラケダイモーンにある、ムーセイオン学習院にご入院なさったのだわ。

長女クレウーサお姉さまが九歳で、次女ディミトラお姉さまが七歳。おふたりともわたくしと同じ、柔らかな金髪が美しいわね。クレウーサお姉さまは慈愛に満ちた青加護らしい藍晶石(キアニーティス)の瞳がとってもお綺麗で、ディミトラお姉さまは情熱的な赤加護を示す紅玉髄(コルネオーリ)の瞳が輝いているわ。わたくしアナスタシアは柔らかな金髪に理知的な黄加護を表す黄水晶(キトゥリーニス)の瞳で、全体的に色味が淡いわね。オフィーリア(まえ)は黒髪に濃い琥珀(エーレクトロン)の瞳だったから、どうしても気になってしまうわ。

——ええ、そう。わたくしには前世の、マケダニア王国の筆頭公爵家、カストリア家に生まれたオフィーリアの記憶が残っているわ。物心ついてからずっと厳しく育てられ、アレサお母様を亡くし、父に嫌われて、婚約者にこき使われた挙げ句に冤罪(えんざい)をかけられ牢に入れられ、そして〝証(あかし)〟を使って自害したことまで、全部。

それだけでなく、あの茜色(あかねいろ)の魔女とのやり取りも全て記憶に残っているわね。確か輪廻(りんね)の輪に乗る際には、過去生を全てリセットされるとか言っていた気がするのだけど。

……まあ、なぜか、覚えているのはオフィーリアとしての記憶だけなのよね。茜色(あかねいろ)の魔女の口ぶりだと、全ての魂(たましい)は幾度も転生を繰り返しているような感じだったのに、どうしてオフィーリアの記憶だけが残っているの？　直前の前世だからかしら？

それはともかく、わたくしが前世の記憶を取り戻したのって、やっぱりお池に落ちて生死の境を彷徨（さまよ）ったせいかしら。前世で転生者とやらのことを調べた調査論文を読んだことがあるけれど、それによれば幼少期から成人前後までの間になんらかの形で死にかけると、前世の記憶を取り戻すことがあると書いてあったのよね。

……わたくしが本当に死にかけたのなら、お父さまたちのあの喜びっぷりも分からなくはないわ。アナスタシア（わたくし）って生まれてからずっと、家族みなに愛されていたものね。

とりあえず、オフィーリア（わたくし）が死んでからアナスタシアとして生まれ変わるまで……いいえ、五歳の今日に至るまでのことを調べなくてはならないわ。あの時、魔女は全部見せてくれると言ったのに、さっさと切り上げてわたくしを輪廻（りんね）の輪に送ってしまったから、全部見られなかったのよね。

というか、まずはカリトンさまよ！　王位をお継ぎになったのなら当然王妃もお迎えになったのでしょうけど、あの方が幸せを得られているのか確かめなくては！

……っ、そ、そうよ。オフィーリアはもう死んだのだから、あの方がわたくしを待つことなんてないのだもの。故国（おくに）のために王妃をお迎えになって、きっと幸せに暮らしていらっしゃるわ。そうでなくてはならないの！

それを確かめられれば、きっとわたくしのこの想いにも踏ん切りをつけられるはずよ。つけなくてはならないのだもの、まずは確かめなくては！

「ねえ、ディーア」

「はい、姫様」

わたくしの座るソファの脇に控えている侍女に声をかけると、すぐに返事をしてくれる。

ディーアとエリッサは成人してそう経っていない未婚の貴族子女。イオレイアは既婚の伯爵夫人で、わたくしが生まれた時から乳母としても仕えてくれているのよね。

「マケダニアの王妃様って……どちらのどなたなのかしら？」

エリッサはわたくしが興奮して顔を赤らめていたせいで誤解してしまったし、今度は努めて平静を装って聞かなくてはならないわ。でないとまた同じことになっちゃう。

さあディーア、聞かせてちょうだい！　カリトンさまがどれほど幸せにお過ごしになっておられるのかをね！

「姫様…………」

……ううっ。か、悲しんだりしないわ！　していないったら！　わたくしは大丈夫！

「な、なあに？」

「急にどうされたのですか、お顔の色が優れないような……!?」

ディーアが何かに気付いたように顔色を変えた。

えっ、なに!?

「まさかまたご体調を崩されて……!?　だれか、誰かあ！」

「えっ、あ、ちょっと！　ディーア!?」

止める間もなく、ディーアは人を呼びに部屋を駆け出していってしまった。

そうしてすぐに駆け込んできた家族全員に心配され泣かれて、抱きしめられ慰められて、何も言えないままに寝かしつけられて眠るしかなくなってしまったアナスタシアであった。

なお今度は祖父のアリストデーモスまでやってきて、泣きそうな勢いで縋られたので、五歳のアナスタシアが祖父の頭を撫でて慰めるハメになった。

◇◇◇◇◇◇

ベッドの上で上体を起こして、アナスタシアは窓の外を見た。

王宮の三階の窓から見えるものなんて空くらいしかない。スッキリ晴れた青空に白い雲が浮かんでいて、何処へともなく流れていくのが見えるだけだ。

はあ、とアナスタシアはひとつため息をつく。

池に落ちた後、目覚めてからもう何日も経っているのに、彼女は相変わらず療養させられている。今も侍女イオレイアが傍に控えているので、勝手にベッドを抜け出すことさえできそうにない。

——暇だわ。

今のアナスタシアの、嘘偽らざる本音である。五歳児としては当然の思考だが、彼女がそう考えるのは五歳の知能ゆえではなかった。

彼女は今や、オフィーリアの記憶を完全に取り戻していた。三歳の頃に淑女礼の練習を課されたことに始まって、年を経るごとに増えていく教育に執務に公務に追われ、十五歳で自害するまでひたすら忙殺されていただけで終わってしまった前世の記憶を。

　要するに、寝る間どころか食事の時間さえ削って多忙を極めきっていたオフィーリアの記憶の中で、何もしないでただボーッとしていた時間などほぼなかったのだ。だからこそ、今こうして何もしないで寝ているだけというこの時間が、彼女には無性に苦痛だった。

（まだ毒されているわね……）

　オフィーリアの記憶と、アナスタシアの日常と。そのギャップに彼女はまだ慣れない。そしてアナスタシアとしての物心ついてからの記憶もきちんと保持している彼女は、こういう時に自分がどういう行動を取っていたかもよく憶えている。

（アナスタシアなら、絶対にじっとしてなくてイオレイアを困らせていたはずよねえ……）

　さっきからずっとイオレイアが様子を窺っているのは間違いなくそのせいだ。アナスタシアが大人しく寝ているはずがないと分かっているのだから、警戒するのも無理はない。

（あああああ！　わたくしったらなんてワガママな子だったのかしら！）

　今すぐにでも穴を掘って埋まりたい。けれどもここは地面の上ではなくベッドの上で、穴を掘る道具なんかありはしない。そもそも五歳児の体力と運動神経でそんなことが可能だとも思えないし、掘り上がる前に絶対に誰かに阻止される。

　いや問題はそこではない。前世からは考えられないほどワガママ放題の今の自分こそが問題だ。

　これって絶対にそうよね⁉　あの時、茜色の魔女に「遠慮はいらない。剥き出しの欲望そのままに、自分が欲しいものだけ思い浮かべて求めればいい」だなんて唆されたせいよね⁉　なんてこと！　今までオフィーリアが身につけ築き上げてきた完璧な淑女の振る舞いが全っ然できていないじゃない！　どうしてくれるのかしら魔女のバカぁ！

なんて、五歳児が完璧な淑女の振る舞いなど身につけていたら絶対に怪しまれるだろうということも、アナスタシアには分かっている。そして彼女は、反省はしても後悔はしていない。なぜなら、彼女は自分の心の赴くままに行動しているだけだから。

なお、ここまでの言動は全て彼女の脳内でのことである。今の彼女はただベッドの上で座っているだけで、具体的な行動はため息ひとつついただけ。表情もつまんなそうに空を見ているだけで、怪しいところは何もない。そのあたりはまさに前世の、感情や思考を表に出さない淑女の振る舞いが活かされているのだが、無意識レベルで完璧にやれている彼女はサッパリ気付いていない。

（こういう時、庭園の隅のベンチに行って本を読んでいたわね、そういえば）

それは懐かしい、そしてとても大切な記憶。

マケダニア王宮三階の窓から庭園を遠目に眺めていて偶然見つけた、古ぼけたベンチ。疲れ切っていた時にふと魔が差して、そこまで足を運んで座ってみると、風の音、木々の梢越しの柔らかな陽射し、鳥や虫の鳴き声になんだかとても癒やされてしまって、それ以来、時間を無理に作ってでも通うようになった、あのベンチ。

そこには、王宮に上がり始めてから顔を合わせるようになったカリトン殿下もよく足を運んでいたようで、何度か鉢合わせしたことがある。本当は彼とふたりきりで会うなんて絶対ダメだと分かってはいたけれど、誰にも邪魔されない彼との時間はとても穏やかで、この時がずっと続けばいいのにと願ったほどだった。

行って会えなかった時でも、殿下が座面に伝言をこっそり残してくださっていて。

ふふ。あの第二王子の愚痴を、たくさん聞いていただいたわね。あの薄情な父の悪口も、いっぱい書いちゃったわ。

――って、そうよ！　カリトン陛下の今を、なんとかして確かめなくては！　オフィーリア（わたくし）が死んでから、殿下はどのように過ごされたのかしら。泣いてくださったのは見たけれど、どういった経緯で王位をお継ぎになったのかしら？　ていうかあの第二王子や王妃がよく引き下がったわね⁉

「イオレイア」

「はい姫様」

「――いえ、なんでもないわ」

あっぶな！　新聞が読みたいから持ってきてだなんて、アナスタシア（わたくし）が絶対に言わなそうなことを口走るところだったわ！

ていうか、わたくしまだ五歳じゃない！　そんな子供が文字なんて読めるわけないじゃないのまだ習ってないんだから！

オフィーリアとしてはもちろん読めるけれど、アナスタシアは当然読めないわ。眠る時に乳母でもあるイオレイアが子供向けの寓話の絵本を読み聞かせてくれるのだって、今までのアナスタシア（わたくし）は興味を示さずに嫌がっていたのよね。

そんなわたくしが新聞を読みたいだなんて言ったら、たちまち家族を呼ばれて心配されるに決まっているじゃない！　ディーアとエリッサで失敗したのに、また同じことを繰り返すところだったわ！

「……そういえば」

「はい、いかがなさいましたか、姫様」

「あなたの妹って、たしかマケダニアにいるんだったわよね」

「まあ！　姫様、わたくしが以前お話ししたことを憶えておいででしたのね！」

　ああっ、そんなに嬉しそうにしないで！　今のはオフィーリアの記憶から引っ張り出してきたの！　アナスタシアは全っ然憶えてなかったのよごめんなさい！

「そ、それで、ええと……妹はどんなしごとをしているの？」

　憶えているから聞かなくても知っているのだけれどね。聞き出した体にしないと、絶対怪しまれるものね！

「わたくしの妹ヘスペレイアも、あちらの王宮で侍女を務めておりますの。今も変わらずカリトン陛下のお付きとしてお仕えしているはずですわ」

「いつからお仕えしているの？」

「そうですね、もうかれこれ二十年ほどになりますでしょうか。時の経つのは早いものですわ」

　わたくしもすっかり歳を取りまして、とかなんとかイオレイアが言っているけれど、あなただってまだ三十代なのだから充分若くてよ。そしてわざわざ妹の話なんて持ち出したのは、あなたの年齢の話をするためではないの。

「ねえ、むかしのはなしが聞きたいわ」

「昔話ですか？　では〝五色の竜〟のお話など――」

「そうじゃなくて。マケダニアのカリトンへいかがごそくいなさる前から、あなたの妹ってマケダニア王宮に仕えていたのでしょう？」

「…………姫様」

「……え、なあに？」

「どうなさったのですか？　姫様は今までお菓子とか玩具とか、気に入られたもの以外は一切興味をお示しにならなかったのに。なぜ急にそのようなことに興味をお持ちになられたのですか？」

ああっ、今までのアナスタシアのバカぁ！　前世の記憶を取り戻す前で無意識だったとはいえ、魔女に唆されるままに欲望丸出しでやりたい放題やってきたツケが、イオレイアの怪訝そうな表情にモロに出てるじゃないの！

「えっ、ええと、そのう……」

「姫様は本当に、あの日からお人が変わられたようですわ」

ギックゥ⁉

「すっかりワガママも仰らなくなられましたし、じっとしていずに暴れることもなくなりました。喜怒哀楽もあまり見せずに、お可愛らしいお澄まし顔を見せてくださるのは嬉しいのですが、わたくしとしましては、今までの元気いっぱいのアナスタシア姫様が懐かしゅうございます」

えっバレてない？　前世の記憶思い出したの、バレてないのね良かったぁ！

ていうかあなたは、あんなにワガママだったアナスタシアのほうがいいっていうの⁉

「ねえ姫様」

「えっ……なに？」

「姫様はまだ五歳なのですから、まだまだ子供らしくお振る舞いになってもよろしいのですよ？」

「えっ、でも、もうすぐ教い……おべんきょうがはじまるって聞いたわ」

「お勉強はお勉強で頑張らなくてはいけませんが、お勉強以外では普段どおりで構いませんとも。さあ、この乳母が抱っこして差し上げましょうね」

ちょっとイオレイア⁉　わたくしを寝かしつけようとしないでちょうだい！　ちょ、離して！　下ろしなさい！　優しく背中トントンしないで！　そんなのすぐ眠く、なっちゃう……からぁ………

必死の抵抗も虚しく、寝付きの良すぎる五歳児は、睡魔にあっさりと敗北を喫したのであった。

◇　◇　◇　◇　◇

結局のところ、アナスタシアはカリトン王の詳細を直ちに知ることを諦めざるを得なかった。

なにしろまだ五歳の幼子、それも女子なのだ。そんな幼女が連邦友邦とはいえ他国の王、それも会ったこともない、赤の他人の大人の男性に興味を示すなど通常はあり得ないと、理解するしかなかったのだ。

特に彼女には、これまで家族や使用人たちから蝶よ花よと可愛がられ、何ひとつ我慢することなく思うままに振る舞い生きてきた自覚がある。興味を示すものといえばお菓子と玩具と、家族と、その時々に目に留まったものだけ。それ以外に興味を示したものなどほとんどなかった。

外向きに姿を見せたのも、生後すぐに母に抱かれて王宮のテラスから下の広場に集まった国民にお披露目された一度だけで、後は王宮の最奥から出たこともない。つまり、生まれたことは知られているが、それ以上のことは国民にも臣下にも、連邦友邦を含む他国にも何も知られていないのだ。

そして王女としての教育もまだ始まっていないので、アナスタシア自身も無知で無垢な幼児でしかない。六歳になればまず文字の習得から教育が始まるが、それまでにもまだ四ヶ月以上ある。これまでに教わったことといえば、日常生活に関するマナーと言葉遣いくらいなものである。

「お父さま、おねがいがあります」

というわけで意を決して、アナスタシアは今、父王の執務室を訪れている。付き添いは侍女兼乳母のイオレイアだ。

「どうしたのかな、アナ。君のお願いなら、父様はなんでも聞くよ」

デレデレしないよう必死に隠してにこやかな笑みを浮かべているが、表向きには凛々しいイケオジかつ有能な国王として臣民に深く慕われるこの父が、家庭内では単なる親バカなのをアナスタシアは知っている。だって娘三人を溺愛するのは言うに及ばず、息子にさえ極上の美男子なんて名前をつけるほどなのだ。

そして彼女は、どうすればこの父が喜ぶかも完璧に理解している。

「おべんきょうがしたいのです」

しっかりと顔を上げ、執務室の応接テーブルを挟んだ正面のソファに座る父の目を真っ直ぐに見て、アナスタシアははっきりとそう言った。

そう。文字も知らず、外のことを何も知らないし知らされていないから、アナスタシアがカリトン王のことを気にする必然性が皆無(かいむ)なのだ。だから彼女がカリトンの今を知りたがっていると、侍女たちが理解してくれなかったのも当然のことなのだ。

だったらさっさと勉強を始めて、外のことに興味を示していると周囲に理解させればいい。そうすれば色々教えてもらえるだろうし、少なくとも文字さえ習えば書庫で自分で調べられるはず。なおかつ、今までワガママ放題だった自分が勉強したい、王女として淑女として成長したいと願い出れば、親は喜ぶに決まっている。

「…………アナ」

「はい、お父さま」

「お勉強は六歳になってからでいいんだよ？　アナはまだ五歳なんだから、毎日楽しく遊んで暮らして、元気いっぱいに育ってくれればそれでいいんだ」

（思ってた反応と違う⁉　なんでお父さま、そんなに悲しそうなの⁉）

オフィーリアは物心ついた頃から母アレサの厳しい監督のもと、常に何か課題を与えられ、それをこなすことで日々を過ごしてきた。三歳で早くも淑女礼(カーテシー)の練習が始まり、五歳で文字の習得も始まった。六歳の年明けには新年祝賀のパレードで領民にも顔を見せ、七歳でヘレーネス十二王家の同世代の子らと合わせて内向きのお披露目（デブート）も行われた。第二王子と初めて会ったのもその時だ。

つまりアナスタシア（オフィーリア）にしてみれば、五歳の稔季（ねんき）になってもまだ文字も覚えず礼儀も学ばずに、遊び暮らしている現状こそがあり得ない。

だというのにこの父は、まだ遊んでいていいと言う。

（なんなの!?　六歳の新年祝賀に出さないつもりなの!?　内向きのお披露目までの一年間で全部習得しろっていうの!?）

無茶振りには慣れている。だが生まれ変わってまでやらされたくなどない。

「お父さま」

「なんだい、アナ」

「六さいのしゅくがパレード、わたくしを出さないつもりなの？」

「アナのパレードは七歳を予定しているよ」

「じゅうにおうけのおひろめは？」

「アナと同世代はほかにいないから、今回は開かれないね」

にこやかに説明しつつ、父の目がイオレイアを捉（とら）える。視線を刺されて彼女がビクリとしたのが、振り向かなくとも分かった。

「イオレイアからはなんにも聞いていないわ。おうきゅうの侍女たちがはなしていたの」

嘘っぱちだが、それっぽくでっち上げるのはお手のものである。そんなことで前世の経験を活（い）か

したくなどないが、この場ではそうも言っていられない。

「…………お喋りなのは誰か、調べないといけないねえ」

「お父さまこわい。キライ」

「大丈夫だよアナ。誰もクビにしたりなんてしないからね」

（あっぶな！　冤罪でクビにされる子が出るところだったわ！）

「それにしても、いきなりどうしたんだい？　勉強したいだなんて言い出すなんて」

「だってわたくし、はんせいしたの」

「……反省？」

「ふざけて走り出して、それでお池に落ちたでしょう？　目をさましたらみなが涙をながしてよろこんでくれて、たくさんしんぱいしてくれて、それで、わるいことしちゃダメだって分かったの。だからおべんきょうしていい子にしなきゃ、って」

　目の前の父が分かりやすく感動して打ち震えている。後ろに立っているイオレイアもほぼ同じ反応だ。ようやく思っていた反応を得られて、アナスタシアも満足である。

　その時、突然、執務室の扉が「バーン！」と大きな音を立てて勢い良く開かれた。

　ビックリして振り返ると母オイノエーが立っている。母は許可も得ずにズカズカと入り込み、アナスタシアの隣に腰を下ろすとギュウッと抱きしめてきた。

「話は聞かせてもらったわ！　アナ！　なんていじらしいんでしょう！」

「おかあさま、くるしい」

「貴女（あなた）の先生はこの母がちゃあんと手配してあげますからね！　というか、もう済んでいますから、明日から早速お勉強を始めましょうね！」

　それはちょっと想定外である。ビックリしすぎてアナスタシアは声も出せない。

「えっ？　オイノエー、明日からはちょっと早すぎるんじゃ」

「何を仰（おっしゃ）るの、貴方！　淑女には学ぶことがたくさんあるのですよ！」

「そ、それにしたって、いつの間に教師の選定なんて……」

「そもそも五歳から始める予定だったのを一年先延ばししたのは貴方でしてよ！」

（あ、やっぱり本当はもう教育が始まってるはずだったのね。なんとなく分かってたけど、このバカ親（おとうさま）、子供たちのことに関しては途端にポンコツになるタイプのダメな人だったんだわ。まあ、それでもあのクズ父なんかよりはずっとマシだけれど）


　その後、多少の押し問答を繰り広げた末、アナスタシアと母は勉強を始めることをなんとか父に認めさせた。アナスタシアとしてはサクサク進めたいので、まずは語学の教師と礼法の教師に明日から来てもらうことになった。

　それ以外の教師陣は、まず読み書きを覚えてから順次追加される予定だ。

　なぜか悲嘆に暮れている父が「アナが成長してしまう……嬉しいけどイヤだ……お嫁になんてやりたくない」とかなんとかブツブツ言って、母に葡萄酒（オイノー）の瓶で殴られていたが、それは全力で見なかったことにした。

これで文字を知っていることも、実は淑女礼(カーテシー)を覚えていることも不自然ではなくなる。あまり早く覚えすぎても怪しまれるから、寒季(かんき)の間の三ヶ月ほどかけてじっくり習得したことにしよう。そう早くも計画を組み立てるアナスタシアである。

なお文字が読めるかどうかは、絵本を広げて確認済みだ。淑女礼(カーテシー)のほうは誰もいない夜中にコッソリ姿見の前でやってみたが、五歳の筋力ではふらついて上手くできなかったので、体幹を鍛えることから始めなければならない。

後は——

「姫様が王女としての自覚をお持ちになられて、この乳母は嬉しゅうございますわ」

「もう、乳母はやめてイオレイア。あなたには乳母としてよりも侍女として、わたくしのそばにいてほしいのよ」

この侍女イオレイアから、彼女の妹へスペレイアのことを聞き出さねばならない。

オフィーリアの記憶に間違いがなければ、マケダニア王宮の北の離宮の侍女頭の名前がヘスペレイアだ。つまりカリトンが王になる前から、彼の一番近くで彼のことをずっと見てきたはずの人物が、イオレイアの妹なのだ。

ヘスペレイアならばきっと、表に出ていない情報も多く知っていることだろう。是非(ぜひ)ともイオレイア経由でそれを聞き出さねばならないと、心中強く決意するアナスタシアであった。

2．婚活の野望

その後、アナスタシアは順調に成長した。

五歳のうちに文字を覚え礼儀作法を身につけて、六歳の新年祝賀パレードも無難に乗り越えた。

語学、歴史、神学、音楽、詩などの基礎教養はもちろん、政治経済、アカエイアの国内情勢、連邦内の友邦情勢、国際情勢、それにヘレーネス十二王家をはじめ各貴族家に関する情報も、次々と学んでいった。

とはいえ、その大半は前世ですでに履修を終えているものばかりで、アナスタシアには造作もないことだ。オフィーリアが死んでからの十年間を補完するだけで良かったから簡単だったのだが、そのせいで神童などと持て囃されてしまい、履修のペースをわざわざ落としたほどである。

それに限らず、普通の少女が無理のないペースでの教育進捗を擬装するのには神経を使った。悪目立ちしていいことなど何もないのは前世から身に沁みている。

知りたくてたまらなかったカリトン王の詳細は、六歳になって連邦内の情勢や十二王家のことを学ぶうちに、自然と明らかになった。

「カリトンさま……バシレイオス陛下や王妃や第二王子の不行状の数々を調べて、それを本国に告発なさったのね……」

オフィーリアが亡くなってすぐ、カリトンは離宮の侍女頭へスペレイアを実家に一時帰省させていた。そして実家と、実姉イオレイアを通じて、アーギス王家とそれとなく接触させた。

その後、彼は密かにアーギス王家と連絡を取りつつ、独自に証拠を集めたのだ。

「呆れたわ……半年近くもオフィーリアの死を隠していただなんて」

オフィーリアが自害したのが稔季の上月、稔季は二ヶ月でその後に寒季が三ヶ月ある。寒季の終わりとともに新年を迎え、迎えると同時に花季となる。

花季に入ってから、カリトンは正式に告発状を本国に提出したのだ。そうしてアリストデーモス連邦王の勅許とニケフォロス王太子の来援を得て、オフィーリアの死にまつわる一連の事件を公にし、バシレイオス王とエカテリーニ王妃を糾弾して玉座から引きずり降ろしたのだ。

「ああ……カリトンさまが、オフィーリアのために……」

庶子扱いの第一王子の身分では、表立って動くことすら不可能に近かっただろうに。彼は王宮侍女たちや使用人たち、文官たちの証言を丹念に、少しずつ集めたのだ。さらにオフィーリアの死を悼み憤慨した者たちを見つけ出し、秘密裏に接触し協力を得て、時間こそかかったもののやり遂げたのである。

「ていうかお父さま、カリトンさまの訴えを斥けることなく真摯に対応して、助けてくださったのね」

オフィーリアが知る限り、カリトンは十二王家の中でも腫れ物扱いで、ヘーラクレイオス王家直系に万が一のことがあった場合の「最後のスペア」でしかなかった。そんな底辺の存在が起こした下剋上に、よくもまあ本国の王太子が乗ったものである。

これを知った瞬間から、アナスタシアはお父さま大好きっ子になった。そんな娘からの急激な好感度アップに、父ニケフォロスが狂喜乱舞したのは言うまでもない。

ともかく、そうしてカリトンは連邦王アリストデーモスの承認を得てマケダニアの王位を継ぐことになった。バシレイオス王とエカテリーニ王妃は捕縛され、カリトンに〝継承の証〟を引き継がされた後、北部辺境にある避暑宮に幽閉されたという。


ボアネルジェスは、ミエザ学習院を卒院こそできたものの成績は下の上でしかなく、連邦王にカリトン王の補佐を命じられたが、実務能力が壊滅的で全く役に立たなかった。

オフィーリアの死後、すっかり無能王子の烙印を押された彼は事務処理や折衝もまともにこなせず、王宮内での支持も急落し続けて、彼女の死とカストリア家の次期当主への仕打ちが公表されると、国民や他の十二王家からも激しく非難された。

結局、軍務以外にはまともに役に立たないと判断された彼は第二王子改め王弟の地位すら保てず、臣籍降下して伯爵位と北辺の領地を与えられ、現地へ赴任させられた。だが彼はその領地でさえまともに治められぬまま、連邦国境のさらに北にあるスラヴィア自治州最南部の敵対民族との軍事衝突に出陣した際に行方不明になり、そのまま戻らなかったという。

「ああ……あの異民族の扱いには、北辺領主たちみなが苦慮していたものね……」

カストリア家も西北国境付近を封領としていたから、オフィーリアにもよく分かる。

イリシャの北にスラヴィア自治州と呼ばれる、広大な無国家地帯がある。そこは十数年に及んだ周辺大国の大規模軍事介入、世にいうスラヴィア争乱を通して独立を守り抜いた数多の都市国家の連合地域であり、その在（あ）りようは、あたかも古（いにしえ）のヘレーン人（ヘレーネス）たちの都市国家（ポリス）を彷彿（ほうふつ）とさせる。

そのスラヴィア自治州の最南部に、ヘレーン人と民族的ルーツを同じくするパイオーン人の居住する地域がある。マケダニアはこれを占領同化してしまいたいのだが、激しい抵抗に遭（あ）って果たせないでいる。そのパイオーン人たちとの戦闘に、ボアネルジェスは重装歩兵（ホプリタイ）も軽装歩兵（ヒュパスピタイ）も伴（ともな）わずに、与えられた伯爵領の私兵だけで臨（のぞ）み惨敗したという。

「それは……なんと言うか……」

愛も情もなかった婚約者だが、さすがにちょっと憐（あわ）れまざるを得ない。

重装歩兵で敵主力を受け止め、側面や後背から軽装歩兵で蹂躙（じゅうりん）するのがイリシャ伝統の戦い方だというのに、ボアネルジェスにはそれが許されなかった。重装歩兵も軽装歩兵も国家の直属戦力、つまりはカリトン王が運用を許可しなかったのだ。

オフィーリアを数年にわたって酷使した挙げ句、投獄して直接的な死因を作った異母弟を、カリトンは決して赦（ゆる）さなかった。本当に前王妃が妄想したように大王の再臨であるのなら勝利など造作もないはずだ、と異母弟を突き放し見捨てたのだ。

自分に成り代わってカリトンが復讐してくれたのだと理解はできても、それでも彼女は釈然（しゃくぜん）としない。ボアネルジェスが婚約者（じぶん）を殺すつもりではなく、マリッサが彼の命令を捻（ね）じ曲（ま）げたことで罪人牢に入れられたのだということを当時の報告書を読んで知った今では、そこまでしなくとも良かったのではないかと思ってしまう。

だが、もう今さらどうにもならない。オフィーリアが死んで、アナスタシアとして転生する前に終わったことだ。

　ボアネルジェスの生死は不明だが、激戦地にいたのが確認されているため、戦死した上で遺体が損壊されて見分けがつかなくなったのだろうという説が有力である。


　マリッサはバシレイオス王夫妻が退位させられた後、カストリア家とヘーラクレイオス家の存続を揺るがした大罪人として、イリシャではおよそ百年ぶりの公開処刑で絞首刑になった。

　彼女は激しい拷問を含む厳しい取り調べの末に全てを自供し、その事実まで含めて全て公表された。その結果、臣民全てから憎悪と怨嗟を一身に受けて、公開処刑としなければ収まらなかったのだという。その処刑執行の瞬間まで無様に泣き喚き暴れて、最期まで見るに耐えない有り様だったと記録に残されている。

　サロニカ公爵家はマリッサを除籍し家門の存続を図ったが許されず、カストリア、ヘーラクレイオス両家に巨額の賠償を支払った上で伯爵に降爵となった。取り潰しでなかったのは、マリッサの義兄でもある元嫡男の罪をサロニカ家の家令が自首したためで、情状酌量の結果である。

　マリッサの実家のペラ男爵家は、古代マケダニア時代の首都であった都市ペラを含む地域を領有する歴史ある家門であったが、取り潰しの憂き目に遭った。オフィーリアの死の公表とともにカストリア家から賠償訴追され、刑務局の捜査でマリッサが男爵の実子でなかった可能性が浮上したことで、情状酌量の余地なしとして厳しい処分になった。

　カリトン王はまた、王宮内でオフィーリアを責める姿を何度も目撃されていたことから加害者のひとりであるとして、宰相ヴェロイア侯爵を罷免した。擁護は多かったものの、王は決して赦すことはなく、ヴェロイア侯爵も従容としてそれを受け入れたとのこと。

罷免された元宰相は爵位を嫡男に譲って自領で隠居し、程なくして死去したという。

ボアネルジェスの側近であったクリストポリ侯爵家嫡男ヨルゴスも、第二王子を諫めるべき立場であったのにその責を果たせなかったとして、主の臣籍降下と同時に罷免された。彼はクリストポリ家からも除籍されて平民に落ちたと伝わっている。


カストリア家では、家令であったアカーテスが代理公爵を経て、オフィーリアの死の公表を受け正式に当主となった。直後に先々代イーアペトスが死去し、アカーテスの襲爵に猛然と抗議した次男、つまりオフィーリアの伯父は、カリトン王により王命違反として家名を剥奪された。

新公爵アカーテスは騒動と混乱の責任を取るとして自ら降爵を願い出て、今はカストリア侯爵家となっている。それに伴い元の領地のおよそ三分の一と税収の半分近くを失っており、一般的には没落したと見做されるだろう。

「アカーテス、上手くやりましたわね」

だがアナスタシアには彼の真意が手に取るように分かる。

要するに彼は領の周縁部、特に北部の統治の難しい地域を切り捨てて、領内の安寧と結束を図ったのだ。加えて、アレサとオフィーリアの領政を補佐していたとはいえ、そしてカストリアの傍系とはいえ、立場上は平民から十二王家当主にまで成り上がったことに対する嫉妬と非難を躱す目的もあったのだろう。

「族父さま……良かった……」

死後十一年も経って、ようやく彼のことを族父と呼べる日が来ようとは。

母アレサに仕えていた彼が実は母の従兄だったと知って、族父に対する拝礼をしようとした幼き日のオフィーリアに、平民相手に頭を下げてはならぬと優しく諭してくれたアカーテス。祖父と折り合いの悪かった母を、母を亡くしたオフィーリアを、彼だけが支え続けてくれた。その彼がカストリアの名を継いでくれたのなら、実家のことはもう心配ない。

ずっと独身だったのだけが気がかりだったが、落ち着いた頃合いに無事に夫人を迎えたとのこと。あの尊大で高圧的だった祖父もすでに亡く、カストリア家の将来にはなんの不安もなかった。

ちなみに、そのアカーテスが手放した北部国境地帯の領主に任命されたのが、誰あろうボアネルジェスである。そう、彼が自領をまとめきれなかったのは、それが旧カストリア領だったからなのだ。敬慕する前領主を獄死させた新領主に、領民たちも領兵たちも従うはずがなかった。

また、オフィーリア本人には特例でミエザ学習院の卒院資格が与えられていた。それとともにカストリア家の正式な当主としても認められていて、系譜にもアレサの次代として記載されている。オフィーリアの次代がアカーテスということになる。

若干気恥ずかしかったものの、生前の努力や苦労がようやく正当に評価されたように感じて、オフィーリアはひっそりと嬉し涙をこぼしたのであった。

バシレイオス王らを退位に追い込んでオフィーリアの無念を晴らし、マケダニアの王位を継いだカリトンだったが、彼の治世は苦難と波乱の連続であった。

なにしろ彼は、王位を継ぐまでヘーラクレイオス家の後継教育どころか一般的な王族教育も施されておらず、王侯貴族子弟が当然身につけるべき基礎教養も礼儀作法も、ほとんど身についていなかった。食卓での作法は侍女たちから習ったにすぎず、読み書きできるのは母国語である現代イリシャ語のみで、しかも敬語や迂遠な言い回しなどは誰からも教えられていなかった。

そんな彼が、王として有能であるはずがなかったのだ。

その存在だけは知っていたマケダニアの貴族たちも、国家の中枢たる政務閣僚や政権運営の実務を担う官僚や文官たちも、政治に関わらぬ国民も、誰もカリトンの能力や人となりを知らなかった。そんな彼が唐突に王位を継いだところで、まともな国家運営ができるはずがなかった。

実務に長けたヴェロイア侯爵を宰相に留任させて、補佐としていればまだ良かったのだろうが、その宰相をカリトンは真っ先に罷免した。それだけでなく彼はオフィーリアの汚名を雪ごうとするあまりに、些細なことでも彼女を虐げていたと判断できる者たちを誰ひとり赦さなかった。

アノエートス夫妻は判決どおりに処刑され、サロニカ家の元嫡男はアカエイア王国に送致された末に処刑された。エリメイア伯爵家やリンヒニ元子爵家など関係親族はもちろん、王宮の侍女も使用人も閣僚も文官も例外なく調べられ処罰され、マケダニアの王宮には粛清の嵐が吹き荒れた。

そうして国政は乱れ、結果として、カリトンは即位して早々に暴虐の暗君として悪名を轟かせることになってしまったのだ。


カリトンがいまだに王位に在るのは、ひととおり復讐を終えて本来の穏やかで謙虚な気質を取り戻したことで、暴虐に見えたのはただただカストリア公女オフィーリアの名誉を挽回したかっただけなのだと臣民に理解されたからである。

しかしそれでも王として無能であることには変わりなく、即位から十年経ってもまだマケダニアは政情不安から抜けきれていないという。

そんなカリトン王に縁談を持ちかけるような貴族は、揃いも揃って支配基盤の揺らいだ王家に取り入り国政を壟断しようとする野心家ばかりであった。彼自身が「亡き公女オフィーリア以外に誰も娶るつもりはない」と公言したことでそれらの企みは全て排除できたものの、その影響で彼はいまだに独身のままである。もう二十八歳になるというのに、妃も世継ぎもいないのだ。

そうなると次に出てくるのは、王位とヘーラクレイオス家当主の座を相応しい人物に明け渡して退位せよという圧力である。誰も娶るつもりがない、つまり世継ぎを儲けることを拒否したも同然だから、これは当然のことでもあった。

王として即位して以降、カリトンは彼なりに真摯に学び、謙虚に教えを乞い、寝る間も惜しんで誠実に公務に取り組んでいるという。そのため王への評価を改めて支持する一派もあり、現在は支持派と反対派で国政が二分されている。

それでも反対派が常に優勢な状況だ。特に政権から遠ざけられていたバシレイオスの弟、ハラストラ公爵ゲンナディオスが公然と継承権を主張し、カリトン王批判の急先鋒に立っているようだ。

「カリトンさま……おいたわしや……」

カリトンが王としてあり得ないほど無能だという事実は、オフィーリアにも異論がない。少ないながらも顔を合わせ言葉を交わしていたのだから、幼い頃から次期公爵として最高度の教育を受けてきていた彼女に分からないはずがない。

彼女が評価する彼の良さといえば、穏やかで他者を思いやれるその善良な心根だけだ。だからボアネルジェスではなくカリトンを王位になどとは微塵(みじん)も考えなかったし、仮にボアネルジェスとの婚約がなくなればカストリア家の公配(おっと)としてもらい受けてもいい、そう考えていた程度だった。

カストリアの政務は全てオフィーリアがやれるのだから、カリトンが無能だろうと問題ないのだ。彼には自分の隣でただ笑って、自分を愛していてくれればそれで良かった。

オフィーリアは決してカリトンを低く見て軽んじていたわけではない。置かれた環境のせいではあっても、彼にはそれしかできないと冷静に判断していただけだ。というより、それは彼にしかできないことなのだ。だってオフィーリアが彼に、自分の隣で笑っていてほしかったのだから。

「……だったら、今度こそわたくしが！　カリトンさまを幸せにして差し上げなくては！」

などと意気込んでみたところで、アナスタシアはまだ六歳。地位の危(あや)ういカリトンに嫁(とつ)ぎたいと言い出したところで反対されるに決まっているし、普通に考えても六歳の幼女が二十八歳の青年王と婚約など結べるはずがない。

　というより、下手をすると新手の奸計だと勘ぐられかねない。仮にカリトン自身が信じてくれたとしても、周囲の者たちは疑ってかかるに違いない。

　だってアナスタシアはカリトンを支持して即位させた本国王家の姫なのだ。そんな彼女を妃として迎えろと迫るなど、それこそアーギス家がヘーラクレイオス家を乗っ取る企みにしか見えないことだろう。

「………どうしましょう。わたくし、カリトンさまに嫁げないわ」

　まさしく詰んだと言わざるを得ない。

　どうしてもカリトンに嫁ぎたければアーギス王家から離籍するほかないだろうが、大好きな家族と縁を切るなどアナスタシアには考えられない。それにアーギス家と縁を切れば身分上は平民になるので、ますます嫁げなくなる。何処かの貴族家に養子として受け入れてもらってもいいが、そうしてまでカリトン王と縁を繋ぎたい家が果たしてあるだろうか。

　だが、それでも。

　多少分別がついたとはいえワガママなのは微塵も改善されていないアナスタシアは、自分の欲しいものを諦めるつもりなど毛頭なかった。

「だったら！　嫁げるように整えるのみよね！」

　こうして、アナスタシアの長い長い婚活の野望が幕を開けたのである。

「お父さま、おねがいがあります」

きちんと先触れを出し、約束を取り付けてからやってきた父の執務室で、決意を胸にアナスタシアは父の顔を真っ直ぐに見上げた。

「何かな？　いつも言っているけれど、アナのお願いなら父様はなんでも聞くよ」

相変わらずデレデレを隠したつもりの、大好きだけれどちょっとポンコツなこの父は、一歩間違えれば子供たちの教育を誤りかねないと、アナスタシアは割と真剣に危惧している。

だが、そんな父を利用しない手はない。

「わたくし、こんやくしゃを決めたくありません」

「よし分かった。アナは誰とも婚約しなくていいからね」

——ちょっとお父さま!?　即断即決しすぎじゃないかしら!?

「あの、とつぎたくないわけではないのです」

「大丈夫だよアナ。アナはいつまでもこの王宮で、アーギスの姫として生きていけばいいからね」

——そんなの嫌です！　何が悲しくてひとり寂しい老後を送らなければならないの!?

「そうではなくて。一生をともにするはんりょは自分でえらびたいのです」

そう。まずは父と母に釘を刺しておかなければ、早々に婚約者を決められてしまう。そうなる前に手を打たないと、婚活の野望は第一歩を踏み出すことなく頓挫するのだ。

「………アナにはそういう話はまだ早いから、気にしなくてもいいんだよ。時期が来れば、ちゃんと父様と母様で」

「それがイヤなのです、お父さま」

嫌だと言われて、途端に悲しげになるニケフォロス。

「だってお父さまとお母さまにおまかせしていたら、わたくしの知らないひとがこんやくしゃになってしまうでしょう？」

「それはそうかもしれないけど、婚約してからでも少しずつ仲良く――」

「わたくしは、おたがいに好きになってからこんやくしたいのっ！」

頬を紅潮させ、思わず拳を握って力説する六歳の幼女アナスタシア。

だってボアネルジェスとも親同士が決めた婚約だったのだ。それが仲を縮めるどころか浮気された挙げ句に冤罪をかけられ、罪人牢に入れられて自害するしかなくなったのだから、もはやちょっとしたトラウマである。

というか、そのボアネルジェスと引き合わされたのが七歳なのだ。だから六歳の今手を打っておかないと、本当に手遅れになりかねない。

だがそのあまりの可愛らしさに、父王どころか執務室に詰めている秘書官や侍従や侍女や文官たちまでもが悶えていることに、ひとり彼女だけが気付いていない。

その時、いきなり執務室の扉が「バーン！」と派手な音を立てて開かれた。大股で乗り込んできたのは、またしても王妃オイノエーである。彼女はアナスタシアの座るソファに駆け寄る勢いで近付くと、その隣に腰を下ろすやいなや愛娘をギュウッと抱きしめた。

「話は聞かせてもらったわ、アナ！　全部この母に任せて頂戴！」

（この流れ、なんだかものすごく既視感あるんですけど!?）

「お母さま」

「なあに？　アナ」

「ぬすみ聞きしたら、めっです」

部屋中の大人たちが、顔を真っ赤にして悶（もだ）え崩れ落ちた。

「ああっ、わたくしのアナが可愛すぎるわ！　一生そばにいて頂戴！」

「僕のアナが可憐（かれん）すぎる！　無理だよ嫁になんて出せるわけがない！」

（ああ……なるほど。この夫婦、似た者同士（どっちもポンコツ）だったのね……。ていうか、「ダメです」って発音したつもりだったのに、舌っ足らずになってしまったわ）

などと壊滅状態の執務室にあって、ひとりスンとしているアナスタシアであった。

あっという間に四年が経過して、フェル暦六百七十五年になり、アナスタシアは十歳になった。
十八歳の長兄ヒュアキントスはムーセイオン学習院を無事に卒院した後、何処（どこ）ぞの第二王子のよ

うに婚約破棄を言い出すこともなく、十歳の頃から寄り添う婚約者と先日無事に婚姻式を終えた。正式に立太子も確定して、今は式典の準備に忙しそうである。

十四歳になった長姉クレウーサは、アルヴァイオン大公国が誇る西方世界の最高峰学府である賢者の学院に留学していて、現在は国内にいない。イリシャからアルヴァイオンまでは脚竜車で急いでも片道二ヶ月以上かかるので、彼女は三年間の留学が終わるまでは戻ってこない予定だ。

十二歳の次姉ディミトラは兄に続いてムーセイオン学習院への入院を目指していて、教師たちの組んだ受験勉強のカリキュラムに取り組んでいる。

アナスタシアはといえば順調に学びを進めて、王宮の教師たちから絶賛されている。姉クレウーサに続いて賢者の学院に留学させようという話も上がっているほどだ。

特に語学では母語である現代イリシャ語はもちろん、西方世界の国際共通語である現代ロマーノ語、その元となった古代ロマヌム語から派生した南部ラティン語に加えて、東の隣国アナトリア皇国のアナトリア語まで日常会話レベルで習熟できている。現代イリシャ語の元となった古代イリシャ語と古代ロマヌム語の習得も進んでいて、語学教師たちから天才だと持て囃されている。

だが、なんのことはない。それら全てオフィーリア時代に習得していたのだから楽勝である。

そんなアナスタシアは、カリトンに嫁ぎたいなどと言い出すこともなく、大人しく王女教育に励んでいる。まだ子供でしかない自分が一国の王に嫁ぎたいなどと言いだしたところで認められるはずがなく、家族や臣民に反対されて終わるだけだと彼女はきちんと理解していた。だから誰にも文句を言われなくなる年齢になるまで、婚活の野望は彼女の心中だけの極秘計画である。

幸か不幸か、カリトンにも浮いた話は一切ないので焦る必要も特にない。ここまで大過なく成長できたので、そろそろ根回しに取り掛かるべきだろうとアナスタシアは考えている。

花季を過ぎて雨季に入ったばかりのある日、西方世界における〝勇者〟である姫騎士レギーナが東方世界へ遠征するという話が伝わってきた。聞けば勇者の率いるパーティ〝蒼薔薇騎士団〟がすでにイリシャ入りして、イリュリア王国の首都ティルカンに到着しているという。

「勇者さまに、是非ともお会いしたいですわ！」

その話を侍女エリッサから聞いた、アナスタシアの第一声がこれである。

「だって勇者レギーナさまといえば強い女の代名詞たるお方！　それにエトルリアの王女殿下でもあるのですから、是非ともお会いしなくては！」

勇者レギーナはエトルリア連邦王国の、ヴィスコット王家の姫である。フェル暦六百七十五年現在で十九歳、見目麗しく勇者としての実力も確かな、世の女子の憧れの存在だ。

彼女の故国エトルリア連邦王国は、イリシャと同じく、かつて西方世界の大半を支配していた古代ロマヌム帝国の直接の末裔を称する〝八裔国〟のひとつで、西方世界有数の大国である。イリシャとも〝南海〟を隔てて海路での交流がある。

それだけでなく勇者レギーナは、長姉クレウーサも通う賢者の学院の、三つある塔のひとつ〝力の塔〟の六百七十二年度首席卒塔生でもある。王侯貴族、つまり世の支配者層に必須な権力や武力、戦闘力や組織力などの扱い方を学ぶ力の塔で、西方世界全土から集まってくる数多の天才秀才たちを向こうに回して最高成績を修めた才媛でもあるのだ。

力の塔の二回生として在塔する長姉は現在、成績が五十位前後だと聞いている。それでも姉は力の塔の入塔同期約千名の中でトップ集団に位置していて、大変な好成績であり誇らしいが、その首席ともなるとどれほどの天才なのか、想像もつかない。


実はオフィーリアが十二歳の時、つまりフェル暦六百五十七年に、やはり勇者が東方世界へ遠征するためにイリシャ国内を通過したことがあった。

この時の勇者ユーリは世間的にさほど期待されていなかったようで、往路は全く話題にならずにオフィーリアも知らなかった。だが、その彼の率いるパーティ〝輝ける虹の風〟が東方で魔王〝蛇王〟を討ち、その封印の再構築を成し遂げて約一年後に凱旋を果たしたのだ。

時の勇者が東方世界へ遠征するのはおよそ二十年に一度のこと。そして勇者たちが定期的に遠征してまで封印を再構築し維持している蛇王は、終末の時に世界を滅ぼす最強最悪の不死の魔王だと伝わっている。子供向けの寓話の絵本の題材にもなっているほどで、西方世界では誰しもが蛇王の恐ろしさは身に沁みている。

そんな蛇王の再封印を成功させた勇者ユーリも帰路では一躍時の人であり、東方世界と西方世界を繋ぐ大街道〝竜骨回廊〟が国内を横断するマケダニアでも、勇者を歓喜とともに迎えた。彼とその仲間たちは王宮に招待され、晩餐を共にしたとボアネルジェスに散々自慢されたものである。

だが当時十三歳のオフィーリアは、母アレサの喪が明けていなかったこともあり、王宮には呼ばれず勇者にも会えなかった。だというのにそれを気遣う様子もなく、勇者に会って話をしたことを得意げに自慢してくるボアネルジェスの、なんと腹立たしかったことか。

「思い出したら、また腹が立ってきましたわ……！」

「……姫様、どうなさったのですか？　わたくしに何か至らぬ点でもございましたでしょうか？」

「えっ？　……あ、違うのよ、エリッサ！　独り言なの気にしないでちょうだい！」

思わず淑女らしからぬ、怨嗟の呟きが口から漏れた。それを侍女エリッサに聞かれてしまい、慌てて誤魔化すアナスタシアである。

それはともかく、今再び勇者が東方遠征のためにイリシャの地を訪れたのだ。しかも今度の勇者は女性で、旅立ちの前から高い名声を誇って大きな話題になるほどの実力者なのだ。

今度は前世と違って喪中ではなく、身分もイリシャ連邦王女なので会うのに支障はないはず。

だからアナスタシアは意気込んで国王執務室に突撃し、父と祖父に願い出た。生来のワガママな気質を久々に覗かせて、勇者さまにお会いしたいと。

「アナ、済まないがちょっとそれは聞いてやれないかもしれないんだ」

「どうしてですのお父さま!?」

「少々問題が発生してのう……」

「お祖父さままでダメと仰るの!?」

父王と祖父王が言うには、勇者一行はイリュリア王国でクーデター未遂の陰謀に巻き込まれ、その解決に力を貸してくれたという。だがそのせいで、メンバーの聖職者にしてイェルゲイル神教の幹部でもある法術師ミカエラが、瀕死の重傷を負ってしまったらしい。

陰謀そのものは未然に防止できたこともあり、世間には公表されないとのこと。だが人類世界の救済者にして世間の希望の象徴でもある勇者の仲間を死なせかけたことで、イリシャ連邦自体が国家として勇者パーティに瑕疵を負う事態になっているという。

幸いにも勇者からは不問にしてもらえるとのことだが、そのせいもあって無理なお願いはしづらいのだという。だが父と祖父にそう言われても、アナスタシアは引き下がらない。前世の反動まで込みで、自分の欲望に忠実な彼女は諦めるつもりなどないのだ。

「でしたら！　お詫びの意味も込めてなおさらご招待申し上げるべきでしょう⁉」

「勇者様のご意向としては、イリュリアで足止めされたぶん先を急ぎたいご様子でのう。アカエイアには立ち寄らずにそのままわが国を通過なさりたいそうじゃ」

勇者とは人類の救済者であり、西方世界のどの国にも所属せず国際的に中立の立場だ。その地位は名目上とはいえ各国の王と対等であり、だからイリシャの連邦王といえども命令したり強制したりすることは叶わない。

「そんな！　それではわたくしがレギーナさまにお会いできないではありませんか！」

「仕方がないんだよ、アナ。どうか聞き入れてはくれないか」

「やだやだやだ！　わたくしレギーナさまにお会いしたいですわ！」

「くっ……、アナの久々のワガママ、叶えてやりたいけど……」

その時またもや、執務室の扉が「バーン！」と大きな音を立てて開かれた。

父と祖父とともに驚いて振り返ると、そこにはなんと次姉ディミトラが立っている。

「お姉さま!?」

「ディミ!?」

「お父さま！　お祖父さま！　アナの言うとおりよ！」

「「えっ」」

「是非とも勇者さまをご招待して！　そしてわたしに会わせて頂戴！」

「「えっディミまで!?」」

ディミトラは駆け込んできてアナスタシアの隣に腰を下ろすと、応接テーブルに拳を激しく叩きつけた。

「勇者レギーナさまといえば世の淑女の憧れのお方！　そんな方が手の届く位置に来られているのに、ご招待も差し上げないで通り過ぎていくのを見送るだけなんて、そんな失礼なことないわ！」

「えっでも、しかしなあ」

「勇者様は今回のことに関して、イリシャの責任は問わぬからそっとしておいてほしいとのご意向でのう……」

「そんな社交辞令を真に受けてどうなさるのお祖父さま！」

「そうよ！　お姉さまの仰るとおりよ！」

「「わたくしを勇者さまに会わせて!!」」

「いやふたりとも、本音漏れてるからね？」

とはいえ、なんだかんだと娘にも孫娘にも甘い王ふたりは、結局再三にわたって勇者一行に連邦首都ラケダイモーンへの招待を提案することになった。だがことごとく固辞されて、勇者一行はそのままアナトリア皇国に渡っていってしまったのだった。

「勇者さま、どうして！　絶対にお会いしたかったのに……！」

「…………決めたわ。わたし、賢者の学院を受けるから！」

「「「えっ⁉」」」

ワガママが叶えられず泣いて悔しがるアナスタシアの隣で、ディミトラが〝力の塔〟を受験すると言い出して、そのまま本当に学習レベルを引き上げたので家族全員が慌てた。しかし彼女は「わたし、レギーナさまの後輩になるから！」と聞き入れなかった。

そして翌年。

彼女は本当に力の塔を受験して、見事合格を勝ち取ることになる。

3．いざマケダニア王国へ！

フェル暦六百七十七年、アナスタシアは十二歳になった。

二十歳の兄ヒュアキントスはアカエイア王太子となり、父王を補佐して政務に励(はげ)んでいる。何処(どこ)かの誰かのように公務を人に丸投げすることもなく、自身で着実に実績を積み上げて、アカエイアは次代も安泰だと臣民に高く評価されている。

十六歳の長姉クレウーサは留学から三年ぶりに帰国したばかりだが、母である王妃の補佐として、社交や外交の面で早速実績を上げ始めている。

十四歳の次姉ディミトラは長姉に続いて賢者の学院へ留学し、現在は二回生である。去年の暑季の長期休校時に送られてきた家族宛ての手紙には、授業についていくのは大変だが頑張りがいがあると伸びやかな筆跡で書かれていて、朗らかに笑うその顔が目に浮かぶようだった。共に学ぶ他国の王侯子弟との交友も広がっているようで、お互いに将来の夢を語り合っているそうだ。

六百七十六年の花季に西方世界に凱旋してきた勇者レギーナは、今度こそ連邦首都ラケダイモーンへの招待に応じてくれて、アナスタシアも念願の対面を果たした。だがディミトラは留学したせいで、またしても勇者に会えなかった。

基本的には卒塔するまで帰国しない予定の留学であり、イェルゲイル神教の神殿に備わる〝転移の間〟を使って戻れないこともなかったが、勇者パーティが戻ってきたのはディミトラが入塔した直後である。どう考えても帰ってこられるわけがなかった。

その報告の手紙を受けて神殿経由で繋げた〝通信の間〟の画面の向こうで、ディミトラは悔しがり羨ましがって、どんな様子だったか、何を話したか、全部聞かせろとアナスタシアにしつこく迫ったものである。

そんなアーギス家の姫たちにも、釣書が寄せられるようになった。

クレウーサは十歳の頃に婚約者が決まっていたから誰も手を上げないが、ディミトラとアナスタシアは婚約者を決めずにいたため、我こそはと名乗りを上げる家門がいくつもあるのだ。だが、ふたりとも婚約者を決めようとしなかった。

ディミトラは留学中なのでまあ分かる。今は婚約者を決めるより、賢者の学院を無事に卒塔することが優先されるから。けれどもアナスタシアは国内にいて、なおかつ婚約者が決まらない。

国内外の高位貴族家門のいくつかは、それとなく察したり忖度して釣書送付を自重していたものの、察しの悪い、あるいは連邦王家と縁を繋ぎたい、野心あふれる家門はその何倍も多かった。

まあそれらの家門も、まさかアナスタシアがカリトン王へ嫁ぐ根回しを着々と進めているなんて気付きもしないわけだが。

◇◇◇◇◇◇

「お祖父さま、お話があります」

ある日、アナスタシアは、父ではなく祖父アリストデーモス王の執務室を訪れた。

「おお、どうしたかねアナスタシアや。この爺にお願いごとと見えるが」

もうすぐ六十歳になろうかというアリストデーモス王は、さすがに若さこそ失ったものの気力も体力も充実していて威厳もあり、衰えたり老け込んだりするような雰囲気ではない。この分だと父ニケフォロスが連邦王位を継ぐのは、まだまだ先のことになりそうである。

だがそんな老王も、家族の前ではただの柔和なお祖父ちゃんでしかない。今も控える侍女たちにお茶の用意をさせながらアナスタシアに向かって「お菓子食べるかね？」などと言いつつ、執務書類の入っている書棚の引き出しを開けてゴソゴソしている。

（ってちょっとお祖父さま、そんなとこにお菓子隠してらっしゃるの!?　もしや執務の合間にこっそりつまみ食いとかなさってるんじゃないでしょうね!?）

「お菓子は結構ですわ、お祖父さま」

「……むう、そうかね」

（だからどうしてそんなに悲しそうになさるの!?）

「あの、わたくしが申し上げることではないと承知をしているのですが」

「ふむ？」

「国内情勢について、申し上げたいことがございますの」

「……よかろう、言ってみなさい」

「では端的に申し上げます。マケダニア王国について懸念しております」

孫に向ける柔らかな目尻をしっかりと見返して、アナスタシアは臆さずはっきりと祖父に告げた。

すると途端に、祖父が連邦王の顔になる。

「それについては予も懸念しておってのう。あまり干渉しても反発を招こうし、さりとて今のヘーラクレイオス家では収めきれまい」

「それは、やはりカリトン王閣下の統治能力に問題があると陛下もお考えになっておられると、そのように解釈してもよろしゅうございますか」

イリシャ連邦全体の話をする場合、「陛下」と尊称されるのは唯一連邦王のみである。構成各国の王はいずれも連邦貴族の扱いとなり、ゆえに尊称は「閣下」となる。

「あれから十五年以上経っても現状改善に至っておらぬからの。もう潮時かもしれんのう」

「王閣下を補佐する人材を宛てがえばよろしいのでは？」

「手っ取り早いのはそうじゃが、この十五年でカリトンはそうした股肱を見つけられなんだ。これ以上はあの者にも辛いばかりであろうの」

どうやらアリストデーモス連邦王は、カリトンを退位させる方向で考えているようである。だがそれは、アナスタシアの望むところではない。

「カリトン王閣下をマケダニアの王位に就けたのはアリストデーモス連邦王陛下、そしてニケフォロス連邦王太子殿下でございましょう？　ならば王閣下の補佐もわが王家で決めるべきではありませんか？」

「ま、理屈としてはそうじゃが、あまり干渉しすぎるとマケダニアの反発を招く。その程度はそなたも――」

「そこで進言いたします」

敢えてアナスタシアは連邦王の玉言を遮った。怒りこそしないものの、やや驚いた様子の祖父王にここぞとばかりにニッコリと微笑みかける。

「王閣下に王妃を娶らせてはいかがでしょう」

それは確かに手っ取り早いが、今年三十四歳になるカリトン王に今さら嫁ぎたい者など出てくるとも思えないし、王命で強制するのも反発を招くだけ。そう考えて渋面を作りかけたアリストデーモス王の顔が、何か察した様子で見る間に驚愕に染まってゆく。

「わが王家は、カリトン王閣下を王位に就けてマケダニアの政情を揺らがせた責任を取るべきかと存じます」

アリストデーモス王には二男二女がいる。嫡男はもちろんニケフォロスだがその下に弟と、妹がふたりいるのだ。

当然そのふたりは良縁を得て嫁いでいたものの、先年に妹王女が夫と死別して寡婦になったところである。だが、アナスタシアが言っているのがその叔母のことではないことくらい、アリストデーモスに分からないはずもない。

「待て」

「幸い、わが王家には現在、夫や婚約者のおらぬ姫が三名おりますわ」

「待てと言うに」

「そのいずれかを王妃として娶らせるのはいかがでしょう。良案かと思いますが」

「待たんかアナスタシア！」

両親も兄姉も祖父母も叔父叔母たちも、これまでアナスタシアを目に入れても痛くないほど可愛がってきた。アナスタシアのほうでもそれを喜び、愛して、これまで仲良く過ごしてきたのだ。そんな彼女が、まだ十二歳の少女が、叔母や姉を壮年の独身王に嫁がせろなどと言うわけが、あまつさえそれを叔母の父であり、姉の祖父である王に進言するわけがない。

だとすれば残る選択肢など、ひとつしかないではないか。

「いいえ、待ちません」

決意のこもった黄水晶(キトゥニーリス)の瞳で、アナスタシアが祖父を見る。

そしてついに、長年心の裡(うち)に秘めた婚活の野望を口にしたのである。

「わたくし、カリトン王閣下に嫁(とつ)ぎたいと考えておりますの」

「な、何を言っておるか解っておるのか⁉」

まだ十二歳の少女を、三十四歳の王に嫁(とつ)がせる。そんな決定をしてしまったら、世間から何を言われるか分かったものではない。

確かに王族の婚姻は政略であり、個人の思惑(おもわく)や相性、歳の差などは考慮されないことが多い。だがそれでも、曰(いわ)く付きの王に可愛い孫娘を嫁(とつ)がせようなどと、誰が思うだろうか。

「あら、良案だと思うのですけれど」

だがその可愛い孫娘は、なんでもないことのように微笑(ほほえ)むばかりだ。

「問題になるのは歳の差だけで、後は全部丸く収まると思うのですが」

「そなたは何処(どこ)がどう問題ないと言うつもりなのじゃ！」

「だってわたくしを差し出せば、カリトン王閣下を即位させて政情不安を引き起こしたアーギス家が責任を取ったように見えるでしょう？」

「なっ」

「カリトン王閣下は王妃を得て、アーギス王家は政略に使える前途ある姫を失う。マケダニアの臣民からは批判や不満は出ないかと存じます」

「にっ」

「それに、故国を離れて友邦に嫁いできた年若い王妃が嫌がらせされる懸念もありませんわ。だってわたくしは本国の姫なのですから」

「をっ」

「王妃とする人材としても申し分ないと考えておりますの。自分で言うのもなんですけれど、わたくし、賢者の学院に合格できる自信がありますもの」

賢者の学院は西方世界の最高峰大学であり、ほぼ全ての国々から選りすぐりの天才秀才たちが集まってくる。しかも無事に卒塔できるのは入塔者の半数に満たず、卒塔者は世界の何処の国でも国家の柱石レベルの逸材として扱われる。

そもそも入学試験自体が最高難度であり、合格するだけでも将来の立身出世が約束されるほどの快挙である。なにしろ王侯の子弟であっても学力が合格レベルに達せずに、受験を諦める者さえいるくらいなのだ。

アナスタシアは父も姉たちもその賢者の学院に合格しており、自身も合格間違いなしと教師たちにお墨付きをもらっている。そんな人材を自国で用いるのを諦めて友邦とはいえ他国の王妃として嫁がせるとなれば、マケダニアから不満が出るはずもなく、アカエイアが批判されようはずもない。

「ああ、ですが。このお話はまだここだけのお話ということで」

「……何故じゃ？」

「とりあえずわたくし、来年の学院入試を合格してみせますわ。もし本当に合格できたなら、その時には進めてくださいな、お祖父（じい）さま」

急に孫娘に戻るあたり、アナスタシアもなかなかあざとく育ったものである。

そしてそんな彼女には合格する絶対的な自信があった。だって彼女は、前世ですでに合格ラインに達していたのだから。

賢者の学院に合格できる学力がありながら、オフィーリアは婚約者とともに過ごすため、そしてカストリア領の領政を差配するために、敢（あ）えてミエザ学習院を進学先に選んだのだ。もしも賢者の学院へ留学していれば、婚約破棄はともかく投獄されて死ぬことはなかったはずだった。

それを考えれば、オフィーリアの死はまさに運命の皮肉と言うほかはなかった。

翌年、フェル暦六百七十八年の花季（かき）。
十三歳になったアナスタシアは、宣言どおりに賢者の学院の力の塔を受験して、見事合格を果たした。だがその彼女が、同じく合格した連邦首都ラケダイモーンにあるムーセイオン学習院に進学すると発表されたことで、イリシャ全土が騒然となった。
栄（は）えある賢者の学院に合格しておきながら入塔を辞退するなど、前代未聞の出来事である。
アーギス王家からの公式発表によれば「妹姫全てが留学しては、国内融和のためにムーセイオン学習院進学を選んだ王太子の権威低下に繋がりかねないため、アナスタシア姫が身を引いた」とのこと。その結果、兄思いの健気な姫として彼女の評判と人気が一気に高まることとなった。

「アナ、本当に良かったのかい？」

「いいのです、お兄さま。わたくしはやはり国内で、愛する祖国と家族とともに過ごしたいと思ったのです」

心配げに妹を気遣う兄ヒュアキントスに、ニッコリと微笑って返すアナスタシア。

「いや、そっちじゃなくて」

「あら、ではお兄さまもわたくしがカリトン王閣下との縁談を望むことに反対なさるのですか？」

「アナが納得して受け入れているのは知っているよ。けれどね……」

可愛い妹を父と五歳しか年の変わらぬおっさんに嫁がせたいなどとは、普通は考えないものだ。

妹が幼い頃から交流があって懐いているというのなら、まだ考えられなくもないのだが。

毎年の新年祝賀の際、友邦各国の王たちはラケダイモーンに集まり、連邦王と王家へ新年の挨拶を交わすのが慣例になっている。だから本来なら、アナスタシアもマケダニアのカリトン王と面識を得て話す機会くらいはあったはずだった。

だがカリトン王だけは国内統治を優先して名代を派遣し、これまでマケダニア王宮を離れたことが一度もなかった。マケダニア国内の反王派、特に王の叔父に当たるハラストラ公爵ゲンナディオスの動向が不穏であることも鑑みて、アーギス王家のほうでもそれを了承していた。それゆえに、カリトンとアナスタシアはまだ面識すらないのだ。

「父上から聞いたけど、アナは『好きになった人と婚約したい』って言ったそうじゃないか」

痛いところを突かれてもアナスタシアは一向に動じず、穏やかに兄に微笑み返す。

「カリトン王閣下のお人柄はお父さまからもお聞きしていますし、わたくしには不安などありません」

「だが、王閣下のほうはどうだろうね？」

「それは……」

三十五歳の壮年男性から見れば、十三歳のアナスタシアなど子供もいいところである。十代後半で婚姻して二十歳前後には長子を儲けるのが一般的な王侯貴族にあっては、カリトンとアナスタシアの年齢差は比喩でもなんでもなく親子に等しいのだ。

つまり常識的に考えて、彼がアナスタシアを受け入れるとは思えない。

もちろん、良縁も望めず、本国王家に逆らうこともできないカリトンにとっては選択肢などなかろうが、それならそれで押し付けられたと感じるのではないだろうか。

アナスタシアは彼の人となりを知っているので、実のところさほど心配はしていない。気が合うはずだと確信しているし、顔を合わせて話さえすればきっと受け入れてくれるものと信じている。

だが、周囲の全員にとってそれはなんの根拠もない彼女の妄想としか思えないことだろう。

だからアナスタシアも、それについては自信をもって断言できない。さすがに理解されないことくらい承知しているし、だからこそ説得力を持たせるために「賢者の学院に合格できる才女を王妃候補にする」なんて回りくどい手段を取ったのだ。

「……話に聞くカリトン王閣下は決して暗愚なお方ではありませんし、この政略が自国にとって利しかないことはお分かりになるはず。あの方はご自身の意向や欲求を抑えることには長けていらっしゃいますから、きっと受け入れてくださるはずですわ」

兄を心配させぬようニッコリと微笑む妹に、ヒュアキントスはそれでも訝しげな目を向ける。

「…………アナ」

「はい、お兄さま」

「王閣下とお会いしたことはないはずだけど、いやに詳しいね？」

そう言われて、さすがにアナスタシアの心臓が跳ねた。

「えっその、それは、おっお勉強しましたもの！」

「お勉強、ねえ」

「そ、そうですわ！　アーギス王家の一員として、友邦各国の政情はしっかり調べて学びましたもの！　マケダニアの国内問題の発端が二代続けての婚約破棄騒動にあって、カリトン王閣下はその渦中にあるお方ですし、それはもう詳しく調べましたのよ！」

「詳しくって、具体的には？」

「えっとその、ほら！　イオレイアとヘスペレイアに聞きましたの！」

アナスタシアは十歳の時、侍女イオレイアを通じて彼女の妹ヘスペレイアをアカエイア王宮に呼び、私的に引見したことがある。東方に向かった勇者レギーナの一行がイリシャ国内を通過した直後のことで、表向きは勇者の話を聞きたがったから、ということになっている。

もちろんそれも理由のひとつだが、どちらかといえば口実にすぎない。勇者一行はマケダニアの王宮にも立ち寄らなかったからロクな話を聞けないことは承知の上だったし、だから必然的に、話題の中心はカリトンのことになった。

彼の十代の頃のことならアナスタシアもよく知っている。だがヘスペレイアはオフィーリアが知らない彼のもっと幼い頃から仕えていて、二十代の彼も三十代の彼もその傍で見てきているのだ。

そんなヘスペレイアから、クーデター前後の様子やその後のことなどを細かく聞き出したアナスタシアは大変に満足して、褒美を取らせて彼女をマケダニアに帰したのだった。

「ヘスペレイアって、確かマケダニアの王宮侍女長だったよね。いつ彼女を招いたの？」

「えっ、ええと、三年前ですわ！　ほら、勇者さまのお話を聞きたくて！」

「それで実際に聞いたのは、カリトン王閣下のことだったわけだ」

「えええっと、そそそれは……」

「……まあいいけれど、他国の王宮侍女を私的に呼びつけてはならないと分かっているよね？」

「う……はい。ごめんなさい」

「反省しているならいいけれど、今後はやらないようにね」

「はい。それ以後は自重しておりますわ、お兄さま」

しおらしく詫びる妹の返答に満足したのか、ヒュアキントスはそれ以上追及しなかった。そのことに心から安堵するアナスタシアであった。

「うーん、やっぱりアナは本気なのか」

王宮の国王執務室で、シワを寄せた眉間に指を当ててため息をつくのはニケフォロス王である。

「カリトン王のこともあの子は詳しいようでしたし、やはり懸念(けねん)は当たっている気がします」

父と同じく眉をひそめるのは王太子ヒュアキントスだ。

「そもそもオフィーリアという名は、あの事件以来誰も口にしておらんはずじゃしのう」

「わが王宮にも、その名を持つ者は使用人を含めてひとりもおりませんわ」

そしてこの場には、連邦王アリストデーモスとアカエイア王妃オイノエーまでも来ていた。

「「「やはり、アナスタシアはカストリア公女の生まれ変わりなのでは……？」」」


イリシャには古来から、人の魂(たましい)は輪廻(りんね)と転生を繰り返している、とする考え方がある。というのも、有名な実例があるのだ。

哲学者として著名な古代イリシャの偉人ピュータゴラースが、自分は幾度も転生を繰り返していると語った逸話がある。それによると、彼は最初に伝令神の息子であるテッサリアのアイタリデースとして生を受け、父から〝死後も消えない完全な記憶力〟を授かったという。アイタリデースはその死後に、イリオス人のエウポルボスとして生まれ変わり、都市国家イリオスが滅ぼされたイリオス戦役の際に戦死した。その後ヘルティモス、ピュロスと転生を繰り返して、さらにピュータゴラースとして生まれてきたのだという。

　ピュータゴラースの語ったことが真実かどうかは、誰にも判断できないことである。そして彼の死後に「自分はピュータゴラースの生まれ変わりである」と名乗り出た者は多かったが、誰ひとり事実と確認された者はない。

　だがピュータゴラースがエウポルボスの記憶として語った都市イリオスの詳細な情報の数々は、実際にイリオス遺跡の発見と発掘に大きく寄与していて、あながち荒唐無稽とも言い難かったのだ。


　カストリア公女オフィーリアが不当に投獄され、獄中で〝継承の証〟を使って自害した事件はイリシャ全土、ことにヘレーネス十二王家の各家を震撼させた。彼女の名前は悲劇の代名詞のように受け取られ、その死以降、子供に同じ名を付けた貴族家はひとつもない。連邦構成国の各王家に至っては、雇用する使用人でさえその名を持つ者を除外ないし改名させたほどである。

　つまり、それから五年経って生まれてきたアナスタシアが「オフィーリア」という名を耳にしたことは一度もなかったはずなのだ。にもかかわらず、五歳時に庭園の池で溺れて昏睡した彼女は、目を覚ますなり自分で「オフィーリア」だと名乗ったのである。

　それを聞いたニケフォロスもオイノエーもアリストデーモスも、真っ先に頭に思い浮かべたのは哲学者ピュータゴラースの事例だった。

　その後、成人してから事情を聞かされたヒュアキントスも含めて全員で慎重に様子を窺っていたところ、アナスタシアは昏睡事件以降ずっと、マケダニア王宮のことを気にし続けている。そして今回、ついにマケダニアのカリトン王に自ら嫁ぐと言い出したのである。

「カリトン王は『カストリア公女オフィーリア以外を娶る気はない』と言っておったのう……」

「あの当時、彼は『カストリア公女の無念を晴らしたい』と涙ながらに何度も訴えてきた……」

「そういえばアナスタシアは、文字を早くに覚えたがりましたわね」

「まだ六歳の頃から王宮書庫によく籠って、ずいぶん勉強が好きなんだなと思っていたけど……」

「「「まさかあの子、五、六歳のあの当時から計画を立てていた……!?」」」

十三歳のアナスタシア姫との縁談を、アーギス王家から正式に、かつ内密に申し込まれたマケダニア王宮は騒然となった。
なにしろ、相手に指名されたのが三十五歳のカリトン王である。年齢差実に二十二歳、しかも「カストリア公女オフィーリア以外に誰も娶るつもりはない」と公言して実際に誰とも婚約すらしていない、すでに青年期を過ぎた壮年の王への婚約打診なのだ。騒然としないわけがない。
王の支持派は、アーギス王家即ちイリシャ連邦王の後ろ盾を得られるとして、この婚約を受けるべきと総意がまとまった。一方で反王派は、アーギス王家によるマケダニア王国への内政干渉だ、乗っ取りに等しい行為だと激しく反発した。

そうして、真っ二つに分かれた意見の板挟みになったのは当然、当事者のカリトン王である。元々即断即決というタイプでもなかった彼は、当然ながら態度を決めあぐねた。

断ればアーギス王家の心証を害するのみならず支持派から失望されるだろうし、かといって受ければ、反王派はますますカリトンを批判するだろう。しかも議会で多数派なのは反王派なのだ。どちらに転んでも国内政治の舵取りがさらに難しくなるのは明白で、迷うのも無理はない。

そもそも婚姻しないと明言した身でもあるし、亡きオフィーリアへの思慕は全く衰えることなくカリトンの心の裡に残っている。それを今さら曲げることなどしたくない。

だが一方で、わざわざアーギス家が差し伸べてくれた救いの手を撥ね除ける勇気もなかった。これを拒否してしまったら、現在の苦境を脱する術はおそらく永遠に失われてしまうだろう。

「………どうしたらいいと思う?」

そうして悩みまくって結論を出せず、ついに彼は人を頼った。即位後に自ら宰相に抜擢した、アポロニア公爵クリューセースに助言を求めたのだ。

ヘレーネス十二王家の一角ではあるものの、アポロニア家は長らく侯爵位に甘んじてきた家系である。カストリア家が侯爵位に降爵したことにより半ば自動的に陞爵し、マケダニアの筆頭公爵家になるとともにクリューセースもカリトン王から宰相に抜擢されたものの、彼自身はさほど切れるタイプでもなかった。

クリューセースがヴェロイア侯爵の後任として二十一歳の若さで宰相の地位に就いてから、今年で十七年目になる。すでに前任者の倍近くの任期を務めているが、経験の乏しかった彼は議会をまとめることができず、掌握するまで十年近くも費やした挙げ句に未だに王支持派で多数派を占められずにいた。それがカリトンの治世が安定しない要因のひとつでもである。

それでも彼がここまでなんとか宰相を務めてこられたのは、単にカリトンが辞めさせなかっただけのこと。歳の離れた大人たちを誰ひとり信用できなかったカリトンが、三歳しか年齢の違わないクリューセースを手放さなかったのである。

だからカリトンには、今回のことでも、長年苦楽を共にした彼を頼らない選択肢はなかった。

「そうですな……」

だが助言を求められたクリューセースも、即答はできない。

「まあ、婚約は受けるほかありますまいな」

「やっぱりそうなるのか……」

「アーギス王家の後ろ盾がある、それを明確にできるというのはやはり大きなものがありましょう。というか、陛下にはもうそれしかないですからな」

「ううう……そんなにはっきり言わなくてもいいじゃないか」

「事実を否定する意味も、誤魔化す理由もありませんからな」

だがそのクリューセースに断言されてもなお、カリトンは煮えきらなかった。亡きオフィーリアへの思慕だけでなく、わずか十三歳で政略の駒として婚約させられるアナスタシア姫のことを思えば、どうにも踏ん切りがつかない。

「どうすればいい、どうすれば……」

クリューセースとしては、態度を繕うこともせず目の前で頭を抱えるこの無能な王が不憫で仕方ない。確かに一時期は、望んでもいなかった不相応な地位に就かされて激務に晒され、王を恨んだこともある。だが頼れる者もなく今にも折れそうな若き王を見ていられずに、気付けばそれとなく支えるようになっていた。

クリューセースには曲がりなりにもアポロニア侯子として、それまで何不自由ない生活と高度な教育とを享受して生きてきた自覚がある。対して、冷遇されていたカリトンにはそれすらもない。頼れる者がない――即ち彼は、自分自身すら頼れないのだ。

そんなカリトンの弱い姿を知っているクリューセースにしてみれば、彼が今こんなに苦しんでいる、そしてここまでの半生ずっと苦しむハメになったのは、あの時、彼を王位に就けたアーギス家のせいだとしか思えない。

「釣書の備考欄に書いてあったとおりだと思いますがねえ」

「え、いや、しかし」

「カリトン陛下を即位させ、十七年もマケダニアの国政を混乱させた責任を取ると。それで良いではありませんか」

「そ、そうは言うがなあ」

「陛下はお優しすぎるのです。選択肢などないと申し上げておりますのに、それでも御身はまだ会ったこともないアナスタシア姫の身を案じておられる」

「そ、そんなの当たり前じゃないか」

自身の苦境ではなく、会ったこともない十三歳の少女の将来や幸せばかりをあくまでも案じるこの人は、やはり何処まで行っても優しすぎて王には向いていないのだろう。それを考えれば、もうそろそろ解放されてもいいのではないか。それがクリューセースの、偽らざる率直な思いである。

「…………もうひとつ、手がないこともありませんがね」

「え、あるのか⁉」

「御身が王位をお退きになることです。新しい王がお立ちになり、その王が国政を落ち着かせられるなら、アナスタシア姫が嫁ぐ必要性もなくなるでしょう」

退位し爵位を手放したところで、前国王であり先代当主として彼の今後は保証される。引きずり降ろされるのではなく、自ら王位を降りるならば、の話だが。

「それは……まあ、そうだが……」

だがそれでは、オフィーリアが愛し守ろうとしたマケダニアを、カリトン自身の手で良くする望みは叶わなくなる。まあ、十七年も頑張って達成できていないのだから何を今さら、という感じがしなくもないのだが。

「…………反則かもしれないが、ひとつ手を思いついた」

「ほう？　お聞かせ願えますかな？」

何処か覚悟を決めたようなカリトンの顔を見て嫌な予感が脳裏を過ったが、何食わぬ顔をしてクリューセースは尋ねた。

そうして聞く前に却下しなかったことを、彼は死ぬほど後悔するハメになった。

◇◇◇◇◇◇

フェル暦六百七十八年の花季上月の下週にアーギス王家から打診された婚約に、カリトン王が返信したのは、十日余りも経った花季下月の上週に入ってからだった。

婚約を受諾する、と。

ただし、条件付きで。

カリトン王が求めた条件とは以下の三点である。

一つ、アナスタシア姫が十六歳になるまで婚約の事実を公表しないこと。

二つ、もしも彼女に他に望ましい相手が見つかったなら、この婚約を白紙撤回すること。

そして三つ、白紙撤回となった場合にはカリトンが王位を退き、ヘーラクレイオス家の直系でより相応しい人物へ王位も家督も譲る代わりに、アーギス王家からの支援を継続してもらいたいこと。

アリストデーモス連邦王並びにアーギス王家には否やはない。アナスタシアの意思を確認したところ、彼女もまたそれで構わないと答えた。

ただし、と彼女は付け加えた。

自分の進学先をムーセイオン学習院ではなく、ミエザ学習院に変更する。

それで構わないならばマケダニア側の条件を受け入れる、と彼女は宣言したのである。

それはつまり、婚約に先んじてアナスタシアがマケダニアに移り住むということにほかならない。そしてアーギスの姫である彼女が住まうのは、そう、マケダニア王宮以外にはあり得ない。

（この子、やりおったわ！）

アナスタシアの条件を聞いた父や祖父など関係者全員が、心中で一様に同じ呻(うめ)きを漏らした。カリトン王からの申し出は、どう見ても婉曲な婚約の断り文句である。それでいてアナスタシアの希望に精一杯沿うように、彼女に瑕疵(かし)がつかないよう配慮して、さらに自身の身の処し方まで提示した、よく考えられた辞退であった。

だというのにアナスタシアは、その辞退を受けて瞬時にさらに一手詰めたのだ。しかもカリトンの住まう王宮に住むとなると、これはもう婚約どころか事実上の輿入(こしい)れに等しいではないか。

ちなみにアナスタシアの提案を却下することはできない。一方の入院資格を得ていたら、今一方のそれも同時に取得できるからだ。アカエイアの〈ムーセイオン学習院〉、テッサリアの〈アカデメイア学習院〉、マケダニアの〈ミエザ学習院〉、トゥラケリアの〈リュケイオン学習院〉の四校は全て姉妹校であり、何処(どこ)で合格しても他の院に変更が可能になっている。つまりアナスタシアは、四校の何処(どこ)を進学先に選んでも構わないのだ。

ムーセイオン学習院はすでに、アナスタシアに入院資格を与えていた。そしてカリトン王から釣書の返書が来たのは入院式の五日前、つまり今すぐにアナスタシアがラケダイモーンを出立すれば、

ミエザ学習院の入院式に間に合うタイミングだった。

「というわけで、行って参りますわ！」

「いやお前いつの間に準備を」

「こんなこともあろうかと、備えておきましたのよお兄さま！」

(この子さては、カリトン王が断りを入れることまで想定に入れとったんじゃやな……)

(カリトン王……ウチの子は君が思ってるよりずっと手強いぞ……)

「婚姻式には皆さまご招待いたしますから！　楽しみにお待ちになってて！」

「「「早くも婚姻式の話してる!?」」」

「あらあら。アナったら楽しそうね」

「クレウーサ、お前はは本当にのんびりしすぎだ。可愛い妹が心配じゃないのか」

「いいえお兄さま。可愛いアナがあんなに幸せそうなのに、何を憂うことがあるのです？」

「いやまあ、そう言われればそうかもしれんが」

「さ、ディーアもエリッサも行きますわよ！」

「お待ちください姫様！　まだお荷物が！」

「そんなものは後で送らせればいいのよ！」

こうして、アナスタシアは意気揚々と、マケダニア王国に向けて即日出立したのである。

番外編　約束

フェル暦六百五十八年の花季下月（かきかげつ）、十三歳になったオフィーリアは、マケダニア王国の王都郊外に所在する大学〈ミエザ学習院〉へ首席で入院を果たした。

婚約者である第二王子ボアネルジェスは第十席、ともに最優秀クラスである優等教室（タクスィ）の学生として、晴れて学生生活をスタートさせた。もちろん、クラスは基本的に男子と女子で分けられており、教師の訓話など一部を除いては学科ごと、それも男女別の授業になるため、授業中は基本的に彼と席を同じくすることはない。

ちなみにボアネルジェスは紳士科、オフィーリアは淑女科である。

そのボアネルジェスが、入院早々に学生会長に立候補すると言い出した。通常、学生会選挙は花季（かき）を過ぎて雨季（うき）に入ってから行われるものだが、彼は王子である自分が、全ての学生のトップに立って皆を牽引するのが当然だと言って聞かなかった。

それで結局、教師陣と退任間近の学生会がボアネルジェスも交えて協議した結果、学生会長がひと月早く退任することになり、ボアネルジェスが無投票で新会長に選任された。その彼に、オフィーリアは名指しで学生会長代理に任命されたのである。

ミエザ学習院の学生会に、会長代理などという役職はない。会長が不在、ないしは業務に携(たずさ)われない相応の理由がある場合、会長の代行は副会長が担当することになっている。だというのに彼は、ひと月後の学生会選挙でオフィーリアを副会長に立候補させるのではなく、王子としての権力を振りかざして、自らの補佐役に位置づけてしまったのだ。

それを、オフィーリアは受けた。彼が好き勝手に行動するのも、言い出したら聞かないことも婚約前から分かっていたことだ。何より、臣下の身にすぎない他の学生たちに、自由に振る舞いすぎる第二王子の舵取(かじと)りができるとも思えなかった。

ならばせめて、彼にもっとも近しい立場である婚約者の自分が、彼の補佐として傍(そば)にいたほうがいいだろうと考えたのだ。

だが、さすがのオフィーリアも、彼が学生会長の業務を全て丸投げしてくるとは想定もしなかった。

学生会長の経験は王子としてのキャリアに後々影響してくるからと、それとなく諭(さと)してはみたものの、彼は「そなたが大過なく務め上げればそれで良い！」と鷹揚(おうよう)に笑って聞き入れなかった。

オフィーリアはすでに十歳の頃からカストリア家の次期継承者としての教育を受けている。十一歳でボアネルジェスの婚約者となってからは王子妃教育も受けていた。その上さらに学生会業務まで追加されてしまえば、おそらくは食事の時間を切り詰めなくてはならなくなるだろう。

そんなわけでオフィーリアは、大変に忙しい。

朝起きて、慌ただしく朝食を自室で取り、専属の馭者に馬車を出させて登院し、誰よりも早く学生会室に顔を出す。前日から持ち越しの議題や案件に目を通し、その日のうちに処理を終えねばならないものを整理して、学生会長の決済が必要なもののみを会長に、それ以外を学生会総務や会計らに回して処理させる。

ボアネルジェスからは毎回「そなたの名義で良いからよきに計らえ」と言われるが、こういうものは会長本人の直筆署名が必要なのだと説き伏せて、署名だけは必ず彼に書いてもらった。書類に彼の直筆が全く残らないとなると、いつかそのうち、誰かが彼の怠慢に気付かないとも限らない。それで彼の評価が落ちることをオフィーリアは懸念したのである。

授業はきちんと受けねばならない。だが昼食の後は早退し、王宮へ上がって王子妃教育に励まなければならない。だから、本来なら放課後にやるべき学生会業務は、授業の合間と昼休みに処理せざるを得なかった。当然、クラスメイトと交流を深めるような余裕はなかった。

王子妃教育は王子妃教育で、王妃エカテリーニの意向なのかみっちりと毎日組まれていて、休むことは基本的に許されなかった。ボアネルジェスは第二王子だが王妃の子、つまり正嫡で、ゆくゆくは立太子から父王バシレイオスの跡を継いで国王に即位するものとされている。その妻、つまり将来、王妃となる予定のオフィーリアに、王妃は手心を加えてはくれなかった。

とはいえオフィーリアは、罵倒と叱責で厳しく躾けられたわけではない。先行して受けているカストリア家の後継教育の成果もあってか、王子妃教育の担当教師たちからも褒められることが多く、王妃から直々にお褒めにあずかることも何度かあった。王妃はいつでも柔和な笑みを浮かべてオフィーリアを労い激励し、将来の嫁と姑の関係性は誰の目からも良好に見えた。

けれども彼女は気付いている。柔らかく微笑む王妃の目の奥が、ひとつも笑っていないことに。おそらくは自分が今のところ満足のいく結果を出しているから優しいだけで、何かしらの不出来があれば容赦なく叱責されるに違いない。


王子妃教育はマケダニア王城の中にある王宮で行われる。王城そのものは騎士団や戦士団、それに文官たちの働くエリアで、王宮は王族の生活区域である内宮と、政府首脳や高級官僚たちが職務をこなす外宮とに分かれている。オフィーリアが王子妃教育を受けているのは主に外宮である。

王城へ上がると、すぐに案内の文官がやってきて外宮に通される。そこからは王妃選任の王宮侍女たちが侍り、何処へ行くにもついてくる。侍女たちが自分の監視と、王妃への報告役も兼ねていることを、オフィーリアは知っている。

そうして毎日外宮に上がるオフィーリアには、暑季の中ごろにバシレイオス王直々の命により内宮に居室が与えられた。将来の王妃の予定ではあるものの、いまだ王子の婚約者にすぎない彼女には破格と言っていい待遇だ。さすがに畏れ多くて上聞したところ、まだ母の喪も明けておらぬのに、ミエザ学習院での勉学に加えて王子妃教育で疲れているように見えるから、いつでも休めるよう手配したと王から玉言を賜り、オフィーリアはますます恐縮した。

だがその気遣いは、正直嬉しかった。実のところ前年の稔季にカストリア女公爵であった母アレサが崩御してから、代理公爵に任命された父アノエートスではなく、オフィーリア自身がカストリア領の差配をさせられていたから、少しでも休ませてもらえるのならば有り難い。

母の喪は本来ならば三年間だが、オフィーリアは第二王子の婚約者でもあるため、一年間で喪を明けることを認められている。だがそれでも、喪明けまではまだ半年近くあるのだ。それなのに彼女は、王子妃教育に領政の差配、さらに学生会長業務の代行まで加わって、正直疲れていた。

それを顔に出してしまい、あまつさえ王に勘付かれた。淑女としてあるまじき失態というほかはなく、王妃に知られたらさすがに叱責されることだろう。

——と内心気が気でなかったのだが、王妃に、逆の意味で叱られてしまった。

「陛下より、貴女に疲労が見られるゆえ王子妃教育のペースを緩めよとの仰せです。疲れがあるのなら、どうしてわたくしに申告しないのですか」

「は、はい、申し訳ありません」

「わたくしや第二王子の期待に応えたい貴女の気持ちも分かりますが、貴女はまだ成人前の〝小さな淑女〟なのですよ。遠慮や我慢をする必要はありません。幸い、陛下が貴女専用の居室を与えてくださったのですから、ご厚恩に感謝して、今後は無理せず適宜休息を取りなさい。いいですね」

というわけで、オフィーリアには王宮内にも一息つける場所が確保された。内宮に用意された私室に、公爵家の侍女たちにひととおりの衣装や必要な私物などを運び込ませて、その後は時々泊まるようになった。

とはいえ、内宮の私室に侍るのは公爵家の侍女たちではなく、王宮での専属侍女たちであるのだが。

◇◇◇◇◇◇

こうして、外宮だけでなく内宮にも出入りするようになったオフィーリアだったが、ひとつ気になっていることがある。外宮と内宮を繋ぐ回廊の、三階の窓から見えたものがずっと心に引っかかっているのだ。

最初にそれを見つけたのは、ミエザ学習院から王宮に上がって私室に向かう途中のことだった。何気なく窓の外、王宮裏手の庭園を眺めたところ、木々の梢の合間に何かが見えた気がした。

「あれは……何かしら？」

あまり無駄な時間は取れないと分かってはいたものの、それでもつい足が止まった。揺れる梢の間に見えたもの、それはオフィーリアの目にはベンチのように見えたのだ。

「……公女様？」

「あっ、ごめんなさい、なんでもないわ」

先導の侍女に訝しげに振り返られ、その時は思わず誤魔化した。そのせいもあって聞き出せなくなり、それ以降誰にも問い質せていない。

見えたものが本当にベンチなら、王宮裏の庭園になぜそんなものがあるのか。この廊下を使う者は侍女や文官を含めてそれなりにいるが、誰も窓の外など気にする様子はない。だとすれば、誰も気付いていない可能性もある。庭園を管理する庭師たちなら何か知っているだろうが、筆頭公爵家の公女にして第二王子の婚約者でもあるオフィーリアが、そうした下級使用人たちと言葉を交わす機会など基本的にはないから聞き出せなかった。

だから彼女は、自分の目で確かめてみることにした。

「えっ、庭園を散歩なさるのですか……？」

だが、侍女たちに怪訝（けげん）な顔をされてしまった。

別に無理なことは言っていないはずだ。ミエザ学習院から王宮へ上がり、王子妃教育をこなし、王宮から下がる前に少し私室で休みたいと言って戻る途中で、気晴らしに庭園を散歩したいと言ってみただけだ。空き時間だし、暑季（しょき）の終わりのこの時間帯なら暑さも和らいでいるから、屋外に出るのも問題はないはず。

「ですが……その、虫が出ますので」

確かに、庭園とはいえ王宮の裏手、つまり北側の一角は樹木も多く歌壇などもない。散歩したところで見るべきものはないかもしれない。あまり手入れを重視されない一角だから、野生の虫や鳥なども生息しているだろう。

だが、オフィーリアは自領の視察で、自然そのままの森や山の中の集落を訪れたことがある。それに比べれば何ほどのこともない。それに、腐っても王城内の庭園なのだ。気にするほど危険なこともないだろう。

「では、わたくしひとりで行ってくるわ」

「えっ、おひとりでですか……？」

「その間、あなたたちは休憩していて構わないわ。それならどうかしら？」

「そ、それは構いませんが……」

と言いつつ、休憩をもらえると分かった侍女たちの顔が喜色を帯びている。そんなに時間はかけないから近くで待機していて頂戴と言い置き、頭を下げて見送る彼女たちを残して、内宮一階の使用人用通用口からオフィーリアは庭園に足を踏み出した。


回廊三階の窓を振り返って確かめつつ、見えた方角と思しき方向に進むこと、しばし。

王城の裏手とはいえよく整備された庭園は歩くのに苦労することもなく、オフィーリアは目的の場所まで辿り着いた。

「あった……！」

それは確かにベンチだった。いつからあるのか、誰がなんの目的で置いたのかすら定かでない古いベンチ。だが壊れてはおらず、放置され汚れているわけでもなく、腰掛けて休むには充分な、しっかりしたものに見える。おそらく庭師たちが整備しているのだろう。

ふたり掛けの小さなベンチの、左側にオフィーリアは腰を下ろしてみた。そうして、詰めれば三人座れないこともないベンチのその右側に、なんの気なしに目を向ける。

そこにふと、とある人の影を幻視して、思わずオフィーリアの心臓が跳ねた。

「わたくしったら、何を考えているの……！」

頭を振って妄想を追い出し、それからベンチの背もたれに背中を預けた。

上空を振り仰ぐと、高い木々の梢が風に揺られて静かに音を立てている。その梢の合間から陽暮れ前の、ほんのり染まり始めた柔らかな陽射しが降り注ぎ、吹き渡る風が心地よい。何処からともなく、いくつかの種類の鳥の鳴き声も聞こえてきた。

人の気配がないとはいえ王城の庭園なのに、それはまるで人里離れた森の中のようで。なんだかとても癒やされてしまった。

「きっと、疲れているのね……」

自覚はあったが、こうもあからさまに理解させられると、もはや苦笑しか浮かばない。

オフィーリアは目を閉じて、耳に入る自然の音だけに心を傾けた。それはとても穏やかな、心安らぐひと時であった。

◇◇◇◇◇◇

「ん……」

どのくらい、そうしていただろうか。

気付くと、すっかり空が茜色に染まっている。先程まではここまで鮮やかな空ではなかったはずなのに。

「起きたかい？」

「はい……申し訳ありません。いつの間にか寝てしまったようで――」

(待って？　今わたくしは、誰と会話しているの？)

その時になってようやく、彼女は自分が身体を傾けて何かにもたれかかっていたことに気がついた。何にもたれかかっているのかと右を見ると、目に飛び込んできたのは、白いシャツに包まれた人の肩。やや細いがしっかりとした、それは――

オフィーリアはバッと顔を上げた。

自分を見下ろす、空色の澄んだ瞳と間近で目が合う。

「カ、カリトンさま!?」

ほぼ四年ぶりに見る、第一王子カリトンの顔がそこにあった。

考えるより先に、瞬間的に身体が動いた。ベンチの左端まで腰をずらして全身で距離を取り、だがそれ以上に逃げ場などなく、立ち上がるのまでは躊躇(ためら)われた。

完全な不意打ちに、オフィーリアの心臓がうるさく跳ねる。どうして彼が、つい先ほど姿を思い浮かべてドキドキしていた彼がなぜ、今ここにいるのか。

「ごめんね、驚かせてしまったみたいだ」

久々に顔を合わせた彼は十五歳になっていて、すっかり成長して大人びた顔つきになっていた。

苦笑するその顔さえ思いのほかカッコ良く見えて、さらに心臓が騒ぎ出す。

「気持ち良さそうに眠っていたから、起こさないように静かにしていたんだけど。そのうちに貴女(あなた)が寄りかかってきてね」

「も、申し訳ありません……！」

オフィーリアはひたすら恐縮するしかない。

「いや、構わないよ。今日みたいな天気のいい日は、眠くなるのも無理はないから。きっと疲れていたんだね」

いつの間にか眠ってしまっていたのもそうだが、よりによって第一王子の肩に頭をもたれて眠るなど、あってはならない失態としか言いようがない。そして彼はいつ来たのか。いつから自分の寝顔を見られていたのか。気になって、恥ずかしくて仕方がない。

だがカリトンは、一向に気にした様子もなかった。

「ここは、僕のお気に入りの場所なんだ」

オフィーリアの内心など知ってか知らずか、彼は穏やかな笑みのまま、そう告げた。

「そ、そうなのですか……？」

「うん。奥まった一角にあるから、庭師たち以外には誰にも知られていないみたいでね。ひとりでのんびりしたい時によく来るんだ。晴れた日に、書庫から借りた本をここで読むのが好きでね」

つまり、オフィーリアは意図せずして、彼のプライベートスペースに入り込んでいたことになる。

「そ、それは知らぬこととはいえ、失礼いたしました」

「貴女（あなた）は、どうしてここを知ったの？」

責められるだろうか。だが彼の声音は穏やかなままで、不快気な響きはない。

ここは正直に伝えたほうがいいだろう、と判断した。

「王宮回廊の、三階の窓から見えたのです」

「…………ああ、あそこは僕は通らないから、知らなかったな」

「梢の合間に見えたのが、ベンチのような気がして、それで確かめたくって……」

「じゃあ、誰かから聞いたというわけではないんだね？」

「は、はい」

穏やかなままのカリトンの顔に、安堵の色が浮かぶ。

「だったら申し訳ないけど、ここのことは誰にも話さないでもらえるかな」

「畏まりました。誰にも話さないとお約束いたします。わたくしも今後は立ち入らないようにいたしますので」

「あ、いや」

王宮に身の置きどころのない彼の、数少ない落ち着ける場所を、暴かずそっとしておいてほしいのだろうと思ってそう言うと、意外にも彼は少しだけ苦笑した。

「知っているのが貴女だけなら、それでいいんだ。それに貴女は、自力でこのベンチを見つけたんでしょ？　だったらここで寛ぐ権利が貴女にもあるよ」

なんと、このベンチを使う権利があるなどと認められるとは思わなかった。

だけど、それは――

「それに、誰かに名前を呼ばれたのなんて久しぶりなんだ。それが嬉しくてね」

そう言われて、オフィーリアは目を瞠った。

そうして初めて、先ほどうっかり彼の名を口に出していたことに気が付いた。

確かにオフィーリアも、彼の名を王宮で聞いた憶えがほとんどない。まだ幼かった頃、王子妃教育の最初の頃にはボアネルジェスと三人で並んで教師に授業を受けていたことがあるが、名前を耳にしたのはその時くらいだ。

いかに腫れ物扱いとはいえ、彼は公的に認められた第一王子だ。だから使用人たちや文官たちが名前を呼べないのは分かる。だが名を呼べるはずの第二王子も王妃も、王でさえもが彼の名を口にすることも、話題に出したこともなかった。だが、もしも、住処である北の離宮でさえ彼が名を呼ばれていなかったとしたら。

離宮の使用人たちは当然、名前を呼ばないだろう。呼ぶとすれば「殿下」しかあり得ない。彼の母であるアーテーも、子供は彼だけしかいないから名を呼び分ける必要はなく、「貴方」や「あの子」で済ませていたのかもしれない。

「あの、つかぬことを伺いますが」

「うん、どうしたの？」

「その、殿下のお名前は……どなたが？」

名付けた父母にさえ名を呼ばれていないのだとしたら、あまりにも不憫にすぎる。オフィーリアでさえ母からは常に名前で呼ばれていたし、あの父にさえも名を呼ばれるというのに。

「僕の名前は、生まれた頃に仕えてくれていた乳母が名付けたって聞いているよ。――まあその乳母も、僕が三つくらいの頃に亡くなったたって話だけど」

彼の声音も表情も、乳母が亡くなったという話を信じていないと如実に示していた。だがなんとなく、乳母が名付け親であるという話は信じても良さそうだな、とオフィーリアは感じた。

要するに、父であるバシレイオス王も、母であるアーテー側妃も、彼に名を与えようとはしなかったのだ。それで乳母が名を考えて、だがその乳母も、おそらくはなんらかの理由で辞めさせられて王宮を去ったのだろう。

詳しいことは調べなくては分からないが、おそらく当たらずとも遠からずだ。そして彼は、乳母がいなくなって以降はほとんど誰にも愛されないままここまで育ったのだ。

そう考えると、今まで以上に不憫に思えてくる。

もはやオフィーリアの意識からは、彼と会ってはならないという不文律など抜け落ちてしまっていた。誰にも愛されない彼にも愛を知ってほしい。それを教える役目は、この話を聞いた自分にしかできないことではないのか。

だが、オフィーリアは彼ではなく、第二王子の婚約者なのだ。第一王子カリトンに愛を捧げるなどもってのほかである。

「あの」

「うん、どうしたの」

だから、せめて。

「もし、わたくしにもこのベンチを使わせていただけるのであれば。――ここで顔を合わせた時だけは、殿下のお名を呼ぶ許可をいただけますか」

意を決してそう言うと、初めて彼はオフィーリアに顔を向けた。そうして彼は、これも初めて、嬉しそうに破顔した。

「もちろん、是非呼んでほしいな。それと――」

彼の本当に嬉しそうな笑顔など、初めて見た。そればかりか何やら言いよどんだ彼は、目を泳がせてほんのり頬を染めたではないか。

初めて見る麗しい表情の連発に思わず見とれていると、彼はその染まった頬を指先で掻きながら、照れくさそうに小声で言ったのだ。

「その、貴女だけに呼ばせるのも不公平というか。――僕も、ここでは貴女の名を呼んでもいいだろうか」

オフィーリアの心を、じんわりと温かいものが包んでゆく。それはとても心地よく、嬉しいという感情のその先にあるものなのだと、誰に教えられることもなく染み入ってくる。

「はい、ぜひ！　そうしていただければわたくしも嬉しく思いますわ！」

「ありがとう。ではこれからよろしくね、オフィーリア嬢」

彼が名を呼んでくれる。たったそれだけのことなのに、どうして自分がこんなにも喜んでいるのか、オフィーリアにはすぐには分からなかった。だがそんなこと、この喜びの前では些細なことでしかなかった。


その後、彼はそろそろ陽が暮れるからと言って立ち上がり、それを合図にオフィーリアも辞去することにした。

「じゃ、またここで会えることを祈って」

「はい。わたくしも、楽しみにしておりますわ」

互いに挨拶を交わし、礼ではなく手を振って。王宮の反対側、つまり北の離宮の方向に歩み去る彼の背中を見送っていたオフィーリアは唐突に気がついた。

――虫が出ますので。

侍女たちは確かにそう言った。だが、ここまで虫の気配を感じたことなどなかった。

「虫、ね……」

茜色の濃くなる空の下、オフィーリアの心にどす黒いものが湧いてくる。それを彼女は首を振って追い払った。

彼が誰からも尊重されないのは分かりきったこと。だからせめて、自分だけは彼の気持ちを、彼にもらった温かな心で包んでいてあげたいと、彼女は心の底から願った。

それはきっと、まごうことなき本心で、オフィーリアが心から求めている感情だ。

彼女がその感情の正体を明確に自覚したのは、その日、王宮を下がって王都公邸に戻り、やるべきことを全て終えて、自室のベッドの中でじっくりと思い出を反芻していた時のこと。

――ああ。わたくし、カリトンさまのことが、きっと。

それはとても嬉しいことで。

だが同時に、決して許されぬことで。

彼女は、芽生えたばかりのその想いを心の奥底に封印した。

大切な大切な想い出として、二度と人目に晒(さら)さずにずっと心の奥で抱きしめていようと、ひっそりと決意したのであった。

新＊感＊覚ファンタジー！

Regina レジーナブックス

スパダリ夫とパワフル妻の愛の力は無限大!?

『ざまぁ』エンドを迎えましたが、前世を思い出したので旦那様と好きに生きます！

悠十（ゆうと）
イラスト：宛

王太子の婚約破棄騒動に巻き込まれたアリスは、元王太子となったアルフォンスとの結婚を命じられる。しかし、前世の記憶を取り戻したアリスは大喜び!?　イケメンで優秀な国一番の優良物件を婿に迎え、想いを認めて契約してくれた愛と情熱の大精霊と奔走していると、アルフォンスの周辺が二人の邪魔をしてきて……？
愛の力ですべてを薙ぎ払う、無自覚サクセスストーリー開幕！

詳しくは公式サイトにてご確認ください。
https://regina.alphapolis.co.jp/

RC Regina COMICS
1~3
悪役令嬢のおかあさま
[原作]ミズメ
[漫画]狩野アユミ
大好評発売中!
転生したのは乙女ゲームの
"親世代"!?
前世の記憶を持つ侯爵令嬢ヴァイオレット。日本のOLだった彼女は、どこか既視感のある不思議な世界で前世の知識を活かし楽しい日々を送っていた。そんなある日、とある出来事がきっかけで、自分は前世でやりこんだ乙女ゲームの世界を生きていること、しかも将来、"悪役令嬢"を生む母になることに気づく。ゲームの中の悪役令嬢は歪んだ家庭環境のせいで悪行に走ってしまった…… つまり、元凶はわたし!? そう考えたヴァイオレットは、誰も不幸にしないよう奔走し始めて——?
"親世代"で破滅フラグを回避!?
シナリオの先のハッピーエンドへ!
無料で読み放題
今すぐアクセス!
レジーナWebマンガ
B6判/1・2巻:748円(10%税込)
3巻:770円(10%税込)

この作品に対する皆様のご意見・ご感想をお待ちしております。

おハガキ・お手紙は以下の宛先にお送りください。

【宛先】

〒150-6019 東京都渋谷区恵比寿4-20-3 恵比寿ｶﾞｰﾃﾞﾝﾌﾟﾚｲｽﾀﾜｰ 19F
（株）アルファポリス　書籍感想係

メールフォームでのご意見・ご感想は右のＱＲコードから、
あるいは以下のワードで検索をかけてください。

アルファポリス　書籍の感想

ご感想はこちらから

本書は、「アルファポリス」（https://www.alphapolis.co.jp/）に掲載されていたものを、
改稿、加筆のうえ、書籍化したものです。

公女（こうじょ）が死（し）んだ、その後（あと）のこと

杜野秋人（もりの あきひと）

2025年 2月 5日初版発行

編集－黒倉あゆ子
編集長－倉持真理
発行者－梶本雄介
発行所－株式会社アルファポリス
〒150-6019 東京都渋谷区恵比寿4-20-3 恵比寿ｶﾞｰﾃﾞﾝﾌﾟﾚｲｽﾀﾜｰ19F
TEL 03-6277-1601（営業） 03-6277-1602（編集）
URL https://www.alphapolis.co.jp/
発売元－株式会社星雲社（共同出版社・流通責任出版社）
〒112-0005 東京都文京区水道1-3-30
TEL 03-3868-3275
装丁・本文イラスト－にゃまそ
装丁デザイン－AFTERGLOW
（レーベルフォーマットデザイン－ansyyqdesign）
印刷－中央精版印刷株式会社

価格はカバーに表示されてあります。

落丁乱丁の場合はアルファポリスまでご連絡ください。

送料は小社負担でお取り替えします。


ISBN978-4-434-35030-6 C0093